Un Mariage de Prestige

Les Sœurs du Comte

JENNIE GOUTET

Titre original: *A Brilliant Match*, 2023

Traduit de l'anglais par Sophie Salaün, Élan&Co, 2024

Pour mon fils, Gabriel

The Earl of Poole and his Sisters

CHAPITRE I

Mars 1805
Grosvenor Square, Londres

Dans tous les recoins de la maison londonienne de feu le comte de Poole, idéalement située sur Grosvenor Square, résonnaient les bruits caractéristiques de l'ouverture d'une résidence longtemps inoccupée. Lady Dorothea Rowlandson, sœur aînée du prochain comte dans l'ordre de succession, était assise devant le secrétaire Hepplewhite[1], dans une chambre qu'elle n'avait eu l'occasion d'utiliser qu'une seule fois, et passait en revue la pile de lettres qu'elle avait emportée à Londres. Chacune d'entre elles était adressée au très honorable comte de Poole.

Deux lettres étaient couvertes de l'écriture en pattes de mouche de lady Cowper et de celle, plus juvénile, de lady Jersey. Elle avait appris que toutes deux étaient les juges londoniennes de la bonne société en leur qualité de patronnesses d'Almack[2]. En principe, Dorothea et sa sœur auraient dû être acceptées dans ce milieu grâce à leur père, mais cela n'était pas acquis, puisqu'elles n'avaient jamais été présentées à aucune des patronnesses, ni à personne d'autre d'important, d'ailleurs.

Diverses lettres étaient rédigées d'une écriture plus masculine : certains noms lui étaient familiers, comme celui de lord Berkley, mais la plupart ne l'étaient pas. Un certain Archibald Stanley avait envoyé plus d'une missive, mais elle n'était pas en mesure de dire, d'après leur teneur, s'il s'agissait d'un gentleman ou d'un commerçant, et elle ignorait par conséquent s'il lui serait utile de faire sa connaissance. Au milieu de la correspondance habituelle, se trouvaient également des lettres parfumées de femmes portant les noms de Mmes Grace Plummet et Rosalie Kavanaugh, mais ces lettres témoignaient d'une intimité plus grande qu'il ne convenait entre un comte marié et une lady fiancée à quelqu'un d'autre. Dorothea avait évité à sa mère la tâche de consulter la correspondance de son défunt père et ne lui avait surtout pas révélé l'existence de ces missives.

Une fois encore, elle classa les courriers en piles, hésitant sur certains noms dont elle n'arrivait pas à deviner immédiatement la fonction dans la bonne société. Puis, passant la main sur les lettres les plus pertinentes pour sa quête, toutes rendues plus douces avec le temps et les relectures, elle laissa son regard se promener dans la pièce inconnue. Derrière elle, un feu crépitait dans la cheminée de marbre. Dans le coin opposé de la chambre à coucher se trouvait une bibliothèque remplie de livres sur l'histoire et l'agriculture qu'elle ne lirait probablement pas. Il n'y avait pas un seul roman parmi eux. Le lit à baldaquin était orné d'une courtepointe blanche et bleue et de rideaux bleu pâle. Quant à la coiffeuse, elle comportait un miroir qui semblait avoir été remplacé récemment, car le verre n'était pas encore noirci par l'âge.

Elle baissa de nouveau les yeux sur le nom de M. Stanley, perplexe quant au contenu d'une lettre qui mentionnait des investissements, mais pas de clubs de gentlemen. Elle y trouva une autre de ses invitations à une « soirée de divertissement chez lui », ce qui ne l'avançait guère pour comprendre l'importance qu'il avait aux yeux de son défunt père. Mais ce n'était pas le moment de ruminer sur des questions auxquelles elle n'avait pas de réponse, ni de s'interroger à nouveau sur la négligence de leur père, qui ne les avait pas présentées à la société. Le temps était compté avant son premier événement londonien ce soir-là, et elle devait en apprendre le plus possible sur ses membres afin de pouvoir prendre sa place parmi eux sans trembler.

— Dorothea.

Sa mère se tenait sur le seuil de la chambre, la main sur le chambranle, comme pour se soutenir. Lady Poole était une version fanée de sa deuxième fille, Sophia, même s'il ne subsistait que très peu de la beauté qu'elle lui avait léguée.

Elle jeta un regard suppliant à sa fille.

— Je crois que nous devrions nous faire excuser pour ce soir. Nous ne sommes arrivées à Londres que ce matin. C'est trop dur d'envisager de sortir à nouveau si tôt.

— Nous ne resterons pas tard, maman, la rassura Dorothea, qui s'approcha pour prendre le bras de sa mère. Tu as encore plusieurs heures pour te reposer. Laisse-moi te conduire à ta chambre, et je vais demander à Mme Platt de t'apporter un plateau avec du thé.

— Je crains qu'il me faille des jours et non des heures pour me rétablir. J'étais déjà épuisée après m'être tant inquiétée au sujet de Tilly.

Sa frêle mère souffla en retournant dans sa chambre, mais se laissa convaincre de la nécessité d'assister au bal d'ouverture, ajoutant simplement qu'il était regrettable qu'une telle chose dût être entreprise sans l'escorte de leur père, qui s'était montré très attentif aux devoirs de la famille jusqu'à sa mort.

Devant un tel hommage qui ne reposait pas sur la vérité, Dorothea pinça les lèvres pour retenir une réplique déplacée et alla tirer sur la sonnette, avant de revenir l'installer confortablement dans un fauteuil. Après avoir donné ses ordres à Mme Platt, et rassuré sa mère du mieux qu'elle le pouvait, elle repartit dans sa propre chambre.

Sa jeune sœur, de trois ans sa cadette, sortit la tête lorsqu'elle passa devant sa porte.

— Dorry ! Tu as oublié de demander à Betty d'emballer ma cravache tressée ! Tu sais que c'est celle que je préfère. Je n'aimerais pas devoir en emprunter une ! Peut-être pourrais-tu envoyer quelqu'un la chercher ?

— Tu devais superviser ta propre malle, Joanna, répondit-elle sans s'arrêter. Tu as quinze ans, pour l'amour du ciel ! Vois si Mlle Cross se souvient de l'avoir empaquetée.

Cette dernière avait servi de gouvernante aux trois filles aînées, ainsi qu'à leur frère avant qu'il ne partît pour Eton. Elle avait maintenant la charge des deux plus jeunes. En dépit de son nom, synonyme de colère, c'était une femme douce et bien en chair qui parvenait à enseigner les rudiments indispensables à toute jeune fille, mais sans faire montre d'autorité.

— Je l'ai trouvée ! s'écria Joanna quelques instants plus tard. Elle était au fond de ma malle.

Mlle Cross passa en trombe, son nécessaire de couture à la main.

— Oh, ma chère, quelque chose ne va pas ? J'étais persuadée que nous avions pensé à tout.

Dorothea regagna sa chambre, les sourcils froncés. Il était tout à fait évident qu'elles n'avaient pas tout. En tant que fille aînée, elle entamait sa première saison avec une année de retard. Et plutôt que d'être en mesure d'aider Sophia à se faire une place dans la société comme sa sœur aînée *mariée*, Dorothea entrait dans le monde la même année qu'elle. En outre, les deux gentlemen qu'elle avait jugés intéressants l'année précédente avaient tous deux trouvé une épouse au cours de la même saison. Cette année, il n'y aurait peut-être plus de telles occasions.

Hélas, l'année passée, elle avait dû repousser son entrée dans le monde. Le quatrième comte de Poole était tombé de cheval après avoir trop bu lors d'une fête champêtre, et la lettre qui le leur annonçait était arrivée au manoir deux jours plus tard. Dorothea avait commandé de nouvelles robes noires pour chacune d'entre elles, des vêtements de deuil pour les domestiques et un manteau noir pour le jeune Everard, son frère de douze ans, qui était désormais le cinquième comte de Poole. Elle avait demandé aux domestiques de draper les fenêtres de crêpe noir et d'installer un panneau sur la porte d'entrée. Puis, dans les semaines qui avaient suivi, elle avait reçu de nombreux visiteurs avec le soutien de ses sœurs Sophia et Camilla, car sa mère estimait que cet effort dépassait ce que l'on pouvait demander à une femme prostrée par le chagrin. Dorothea avait soigneusement emballé chacune de ses nouvelles robes dans du papier argenté et, avec elles, ses espoirs… pour n'y repenser que l'année suivante. Et maintenant, une nouvelle saison allait démarrer.

Ses yeux se posèrent sur la pile de correspondance sur le bureau. Elle en tira une lettre de la main d'un certain M. Plummet, au caractère guère amical. Elle tenta de déchiffrer ce qui était écrit et de discerner s'il s'agissait bien du Plummet de la *lettre parfumée.*

— Je sais que je n'assisterai à aucune des fêtes cette année, annonça sa sœur cadette de deux ans en entrant sans cérémonie dans la chambre de Dorothea. Mais je suis convaincue de n'avoir pas assez de robes, ne serait-ce que pour les occasions auxquelles je participerai. J'ai dû grandir d'une tête depuis l'année dernière et aucune de mes robes en soie ne me va plus.

Dorothea reposa la lettre et leva les yeux vers sa sœur, laissant échapper un soupir silencieux. Tandis qu'elle assimilait ses paroles, elle pinça les lèvres et s'abstint d'énoncer une vérité moins flatteuse. Camilla n'avait pas seulement poussé en taille.

— Tu ne peux pas avoir grandi d'une tête. D'ailleurs, la rassura Dorothea, je me suis occupée de cette question, comme je t'avais promis de le faire. Pen est en train de reprendre les coutures de mes anciennes robes qui ont assez de tissu pour le permettre. J'ai écrit à l'avance pour obtenir un rendez-vous avec une *modiste* dès que possible, et tes robes iront à Joanna.

Camilla laissa échapper un ricanement peu féminin.

— Elle ne les portera pas.

— Elles iront donc à Tilly, répliqua Dorothea.

Elle s'efforçait de faire preuve de patience avec cette sœur qui occupait la fâcheuse place d'enfant du milieu et qui compensait son manque de confiance en elle par une exubérance agaçante dont il faudrait la débarrasser avant qu'elle ne fît son entrée dans le monde l'année suivante.

— Mais laisse-moi un peu de temps seule pour réfléchir, ma chérie. J'ai beaucoup de choses à faire avant que nous ne partions ce soir.

Camilla afficha une grimace et quitta la pièce, accordant à Dorothea quelques minutes de paix avant qu'on la lui volât. C'était toujours ainsi. Elle porta les lettres jusqu'au fauteuil placé près de la chaleur de l'âtre, et en fit tomber la moitié lorsqu'elle ramena son châle sur son épaule. Avec un sifflement de frustration, elle se pencha pour ramasser les courriers.

— Laisse-moi t'aider.

Sophie entra à la hâte dans la chambre et attrapa les missives que Dorothea n'avait pas encore récupérées, puis les lui tendit sans un mot. Sa sœur savait qu'elle prenait ces lettres très au sérieux, même si elle avait jugé qu'une telle préparation n'était pas nécessaire.

Pendant que Dorothea reprenait sa place, Sophia se posa sur le bord du lit. Elle croisa les mains et soutint le regard de sa sœur avec un sourire mélancolique que cette dernière interpréta comme un signe que sa cadette n'avait rien d'autre à faire pour l'instant.

— J'ai demandé à Margery d'étendre ma robe de soirée sur le lit, expliqua Sophia, enroulant son bras mince autour d'un des montants du baldaquin et s'y appuyant. Es-tu certaine que nous devons être présentes ce soir, Dorry ? Nous venons tout juste d'arriver. Tout cela semble bien précipité, et cela inquiète maman d'être bousculée de la sorte.

Dorothea avait cru qu'il ne restait rien à préparer, mais Sophie le lui ayant rappelé, elle se dirigea vers l'armoire et en sortit la robe qu'elle avait prévu de porter ce soir-là. Elle avait été soigneusement suspendue et n'était pas froissée, mais cela pourrait changer après quelques heures passées au milieu de ses autres tenues.

— Évidemment que nous devons assister à cet événement. Le bal de lady Berkley marque l'ouverture de la saison, et c'est le seul pour lequel nous avons reçu une invitation jusqu'à présent. Il est regrettable que Tilly soit tombée malade et que cela ait retardé notre arrivée à Londres, mais nous ne devons pas manquer cette soirée.

Lorsque leur plus jeune sœur, Matilda, était tombée malade la veille de leur départ, leur mère avait refusé de quitter le manoir tant qu'elle n'était pas certaine de ne pas avoir attrapé le mauvais rhume de sa fille. Il aurait été insupportable de voyager du Surrey à Londres avec un rhume de cerveau, avait-elle affirmé.

Sophia pivota pour regarder Dorothea soulever sa robe et la scruter à la recherche de la moindre imperfection.

— Cependant, je crains que cela ne soit pénible pour maman. Et j'ignore pourquoi tu as insisté pour que je fasse mon entrée dans la société la même année que toi. J'aurais été parfaitement satisfaite d'attendre l'année prochaine. Camilla et moi aurions pu faire notre saison ensemble.

Dorothea s'arrêta pour la fixer du regard.

— Tu ne peux pas être sérieuse ! Si, l'année dernière, tu es restée à l'école, ce qui n'est guère habituel pour une jeune femme de dix-sept ans, tu ne peux tout simplement pas retarder à nouveau ton entrée dans le monde. Pas à ton âge. Tu auras autant d'occasions que moi de faire une rencontre intéressante.

Elle haussa un sourcil, ajoutant avec petit sourire :

— Et je crois d'ailleurs que tu en auras besoin. Il faudra du temps pour qu'un gentleman, et encore plus le bon, gagne ton estime.

Alors que ces mots franchissaient ses lèvres, Dorothea fut saisie par un sentiment d'effroi jusqu'alors insoupçonné. C'était vrai, sa sœur était timide, et elle n'offrirait pas son cœur au premier prétendant qui se présenterait. C'était l'une des raisons pour lesquelles Dorothea voulait qu'elle eût tout le temps nécessaire pour conquérir le cœur d'un gentleman avant d'être considérée comme une candidate au rôle de vieille fille.

Mais... Et si tout ne se passait pas comme prévu ? Et si sa sœur devenait la coqueluche de la ville et qu'elle, Dorothea, était reléguée dans l'ombre ? Ce serait le comble de l'injustice alors qu'elle était l'aînée et qu'elle méritait de trouver un mari la première.

Inconsciente de ces intrusions jalouses et effrayantes dans l'esprit de Dorothea, Sophia la dévisageait ouvertement.

— À dire vrai, je ne suis pas pressée de me marier. Je n'envisagerai pas d'union si je ne suis pas motivée par l'amour, affirma-t-elle.

Elle baissa les yeux sur ses genoux, puis s'appuya en arrière sur une main avant de regarder à nouveau sa sœur.

— Je ne pourrais pas lier mon sort à quelqu'un qui ne serait pour moi qu'un étranger.

— Je n'en attendrais pas moins de toi, lui répondit Dorothea, ravalant ses craintes face à l'enjeu par des gestes efficaces.

Satisfaite de constater que sa robe de soirée était impeccable, elle l'étendit sur le lit et se dirigea vers son coffret à bijoux pour choisir quelque chose qui irait avec. Cela lui servit de rappel, et elle se tourna vers Sophia en fronçant les sourcils.

— Quels accessoires as-tu choisis pour ce soir ?

— Je n'y avais pas réfléchi. J'ai le long rang de perles de maman. Cela fera l'affaire.

Dorothea secouait déjà la tête.

— Non, il serait trop long pour ton corsage, et les perles sont couleur ivoire. Je pense que tu devrais porter mon triple rang de perles miniatures. Leur teinte rosée se mariera bien avec ta robe et ton teint, et la longueur est parfaite. Elles t'iront à merveille.

Sophia se leva et vint l'étreindre.

— Tu penses toujours aux autres. J'espère que tu feras toi aussi une rencontre amoureuse cette saison. Tu le mérites.

Mal à l'aise face à de tels éloges qu'elle savait injustifiés, Dorothea laissa échapper un petit rire.

— Une rencontre amoureuse... moi ? Non, ma sœur, je ne cherche pas à trouver un partenaire amoureux. Je cherche un partenaire avantageux, un partenaire *brillant* ! Ce n'est qu'à cette condition que je serai satisfaite.

— Eh bien ! Je pense que tu passerais à côté de quelque chose en ayant de si faibles attentes en matière de bonheur, dit Sophia, bien trop proche pour que Dorothea se sentît à l'aise. Imagine avoir un mariage comme celui de maman et papa, Dieu ait son âme. Ce n'est pas supportable.

— J'y pense, répondit Dorothea qui se dégagea de l'étreinte de sa sœur. Notre mère a fait un très bon mariage. Et, même si je tiens à faire preuve de toute la considération filiale à l'égard de notre chère maman, contrairement à elle, j'ai été élevée comme la fille d'un comte. Je serai un atout pour tout pair qui me choisira comme épouse. Je ne suis pas excessivement encline à pleurer ou à m'évanouir, et il en faudrait beaucoup pour me contrarier. Non, je crois que seul mon choix de me marier pour une position me conviendra, et c'est ce que je suis déterminée à faire.

Sophia n'avait pas l'air convaincue, mais elle abandonna le sujet.

À NEUF HEURES précises ce soir-là, Dorothea tirait sur ses gants pendant que Sophia passait son manteau par-dessus sa robe. Leur mère n'était pas encore descendue, mais sa femme de chambre leur avait assuré que lady Poole serait prête d'un moment à l'autre. Le bruit surprenant de coups frappés à la porte d'entrée interrompit Dorothea dans ses mouvements. Sa sœur lui rendit son regard, perplexe, puis se dirigea vers la porte du salon. Lorsqu'elle s'ouvrit, elle leva les mains, surprise.

— Evo ! Que fais-tu ici ?

Leur frère à Londres ? Dorothea resta figée, sous le choc. Ce n'était pas ce qu'elle avait prévu. Elle s'était précisément arrangée pour qu'Everard arrivât le lendemain du bal des Berkley, afin de ne se concentrer que sur un seul événement à la fois. Il y avait sans doute eu un malentendu pour qu'Evo fût arrivé aujourd'hui.

Lorsque leur jeune frère entra et lui offrit une courbette accompagnée d'un sourire, elle posa les mains sur les hanches et lui envoya un regard noir.

— Everard, pourquoi es-tu ici avec un jour d'avance ? Où est M. Sands ?

— Tu es surprise, n'est-ce pas ? Je savais que ce serait le cas, dit Everard, balayant le salon du regard. Eh bien ! J'avais oublié à quoi ressemblait cet endroit.

— Surprise, certes, mais j'attends aussi que tu répondes à ma question, insista Dorothea.

Son frère avait encore l'allure d'un jeune garçon, même du haut de ses treize ans. Il était plutôt petit et ne présentait aucun signe distinctif qui aurait pu laisser penser qu'il était sur le point de devenir un homme. Il entra à grands pas dans la pièce et se laissa tomber dans l'un des fauteuils tandis que Sophia et elle s'asseyaient pour écouter son histoire.

— Eh bien, ce fut un coup de chance, je vous le dis, mais je suis tombé sur Harv qui se rendait lui aussi à Londres. Seulement, il voyageait avec son cousin dans un cabriolet à quatre chevaux, et il aurait progressé deux fois plus vite que nous avec ce véhicule que nous avions loué. Alors, lorsqu'il m'a invité à me joindre à lui hier au petit déjeuner, je lui ai dit que je viendrais. J'ai abandonné M. Sands, qui dormait encore.

— Tu n'as pas fait cela ! s'exclama Sophia en le regardant d'un air de reproche.

— Evo, t'est-il venu à l'esprit que M. Sands pourrait être bouleversé d'avoir perdu son protégé ? lui demanda Dorothea d'une voix terriblement calme. Ou encore que c'était une honte pour toi de l'avoir abandonné sans lui donner congé ?

— Pas le moins du monde ! répondit-il sans se départir de sa bonne humeur.

Il se leva lorsque leur mère entra dans la pièce.

— Car, vois-tu, je lui ai laissé un mot.

— C'est un plaisir que tu sois là, Evo, dit lady Poole en inclinant sa joue pour qu'il puisse l'embrasser. Je suis prête, Dorothea.

La réaction de sa mère était si sereine, si peu surprise, qu'elle souleva une vague d'irritation chez Dorothea. Mais, d'un autre côté, c'était à elle de s'occuper de tout ce qui pouvait être fâcheux ou surprenant, alors pourquoi sa mère aurait-elle dû s'inquiéter d'un quelconque imprévu ?

L'instant d'après, à son grand désarroi, son irritation se mua en une montée de larmes. Ses plans soigneusement élaborés tombaient maintenant à l'eau ; du moins Dorothea en avait-elle l'impression. Elle envoya des instructions au majordome pour que Mme Platt préparât la chambre d'Everard et le conjura de bien se tenir jusqu'à ce qu'ils se parlassent le lendemain matin. Et ils allaient parler, insista-t-elle.

Bientôt, elle était installée sur le siège orienté vers l'arrière pour parcourir la courte distance qui les séparait du bal, puis se trouvait dans la file d'attente avant même d'avoir compris ce qui était en train de se passer. Sophia se tenait derrière elle, un bras passé autour de sa mère pour la protéger de l'air froid du mois de mars qui s'engouffrait à chaque nouvelle arrivée. Dorothea tâchait de se souvenir de tout ce dont elle avait besoin pour garantir le succès de la soirée.

Son futur mari devait avoir un titre, il devait être riche, être respecté dans la société, il ne devait pas susciter le dégoût... C'était une liste simple, en réalité, et quiconque ne répondrait pas à ces critères serait rapidement écarté.

Devant elles, plusieurs personnes patientaient, et comme lady Berkley n'était pas pressée de faire entrer les invités dans la salle, Dorothea eut tout le loisir de scruter les lieux lors de son premier bal londonien. La vue de l'élégant décor lui donnait des frissons nerveux, même si celui-ci était magnifique.

La maison Berkley était réputée pour sa salle de bal d'une taille impressionnante. En effet, l'un de ses murs était bordé de six hautes fenêtres et le mur opposé comportait un nombre équivalent de colonnes. La pièce était somptueusement décorée de fleurs de serre, de bougies et de draperies de soie blanche artistement placées. Il était facile d'embrasser la pièce d'un seul coup d'œil, car la foule était encore clairsemée.

Dorothea nota dans un coin de sa tête d'arriver un peu plus tard au prochain bal. Elles ne devaient pas donner l'impression d'être désespérées.

Elle jeta un regard derrière le gentleman qui la précédait pour voir le couple qui se tenait maintenant devant lady Berkley et qui échangeait des salutations. Ses yeux dérivèrent de nouveau vers le gentleman, et elle prit un moment pour apprécier la belle coupe de son manteau noir et les larges épaules qui le remplissaient. Il était d'une taille convenable, avait une épaisse chevelure sombre et bouclée, et une carrure athlétique des pieds à la tête, ce qui laissait présager un beau spécimen de la gent masculine. Elle se demanda si ses traits étaient aussi superbes que son dos semblait le promettre.

Sans doute était-ce parce qu'elle l'admirait que ses oreilles étaient anormalement attentives aux chuchotements audibles provenant de derrière sa sœur et sa mère.

— Ce gentleman, juste là, en manteau noir, ressemble à M. Shaw, l'ami de ton frère. Est-ce lui ?

Elle se figea, s'efforçant d'entendre la réponse et se demandant s'il les avait entendues aussi. Ce n'était sans doute pas le cas, car il était maintenant en train de saluer lord Berkley.

— Oui, c'est lui. Je ne l'avais jamais vu à Londres avant. Je dirai à Robert qu'il est venu, s'il n'est pas déjà au courant, murmura la seconde voix.

— C'est un beau diable. Peut-être m'invitera-t-il à danser.

Cette remarque fut accompagnée d'un petit rire espiègle qui donna à Dorothea l'envie de se retourner pour voir qui parlait. Elle résista.

— Peut-être le fera-t-il, mais sois prudente. D'après ce que dit mon frère, sa propriété est criblée de dettes.

Dorothea n'entendit pas le reste de ses paroles, car elle

saluait lord Berkley, souriant à ses compliments et lui exprimant sa gratitude pour l'invitation. En vérité, c'était sa gentille épouse qui l'avait envoyée, exprimant son désir d'aider la fille du défunt lord Poole à réussir ses débuts à Londres.

Alors qu'elle avançait pour saluer lady Berkley, Dorothea prit conscience de l'importance de l'instant et un brusque accès de joie s'insinua dans son sourire. Elle avait enfin sa saison, et elle trouverait un mari digne de son rang, un époux qui la mettrait à l'abri de la pauvreté et du célibat. Un mari qui, du fait de son titre distingué, serait à la tête de la famille parfaite qu'elle était sur le point de créer. Alors sa vraie vie commencerait.

CHAPITRE 2

Miles Shaw possédait tout ce qu'une fortune ne pouvait lui apporter. Un regard sur son reflet souriant dans le miroir du logement qu'il louait le lui avait confirmé. Son manteau épousait ses larges épaules aussi étroitement qu'un manteau pouvait le faire sans l'obliger à recourir aux services d'un valet de chambre, ce qui représentait une économie nécessaire. Sa cravate était impeccable et formait un nœud élaboré qu'il avait lui-même appris à exécuter. Ses yeux d'un bleu particulièrement brillant avaient incité plus d'une jeune femme à laisser leur regard s'attarder sur lui, si les profondes fossettes de son sourire n'y avaient pas suffi. Seuls ses cheveux reflétaient la personnalité têtue de leur propriétaire, avec un épi sur le côté gauche qui envoyait ses mèches brun foncé dans deux directions différentes, en dépit de ses efforts pour les peigner. Mais il devait se satisfaire de ce qu'il ne pouvait, somme toute, pas changer.

Alors qu'il progressait dans la file de réception du bal de lady Berkley, Miles se demandait si cette soirée lui porterait davantage chance que les semaines précédentes. Certes, ce n'était que le début de la saison. Mais il n'avait encore rencontré aucune femme qui lui eût insufflé le désir d'entamer sérieusement une cour. Jusqu'à présent, toutes s'étaient montrées soit trop timides pour répondre à son badinage autrement qu'en rougissant, soit si audacieuses qu'il craignait de les charmer, de peur d'être pris au piège avant d'être sûr de son fait.

Mais, le temps lui était compté. Le jour même, il avait reçu une lettre de sa mère l'informant que la moisissure noire dans certaines des pièces inutilisées de leur maison ancestrale s'était développée à une vitesse alarmante au cours des dernières semaines, et qu'elle craignait que l'humidité ne soit à l'origine de ses problèmes de santé. Il n'avait d'autre choix que de trouver une femme riche et de la courtiser aussi rapidement que ses charmes naturels le lui permettraient.

Au-delà de la file de réception, il avait une vue sur la salle de bal, d'où filtraient des airs de musique. Les musiciens n'avaient pas entamé les morceaux plus entraînants qui inciteraient les invités à danser, car il était encore tôt. Des bougies étaient allumées dans les deux grands lustres au-dessus de la piste de danse. Leurs lumières vacillantes se reflétaient sur les coupes de champagne et autres boissons sucrées que les domestiques portaient sur des plateaux, en se déplaçant parmi les invités.

C'était une ambiance propice à la romance, songea Miles avec une pointe d'humour, conscient qu'il lui faudrait tout son talent de séducteur pour mener une cour galante plutôt qu'une cour de mercenaire. Il était venu à Londres pour trouver une femme avec une dot qui lui permettrait de ne plus avoir à subir les corvées qu'il avait connues au cours des quatre dernières années, et qui permettrait à sa pauvre mère d'être plus à l'aise.

Il en avait besoin, mais ce n'était pas un homme froid ni cupide. Pas lui ! S'il était déterminé à faire un bon mariage, il voulait également trouver une femme pour laquelle il éprouverait une réelle affection. Et, plus encore, il désirait la trouver avant d'avoir vieilli. Il éprouvait une inexplicable envie de vivre assez longtemps pour voir ses petits-enfants atteindre l'âge adulte.

En tête de la file, lady Berkley se détourna du couple devant Miles, et lui tendit la main.

— Monsieur Shaw, je dois vous dire combien je suis ravie de vous voir enfin à Londres. J'espère que votre mère va bien. Est-elle ici ?

Il s'inclina au-dessus de sa main et se releva avec un sourire engageant qui en appela un de son hôtesse.

— Elle va bien, je vous remercie. Ma mère m'a prié de vous transmettre ses salutations les plus chaleureuses, et de vous dire qu'elle regrette que sa santé ne lui permette pas de voyager jusqu'à Londres pour le moment. Elle m'a promis qu'elle enverrait une lettre.

Miles passa sous silence le fait que sa mère ne possédait pas de garde-robe suffisante pour une saison entière à Londres et qu'elle ne viendrait que pour un mois à la fin du printemps.

— J'espère que vous passerez une bonne soirée, lui dit lady Berkley. Et venez me rendre visite un matin, je suis généralement à la maison pour les amis.

Elle se tourna pour saluer les invités suivants, et son air hésitant amena Miles à penser qu'elle ne les connaissait pas.

Pour la première fois, il se tourna pour regarder derrière lui, et il croisa le regard d'une grande femme aux boucles brunes, aux yeux intelligents et au teint le plus impeccable qu'il eût jamais vu. Elle posa sur lui un regard curieux avant de le détourner et de sourire à leur hôtesse. On aurait dit qu'elle expliquait quelque chose, ou qu'elle se présentait à lady Berkley, dont le visage s'illumina, compréhensif. Il s'arrêta pour la fixer du regard, sans pouvoir s'en empêcher, intrigué à la fois par sa situation et par sa beauté qui n'était pas commune.

En dépit de son attitude hautaine et condescendante, ses yeux étincelaient de chaleur tandis qu'elle s'entretenait avec lady Berkley. Son épaisse chevelure brune encadrait un beau visage aux sourcils élégants et animés, et son menton, plutôt obstiné, le convainquit que personne ne pourrait la pousser à faire quelque chose qu'elle n'aimerait pas. Un défi s'il en était. *Cette femme* valait peut-être la peine d'être courtisée. À en juger par ses bijoux, elle ne vivait pas à la limite de la pauvreté.

Lady Berkley l'aperçut et lui fit signe de revenir.

— Lady Dorothea, permettez-moi de vous présenter M. Shaw, dont la mère était l'une de mes plus proches amies dans notre jeunesse. Monsieur Shaw, voici lady Dorothea Rowlandson, sœur aînée du comte de Poole.

Elle s'interrompit pour attendre la femme plus âgée qui se trouvait derrière eux et qui parlait encore à lord Berkley, avant de conclure ses présentations.

— Lady Poole semble être en pleine conversation avec mon mari, mais voici la sœur de lady Dorothea, lady Sophia.

Miles fit une profonde révérence et sourit aux deux femmes lorsqu'il releva la tête, laissant son regard s'attarder sur l'aînée. En tant que fille d'un comte, elle devait certainement avoir une dot digne d'intérêt. Et elle était excessivement belle à regarder. Sa quête pourrait peut-être lui procurer rapidement une récompense.

— Lady Dorothea, c'est un plaisir. Lady Sophia, ajouta-t-il en se tournant vers sa sœur.

Cette dernière répondit en détournant les yeux alors qu'elle faisait la révérence, à l'instar des femmes timides qu'il avait fréquentées depuis son arrivée à Londres. Quant à lady Dorothea, toute curiosité avait fait place à une froide évaluation, comme si elle avait décidé qu'il ne valait pas la peine qu'elle s'y attardât. Après une brève révérence, elle se détourna lorsque lady Berkley reprit la parole.

— Loin de moi l'idée d'être trop directive, monsieur Shaw, mais je manquerais à mes devoirs d'hôtesse si je ne vous encourageais pas à inviter lady Dorothea et lady Sophia à danser. Il s'agit de leur première saison à Londres, et l'un de mes objectifs est de voir le parquet rempli de couples de danseurs dès la première partie.

Miles leva un sourcil interrogateur en guise d'invitation, et le masque glacial de lady Dorothea s'accentua à cette suggestion, ce qui lui donna envie de rire. Ainsi donc, elle ne le considérait pas comme un parti digne d'intérêt? Brièvement, il se demanda si l'embrasser ferait fondre la glace, une fois qu'il aurait usé de son charme, bien sûr. Il n'embrassait pas les jeunes filles récalcitrantes.

— Lady Dorothea, je serais très heureux si vous acceptiez de danser la partie d'ouverture avec moi, déclara-t-il, après que ces pensées lui eurent traversé l'esprit en une succession rapide. Et si vous, Lady Sophia, acceptiez une invitation pour la seconde.

Le visage de l'aînée ne laissait rien paraître de la chaleur qu'elle avait manifestée à l'égard de leur hôtesse, mais il n'y avait rien à redire à son approbation gracieuse. La plus jeune murmura aussi son consentement, mais d'un ton si timide qu'il entendit à peine sa réponse. Miles reporta son regard sur lady Dorothea, se demandant si elle était vraiment aussi froide qu'elle en avait l'air. Après le bref aperçu qu'il avait eu de sa conversation avec leur hôtesse, il se doutait qu'elle ne pouvait pas l'être. Il serait amusant de le découvrir.

— Je viendrai donc à votre rencontre, dit-il en s'inclinant à nouveau.

Il descendit ensuite les trois marches qui menaient à la salle en contrebas où se réunissaient les invités.

Un rapide coup d'œil ne lui permit de reconnaître qu'une seule paire de visages familiers. Sa sœur et son mari.

— Mary, dit-il en arrivant à ses côtés, avant de se tourner pour serrer la main de son beau-frère. Albert. Il me semblait que mère m'avait dit que vous arriveriez la semaine prochaine. Elle a dit que votre maison était louée jusqu'à cette date ?

Albert Penworth était un gentleman suffisamment fortuné pour être considéré comme important et avoir accès à certains cercles privilégiés où l'on accordait plus de poids aux investissements qu'aux titres. Une partie de sa richesse résultait également de mesures économiques telles que la location de sa maison lorsqu'il n'en avait pas l'usage. Miles était heureux que sa sœur eût échappé à une vie faite de privations et d'économies, mais il s'étonnait parfois de la complaisance avec laquelle elle acceptait un homme qui avait rarement quelque chose d'intéressant à dire.

— Notre locataire ne souhaitait pas rester après le retour en masse de la foule londonienne au Parlement, mais comme le contrat prévoyait qu'il devait payer jusqu'à la fin du mois de mars, c'est moi qui tire profit de cette situation.

Il rit de bon cœur, et, apercevant un gentleman de sa connaissance, les quitta brusquement pour aller lui serrer la main.

Le regard d'avertissement de Mary lui fit clairement comprendre qu'elle savait qu'il trouvait son mari obtus, mais qu'elle se refusait à reprendre cette discussion. Elle aborda ensuite le seul sujet sur lequel son frère et elle étaient d'accord.

— Mère allait-elle bien lorsque tu es partie ? s'enquit-elle.

Il acquiesça, ajoutant après un moment de réflexion :

— Je présume qu'elle aurait aimé venir à Londres pour toute la saison, mais... eh bien, tu sais.

Mary soupira.

— J'ai essayé de persuader Albert d'acheter quelques robes et des accessoires pour mère, comme tu l'as suggéré. Je crains qu'il n'ait pensé que c'était un gaspillage d'argent choquant, étant donné que nous pourrions un jour avoir nos propres filles.

Elle se pencha et imita Penworth, exprimant un reproche qui ne lui était pas coutumier.

— Mais enfin, Mary ! Serais-tu prête à sacrifier la fortune de tes filles à naître, en les empêchant de faire un bon mariage, pour habiller ta mère avec élégance, une vieille femme qui ne cherche plus d'époux ? Ma femme ne pourrait concevoir une telle chose !

Miles lui adressa un sourire compatissant qu'elle lui rendit avant d'ajouter, loyale :

— Mais il ne pense pas à mal. C'est un homme bon. Je pense qu'il s'inquiète sincèrement pour nos filles...

— Filles que tu n'as pas encore mises au monde, précisa Miles, le regard empreint d'ironie.

Mary laissa échapper un petit rire, et haussa une épaule.

Son frère laissa son regard dériver dans la pièce, en quête de certaines de ses connaissances, puis il étendit sa recherche à lady Dorothea. Il la trouva sans trop d'efforts, car la salle n'était pas encore pleine. La jeune femme se tenait toujours près de l'entrée avec sa mère et sa sœur, et elles ne semblaient pas connaître grand monde, ou, tout du moins, personne qui fût présent. D'une certaine manière, cela le rassurait. Avec un peu de chance, il pourrait faire progresser sa cour avant qu'un autre gentleman n'essaie de la séduire. Bien entendu, il ne s'agissait peut-être que d'un vœu pieux. Après tout, elle était la fille d'un comte, et si quelqu'un connaissait l'attachement des membres de la noblesse aux titres, c'était bien lui.

Mary s'éloigna pour discuter avec une femme coiffée d'un turban ornée de bijoux, tandis qu'Albert revenait se placer auprès de Miles. Mais, à ce moment-là, les musiciens avaient repris leurs instruments. C'était son signal.

— Albert, je te prie de m'excuser. Je me suis engagé pour la première danse.

Il fit un pas, puis, alors que la pensée lui venait à l'esprit, il ajouta :

— Tu devrais peut-être inviter Mary à danser.

— Absolument pas, mon garçon, répondit Albert, bien qu'il n'eût que cinq ans de plus que Miles. Un homme ne danse jamais avec sa femme en public.

Miles lui offrit un sourire poli et fit le tour de la salle pour rejoindre sa première partenaire. Il danserait certainement avec sa femme quand il en aurait une, même si ce n'était pas à la mode.

Si, en arrivant auprès de lady Dorothea, il avait escompté voir une expression de soulagement d'avoir été dispensée de rester assise lors de la première danse, il aurait été déçu. Après s'être incliné devant lady Poole, il tendit la main à lady Dorothea en déclarant qu'il pensait que cette danse lui était réservée. Elle le gratifia de ce même sourire fade et posa sa main sur son bras pour rejoindre les couples qui s'étaient rassemblés. Cependant, il n'était pas du genre à se laisser décourager par un peu de résistance, et il était déterminé à la faire sortir de sa coquille.

L'un des musiciens semblait avoir une corde cassée sur son instrument, ils prirent donc place sur la ligne et attendirent.

— Est-ce votre première saison à Londres, my lady ?

— Oui.

Les doux yeux bleus qui se tournèrent vers lui contrastaient avec la fermeté de sa voix et le port obstiné de son menton. Après une brève hésitation, elle ajouta :

— Il était prévu que je fasse mes débuts la saison dernière, mais mon père est décédé trois semaines avant notre départ. Nous avons naturellement dû reporter.

— Mes condoléances, répondit-il promptement, surpris et touché par cet aveu qui la rendait plus humaine. Je ne suivais pas les nouvelles en provenance de Londres l'année passée, sinon j'en aurais probablement entendu parler.

D'un autre côté, la nouvelle d'un comte quittant cette terre n'aurait pas fait grand effet sur quelqu'un qui ne connaissait aucun des endeuillés.

Comme la conversation s'enlisait, il se saisit de la seule chose qu'ils avaient en commun.

— Moi aussi, j'ai perdu mon père, même si ce n'est pas récent. Il a contracté une pneumonie il y a quatre ans et ne s'est jamais rétabli.

— Mes condoléances, répondit-elle à son tour, puis elle prit une inspiration silencieuse qu'elle laissa échapper.

Il se demanda si elle était nerveuse, ou réservée… ou si elle s'ennuyait simplement.

Il se creusa les méninges pour trouver un sujet qui fût moins morbide que… la mort. Habituellement, les femmes qu'il tentait de charmer se détendaient plus facilement qu'elle. Mais lady Dorothea lui avait offert quelque chose de plus que des banalités, et il n'allait pas renoncer à essayer d'en obtenir davantage.

— Votre sœur… ai-je raison de supposer qu'elle fait son entrée dans le monde en même temps que vous ?

— Oui.

Lady Dorothea semblait vouloir en dire plus, mais les accents du cotillon avaient débuté et ses yeux s'illuminèrent d'impatience. Il s'empressa de la conduire dans le premier cercle qui se formait avant qu'ils ne perdissent leur place.

La musique commença, mettant un terme à leur conversation. Il s'inclina devant elle, un bras derrière le dos et l'autre tendu devant lui, et elle fit la révérence en retour. Puis ils commencèrent à danser en cercle, prenant les mains de ceux qui les entouraient pendant qu'ils évoluaient sur la piste, hochant la tête et s'inclinant tour à tour devant chacun de leurs partenaires.

Lorsqu'il rejoignit lady Dorothea, serrant ses mains dans les siennes et avançant côte à côte, il fut comblé du plaisir de danser avec une femme qui ne demandait que peu d'efforts pour la conduire. Elle avait peut-être un menton obstiné, mais elle était faite pour danser. Cela le poussa plus d'une fois à lui adresser un regard appréciateur, et il reçut au moins un sourire authentique en retour. Chaque fois qu'ils se rapprochaient, le parfum frais de la jeune femme troublait les sens de Miles, ce qui renforçait son admiration. Il se mordit la lèvre pour ne pas sourire. Elle était délicieuse !

Enfin, la musique de la première danse prit fin et ils se retirèrent sur le côté pour attendre le prochain morceau de leur série. Miles lui offrit son bras, et lorsqu'elle posa la main dessus, il l'approcha.

— Vous dansez avec élégance, my lady. J'ai rarement dansé avec une partenaire qui m'a procuré plus de plaisir.

Ses joues étaient rosies par l'effort et ses yeux brillaient tandis qu'elle s'éloignait légèrement pour mettre plus de distance entre eux.

— Je prends plaisir à danser. C'est le seul moment où il nous est permis de nous libérer de toute contrainte et de profiter de la félicité du moment.

Elle parut soudain se surveiller, fronçant les sourcils comme si elle en avait dévoilé plus qu'elle ne le souhaitait. C'était exactement le genre de choses que Miles voulait apprendre sur elle, car cela confirmait ce qu'il soupçonnait, à savoir qu'un cœur chaud battait sous la glace.

— C'est tout à fait vrai. C'est pour cette raison que j'apprécie la danse également.

Au bout d'un moment, elle se risqua à parler à nouveau :

— Vous aussi, vous faites un bon partenaire, monsieur Shaw. Grâce à vous, danser semble être un jeu d'enfant. Les hommes avec lesquels j'ai dansé dans le Surrey n'étaient pas aussi talentueux.

Il répondit avec une galanterie légère, même si son sourire était sincère. Bien que ce ne fût pas un grand compliment que d'être comparé aux gentlemen de la campagne, son authenticité avait touché une corde sensible en lui.

— Vous m'honorez. Je suis certain que mes pieds seront encore plus légers maintenant grâce à vos louanges.

— Et j'espère que vous ne répéterez pas mes paroles, le prévint-elle, levant les sourcils presque de manière joueuse, car j'ai critiqué d'autres gentlemen, même si aucun nom n'a été mentionné.

La chaleur qu'il avait entrevue atteignit ses yeux pour la première fois depuis qu'elle les avait posés sur lui, et il la reçut comme une récompense.

— Je vous donne ma parole de gentleman, répondit-il d'un ton aussi léger que le sien, exultant d'avoir percé sa façade. Mais, d'un autre côté, je me rends compte que j'ai oublié de vous demander si vous aviez soif. La prochaine fois, j'entendrai dire qu'un certain gentleman s'acquitte de toutes les convenances, comme d'aller chercher un verre pour la dame entre deux danses, contrairement à d'*autres* gentlemen avec lesquels elle a dansé.

Cette fois, elle rit franchement, et parce qu'il se doutait qu'elle n'abandonnait pas facilement son rire, il ressentit une nouvelle bouffée de triomphe. Un sourire se dessina sur ses lèvres. Sacrebleu ! Il l'appréciait *vraiment* ! C'était une femme de caractère, qui était belle, et dont la fortune n'était pas négligeable.

— Faisons en sorte que cela ne soit *pas* dit, répondit-elle, heureusement inconsciente des pensées qui le traversaient. Et j'apprécierais grandement que vous m'offriez un verre de limonade, froide, si possible.

— S'il faut que je descende moi-même aux cuisines pour en trouver, je le ferai, dit Miles, qui commença à s'éloigner pour aller chercher le verre, avant de faire demi-tour. Et si nous y allions ensemble ? Je ne voudrais pas vous laisser seule, même si cela ne me prend qu'une minute.

En guise de réponse, elle posa sa main sur son bras et il la guida en évitant quelques personnes alors que la salle de bal commençait à se remplir.

— Êtes-vous les trois seules enfants de feu lord Poole ? Votre sœur, vous, et votre frère, le jeune comte ?

Elle secoua la tête, ralentissant le pas alors qu'ils atteignaient la table où se trouvaient les rafraîchissements.

— Vous oubliez les trois sœurs qui vont encore à l'école. Ou plutôt, deux qui y vont encore. Camilla est assez âgée pour faire son entrée dans la société, mais nous avons tous pensé que trois femmes de la famille Rowlandson faisant leurs débuts en même temps, ce ne serait pas socialement acceptable.

Miles dit quelques mots au domestique qui se tenait près de la table des rafraîchissements qui leur servit deux verres de limonade froide.

— Camilla, vous dites ? Avec lady Dorothea et lady Sophia... oserais-je deviner que chacune des filles a un prénom se terminant par un *a* ?

— Vous pouvez deviner, et vous avez raison, lui répondit la jeune femme avant de porter son verre à ses lèvres, son sourire n'apparaissant plus que dans ses yeux. Mon père a dû céder face à l'insistance de ma mère sur ce point, car il n'était pas du tout sentimental. Il y a encore Joanna et Matilda, qui feront leurs débuts à une date ultérieure.

— Et qu'en est-il du comte de Poole ? Son nom se termine-t-il aussi par un *a* ? la taquina Miles. Roberta ? Fredericka ?

— Pas du tout, répondit-elle d'un ton guindé.

Le tressaillement de ses lèvres le convainquit qu'en dépit de son menton entêté, elle ne manquait pas d'humour.

— Son nom est Everard.

Miles lui répondit d'un hochement de tête, et laissa retomber un silence naturel. Il la regarda boire et balayer la pièce du regard. Elle semblait prendre un plaisir naïf à ce spectacle. C'était rafraîchissant.

Cette fois, elle se tourna vers lui pour lui demander :

— Avez-vous... Où est situé votre domaine ?

La question le prit au dépourvu et il combattit sa méfiance naturelle face à une telle curiosité. Il avait toujours soutenu qu'il se montrerait totalement honnête au sujet de sa situation financière. Il pouvait faire la cour comme un chasseur à l'affût de sa proie, mais personne ne serait abusé. La femme qu'il choisirait saurait à quoi s'en tenir en l'acceptant. C'était ce qu'il s'était répété.

— Mon domaine est situé dans le Lancashire, près de Manchester, répondit-il. Il n'est pas immense, ce que je considère comme une bénédiction en ce moment, car je travaille à le rendre à nouveau solvable.

Le regard que lady Dorothea lui adressa le porta à croire qu'elle le savait déjà. Miles n'aurait jamais pensé que sa situation fût connue de tous.

Il laissa échapper un rire involontaire et dit la première chose qui lui vint à l'esprit.

— Cependant, vous n'avez pas à vous inquiéter. Je ne suis pas à la recherche d'une femme riche. J'ai l'intention de le rétablir sans l'aide d'une dot.

Dès que les mots sortirent, il se figea totalement. Il venait de se dissimuler au point d'être malhonnête. Mais avant qu'il ne pût amender son affirmation, elle se détendit visiblement. Elle semblait s'être libérée d'une inquiétude, celle qu'il ne se mettrait pas en quête d'elle, et il se retrouva incapable de prononcer les mots pour corriger ce qu'il venait de dire. Sa mauvaise conscience le taraudait. N'avait-il pas décidé de se montrer ouvert au sujet de sa situation ?

Mais, d'un autre côté, il appréciait vraiment cette femme. Comment un homme pouvait-il ouvertement admettre qu'il était à la recherche d'une femme riche alors qu'il commençait tout juste à essayer de la charmer ? Il ne le pouvait pas, et il devait espérer que les sentiments de lady Dorothea se développeraient naturellement de sorte qu'elle pardonnerait les considérations pécuniaires qui accompagneraient sa cour.

La réaction de la jeune femme lui fit prendre conscience de la précarité de sa situation en tant qu'homme dont le domaine ne lui rapportait aucun revenu. Il ne pouvait pas laisser circuler la rumeur selon laquelle il était à la recherche d'une femme riche. En plus de perdre ses chances avec elle, une telle chose entraînerait la mort de sa popularité à Londres. Et, sans invitations, il n'aurait que peu d'occasions de la croiser à nouveau, ou de rencontrer une autre lady digne d'intérêt.

Il se demandait comment orienter la conversation à partir de là et fut reconnaissant que ce fût elle qui, après sa dernière révélation, ouvrît les lèvres ensuite.

— Il est noble de votre part de tenter de rétablir votre situation sans recourir aux anciennes pratiques des hommes et des femmes. De tenter d'améliorer votre situation en concluant une alliance favorable, expliqua-t-elle avec un sourire gentil.

Miles avait porté son verre à ses lèvres et il était en train d'avaler lorsque les paroles de lady Dorothea le firent inspirer brusquement. Il lui répondit donc entre deux quintes de toux.

— Vous êtes très gentille, my lady.

Il détourna le regard et tenta de rassembler ses idées. Ce n'était pas bien de sa part de l'induire intentionnellement en erreur. Il devrait peut-être y remédier.

Mais il réfléchirait à la question à un autre moment.

CHAPITRE 3

Dorothea jeta un coup d'œil à M. Shaw, puis elle laissa dériver son regard. Elle n'avait jamais rencontré quelqu'un d'aussi attirant que lui, tant au niveau de son apparence physique que de son allure. Mais que lui avait-il donc pris de dévoiler si ouvertement sa situation à un homme qu'elle venait à peine de rencontrer ? D'abord, elle avait évoqué la mort de son père et le retard subséquent de leur saison, puis elle s'était épanchée au sujet de son amour de la danse. Elle l'avait aussi complimenté sur ses compétences en tant que partenaire de danse d'une manière que l'on ne pouvait qualifier que de séductrice. *Séductrice !*

Dorothea aurait presque pu être écœurée par son manque de retenue si elle n'avait pas vu en M. Shaw un homme qui possédait une abondance de charme peu commune. Entre ses yeux bleus perçants qui la fixaient impatiemment, et son sourire concentré dirigé vers elle comme si elle était la seule femme dans la salle de bal, il était presque impossible de résister à une telle attention. Son cœur enclos y réagissait comme une fleur flétrie dont les racines venaient d'être mouillées. Après tout, les seules personnes qui s'intéressaient à elle étaient les membres de sa famille, et encore, c'était uniquement parce qu'ils avaient besoin d'elle.

Pour tenter de se défaire du pouvoir d'attraction de M. Shaw, elle profita de l'excuse de boire sa limonade pour se tourner et observer les autres invités. En réfléchissant à son comportement inhabituel en sa présence, si peu conforme à ses objectifs pour la saison, elle se réprimanda intérieurement, les sourcils froncés et les lèvres pincées. Elle ne devait pas accorder son affection à si bon compte ! N'avait-elle pas d'abord accueilli son invitation avec consternation, même si elle se félicitait de l'avoir caché ? Il n'en demeurait pas moins qu'il était tout bonnement sans intérêt.

Il n'avait pas déployé beaucoup d'efforts pour s'attirer sa sympathie, et elle s'étonnait de sa mauvaise fortune. Comment était-il possible qu'elle eût fait tout ce chemin jusqu'à Londres à la recherche d'un partenaire des plus brillants, et qu'elle commençât sa recherche en se retrouvant pour la première danse avec un homme sans le sou et sans titre ?

— Lady Dorothea ?

M. Shaw interrompit ses pensées, et lorsqu'elle se retourna, il lui tendait la main pour récupérer son verre vide. Elle le lui donna, et il le déposa sur un plateau.

— La prochaine danse est sur le point de commencer. Nous devrions aller prendre place.

Elle hocha la tête et le laissa la conduire à l'endroit où les couples étaient rassemblés. Son esprit était encore méfiant, mais son cœur n'était pas indifférent. Plus d'une paire d'yeux féminins se tournaient vers son cavalier.

Un premier bal devrait commencer sous de meilleurs auspices. Elle disposait d'une fortune respectable, était apparentée à la noblesse et possédait un visage agréable, du moins le croyait-elle, même si elle ne tenait pas la comparaison avec

Sophia… Quant à Joanna et Tilly, elles semblaient toutes deux devenir plutôt jolies.

Dorothea ne demandait pas grand-chose. Elle avait simplement besoin d'un mariage à la hauteur de son rang. M. Shaw ne pouvait pas placer ses espoirs si haut, et elle était heureuse qu'il le reconnût, car elle n'aurait pas aimé avoir à repousser un homme aussi agréable que lui.

Le morceau était un nouveau cotillon, avec des figures variées, et le simple plaisir de danser la gagna, lui faisant déjà oublier ses bonnes intentions de garder une distance convenable. Jamais elle n'avait éprouvé autant de plaisir à le faire avec quelqu'un, car il évoluait avec une aisance qu'elle jugeait tout à fait conforme à son allure élégante. La prise ferme de sa main chaque fois que les pas les rapprochaient, associée à son sourire séduisant et à son parfum agréable, lui fit prendre conscience du danger particulier qu'il représentait. Elle ne pouvait pas baisser sa garde, de peur qu'il ne passe ses défenses et ne la pousse à le déclarer digne d'intérêt.

Et pourtant, ses résolutions s'envolaient lorsqu'il exécutait les pas avec une telle grâce. Il ne s'agissait pas uniquement de ses talents de danseur. C'était aussi un homme excessivement beau, une combinaison dangereuse pour quelqu'un qui jouissait d'un tempérament aussi engageant. Il y avait seulement la façon dont ses cheveux dépassaient de sa tête, comme s'ils voulaient s'enfuir dans deux directions…

S'oubliant, Dorothea rit de l'image qu'elle avait évoquée, et M. Shaw, qui tournait autour d'elle à ce moment-là, lui jeta un coup d'œil, surpris, avant que ses lèvres n'esquissent un sourire en réponse.

— Dites-moi ce qui vous amuse.

Elle ne se croyait pas encline à rougir, mais comment lui répondre ? En lui disant qu'elle riait de ses cheveux ? Non, c'était impossible, mais son esprit habituellement agile la trahit, et elle ne trouva rien. Voyant que son regard insistant ne se détournait pas d'elle, elle se mordit la lèvre et secoua la tête.

— Je vous supplie de ne pas insister. Je vous assure que c'était une pensée idiote et sans conséquence.

— Loin de moi l'idée d'insister auprès d'une dame, répondit-il promptement avant que les pas de la danse ne l'éloignent à nouveau.

Mais son regard pénétrant et interrogateur, combiné à la pointe d'humour au coin de sa bouche, la remplissait d'un sentiment de culpabilité. Il était injuste de se moquer d'hommes beaux et pauvres.

En vérité, il ferait un excellent mari pour n'importe quelle femme d'un rang inférieur. Elle allait devoir chercher une telle dame et les présenter l'un à l'autre. C'était le moins qu'elle pouvait faire, car un homme aussi agréable que lui méritait un certain degré de considération. Peut-être pourrait-elle même lui trouver une femme riche. Ce serait vraiment une belle chose à faire. En dépit de ses nobles intentions de ne pas se marier pour s'enrichir, sa vie serait bien plus facile si la dot de son épouse était suffisamment élevée.

Leur danse se termina enfin et, bien qu'elle ne se sentît pas entièrement satisfaite du fait que son tout premier partenaire au sein de la société londonienne fût un homme sans importance, elle pouvait apprécier sa manière de s'incliner sur sa main. Et admirer ce regard franchement appréciateur qui fit jaillir quelques étincelles inattendues dans son ventre. Elle les étouffa rapidement.

Lorsque M. Shaw la ramena auprès de sa mère, Dorothea put constater que la chance lui souriait. Sa sœur n'était finalement pas restée assise au cours de la première partie, et sa mère était aux côtés de lady Sefton. Il était heureux que l'auguste patronnesse d'Almack ne semblât pas avoir besoin d'une conversation passionnante, car lady Poole était incapable d'en tenir une. Elle informa sa fille que lady Sefton leur fournirait des coupons pour Almack. Dorothea s'efforça de ne pas laisser transparaître son soulagement en la remerciant.

Lady Sefton observa le départ de M. Shaw avant de reporter son regard sur la jeune femme.

— Qui est-ce ?

— C'est M. Shaw, my lady. Je sais très peu de choses sur lui, en dehors du fait...

Elle était sur le point de lui dire qu'il n'avait pas de fortune, mais songea que ce serait mal élevé de sa part de le révéler, en plus d'être méchant.

— ... en dehors du fait qu'il est bon danseur.

Lady Sefton fit entendre un petit bruit de gorge avant de dire :

— J'ai présenté mes condoléances à votre mère pour la disparition de votre père. Lord Poole était apprécié au sein de la société, et il participait à presque tous les événements sociaux.

— Merci, my lady, répondit Dorothea.

Il est bien regrettable que sa propre famille l'ait si peu vu en contrepartie.

— Et je disais à votre mère que j'avais l'intention de vous présenter certains des hommes les plus en vue de la saison. Si je ne m'abuse, vous souhaiterez contracter une union avantageuse ? ajouta-t-elle.

Lady Sefton ne faisait pas erreur, et Dorothea dissimula son empressement lorsque l'un des gentlemen en question se présenta sur sa convocation. Elle se tourna pour voir lord Peregrine lui faire la révérence, que la patronnesse lui présenta comme étant un baron.

— C'est un plaisir, dit Dorothea en s'inclinant à son tour, levant un regard impatient sur lui.

Son sourire manquait de la chaleur de celui de M. Shaw, mais elle se dit que c'était normal. Après tout, ce pauvre homme était sans doute courtisé et harcelé par des beaux partis dans toute la société. Il ne recevrait pas un tel traitement de sa part.

Cependant, elle ne devait pas tarder à lui montrer qu'elle serait une baronne idéale si elle avait une chance de le devenir. Certes, une baronnie n'était pas le plus haut degré de la noblesse, mais c'était un pair. Et si lady Sefton le connaissait, il devait sans doute avoir les bonnes relations. Du moment qu'il était solvable, cela ne la dérangeait pas.

Il détourna les yeux du parquet pour les poser à nouveau sur elle.

— Pourrais-je avoir l'honneur de vous conduire lors de la prochaine danse ?

— Avec plaisir, répondit-elle, se rendant compte un peu trop tard qu'elle avait déjà utilisé le mot « plaisir » la dernière fois qu'elle avait ouvert la bouche.

Il fallait qu'elle se reprenne si elle ne voulait pas que lord Peregrine pensât qu'elle n'avait aucune conversation. Elle avait entendu dire qu'être jugé inintéressant équivalait au baiser de la mort dans la société londonienne.

— Je reviendrai vous chercher dès que cette série sera terminée, déclara-t-il.

Son sourire glacial était de retour lorsqu'il lui fit une nouvelle révérence.

Dorothea le regarda s'éloigner, perplexe. Elle avait cru qu'il resterait et ferait la conversation avec elle le temps que cette danse se terminât. Ce n'était pas comme s'il pouvait danser avec quelqu'un d'autre, étant donné qu'elle avait déjà commencé. Et cela leur aurait donné une occasion d'apprendre à se connaître. Il lui incomberait de faire montre de plus d'esprit que ne le laissait présager ce premier contact. Elle savait qu'elle pouvait faire mieux que cela.

Lady Sefton et sa mère reprirent leur conversation, et Dorothea se mit à observer les danseurs. M. Shaw dansait maintenant avec Sophia comme il l'avait promis. Voir sa sœur sourire à ses propos montrait que la jeune fille s'était ouverte à lui plus qu'elle ne le faisait généralement. C'était inhabituel, car les hommes charmants revenaient généralement bredouilles lorsqu'ils essayaient d'exercer leur attrait sur elle.

Un pli inquiet barrait le front de Dorothea. Elle espérait vivement que sa sœur ne développerait pas un penchant, mal placé de surcroît, si tôt dans la saison. Sophia pouvait trouver un homme de rang plus élevé que M. Shaw. En tant que fille de comte, elle devait faire un bon mariage, malgré le fait qu'elle eût déclaré vouloir un mariage d'amour. Elle ne possédait aucun des talents nécessaires pour survivre à une vie de pauvreté. Une créature aussi douce qu'elle devait être choyée. En vérité, si quelqu'un dans la famille Rowlandson était capable de survivre à la pauvreté, c'était Dorothea elle-même. Qui dirigeait toute la maisonnée de manière efficace, enfilant parfois une vieille robe pour rejoindre les domestiques et s'assurer que les tâches étaient bien accomplies ? C'était elle.

Une foule de gens somptueusement vêtus se pressait devant elle, l'empêchant de voir la danse qui se déroulait au centre et la ramenant à son objectif. Non pas qu'elle eût l'intention de vivre dans la pauvreté. Non, elle connaissait son objectif depuis qu'elle était en âge de mesurer sa valeur et sa situation. Elle était destinée à de plus grandes choses.

Elle reporta son attention sur le monde lorsque la musique et la partie prirent fin. Dorothea se dressa sur la pointe des pieds, balayant la pièce du regard pour voir où se trouvait lord Peregrine, impatiente d'entamer sa danse avec lui. Comme il était plus de vingt-trois heures, il y avait maintenant une foule, et elle distingua à peine M. Shaw qui raccompagnait sa sœur vers elles. Il ne devait pas la retrouver sans partenaire à son arrivée. Ce serait trop lamentable et cela pourrait même lui donner de fausses idées. En l'état, il devait s'estimer heureux d'avoir dansé avec elle et pas l'inverse.

Elle se mordit la lèvre et se mit à taper du pied sous sa robe. Si lord Peregrine ne venait pas la chercher maintenant, M. Shaw aurait l'audace de penser que c'était *elle* qui avait de la chance d'avoir été associée à lui.

Il s'approchait, en pleine conversation avec Sophia, lorsque Dorothea sentit qu'on lui touchait le bras. Lord Peregrine murmura quelque chose à propos de cette danse et la conduisit sur le côté de la piste alors que la musique commençait. Ils se glissèrent à leur place juste à temps et n'eurent plus l'occasion de discuter lorsque la musique entama un énergique quadrille écossais.

Bien qu'elle appréciât la danse elle-même, qui avait toujours été l'une de ses préférées, lord Peregrine ne se distinguait pas particulièrement. Il lui marcha sur les orteils à deux reprises et se trompa de direction trois fois. Elle ne put s'empêcher de le comparer au modeste M. Shaw et d'admettre que, sur ce point au moins, ce dernier était le meilleur.

Privée de son habituel plaisir de danser, Dorothea commença à aspirer à une conversation autre que le monologue continuel qui tournait dans sa tête. Une simple danse ne faisait pas un homme ; peut-être ferait-il montre d'une habileté particulière dans cet autre domaine. Enfin, avant que ses pieds ne fussent complètement meurtris, ils s'arrêtèrent pour la pause entre les morceaux, et lord Peregrine lui offrit son bras.

— Il nous faut quelque chose à boire, annonça-t-il, et, sans attendre sa réponse, il les conduisit à la table des rafraîchissements à une allure proche du galop.

Elle put l'observer pendant qu'ils attendaient leur tour pour se faire servir leurs boissons. Sa peau claire était devenue rouge à cause de l'effort fourni pendant la danse, et elle compatissait avec lui. Cependant, il ne devait pas s'imaginer qu'elle le lui reprocherait. Alors qu'elle s'attardait sur son apparence, elle se disait qu'il pouvait être considéré comme beau, en dépit d'une implantation de cheveux en cœur très prononcée et d'un nez un peu long.

— Je vous dois des excuses, dit lord Peregrine. Si j'avais su que ce serait un quadrille écossais, je serais resté assis pendant cette danse. Je ne suis pas à mon avantage dans les quadrilles.

— Cela n'a pas d'importance, répondit-elle, masquant sa déception face à son manque d'habileté.

Les gens s'éloignèrent de la table, et elle attendit pendant qu'il s'avançait pour prendre deux verres. Au moins, il admettait qu'il n'excellait pas dans l'art de la danse. L'honnêteté était une valeur chez un prétendant potentiel.

— Venez-vous à Londres chaque saison ? lui demanda-t-elle lorsqu'il lui tendit une limonade, tandis qu'il prenait une coupe de champagne pour lui.

Aimait-il fréquenter la bonne société, ou préférait-il rester dans son domaine ? En tant qu'épouse, cela déterminerait l'endroit où elle passerait le plus clair de son temps. Elle avait décidé à l'avance de poser ces questions pour savoir quel gentleman lui conviendrait le mieux.

— Je l'ai fait au cours des trois dernières saisons, répondit-il, puis il but son champagne d'un trait et déposa le verre sur le plateau d'un domestique qui passait devant lui. Je suis les sessions parlementaires, mais à part cela, il ne se passe rien d'intéressant ailleurs. Toutes les familles qui organisent des parties de campagne attendent que l'été batte son plein avant d'envoyer des invitations.

— C'est tout à fait vrai, répondit-elle, même si elle n'avait aucun point de comparaison.

Elle n'avait jamais vécu de saison, et elle était encore à l'école à l'époque de la seule fête d'été à laquelle elle avait été conviée. Ce n'était pas la première fois qu'elle se rendait compte que sa vie de fille de pair était particulièrement protégée. Et ce n'était pas non plus la première fois qu'elle regrettait que son père n'eût pas fait plus d'efforts pour les intégrer dans la société.

Elle patienta, observant les gens qui évoluaient sur la piste pendant qu'elle buvait sa limonade. Son regard se porta sur Sophia, qui avait été invitée à danser immédiatement après que M. Shaw l'avait libérée. Ses yeux étaient maintenant rivés sur le gilet du gentleman qui lui parlait, bien qu'il semblât être un partenaire très agréable. Son bref moment d'ouverture était terminé, ce qui mena Dorothea à s'inquiéter une nouvelle fois des sentiments que sa sœur pourrait éprouver envers M. Shaw. Il ne fallait pas qu'elle s'intéressât à un homme simplement parce qu'il pouvait la faire sourire. Dorothea devait placer d'autres gentlemen sur le chemin de Sophia.

Lord Peregrine balayait la salle du regard, tout comme elle, sans contribuer à la conversation. Il ne pouvait la trouver à ce point inintéressante ! Elle fit une nouvelle tentative.

— Où se trouve votre domaine ?

Oh, doux Jésus ! Elle *était* inintéressante. C'était exactement la question qu'elle avait posée à M. Shaw.

— Il est près de Cambridge, répondit lord Peregrine en faisant un pas en avant, les yeux rivés sur les couples qui se rassemblaient sur le côté de la piste. Ne devrions-nous pas nous préparer pour la prochaine danse ?

— Si vous le souhaitez, répondit-elle d'une voix hésitante, se souvenant de son aversion pour les danses plus rapides. Ou, si vous préférez ne pas participer à celle-ci, je n'y vois pas d'inconvénient.

— En aucun cas. Je ne voudrais pas vous en priver, répondit-il d'un ton distrait.

Dorothea avait soif ; elle but donc le reste de sa limonade et tendit le verre à son partenaire, mais il avait toujours les yeux fixés sur les couples près de la piste de danse. Un domestique le récupéra, et elle suivit le regard de lord Peregrine en direction des couples qui se rassemblaient. Elle se rendit soudain compte que son comportement inexplicablement obtus devait signifier que son cœur appartenait déjà à une autre lady, bien qu'elle ne pût deviner de laquelle il s'agissait. Elle posa sa main sur son bras et il s'avança sans réfléchir.

Un sentiment de déception lui serra le cœur lorsqu'elle comprit que lord Peregrine ne la trouverait pas intéressante, quels que fussent les efforts qu'elle déploierait. Puis elle se redressa. Si le cœur de cet homme appartenait à une autre, cela ne servait à rien de continuer à le considérer comme un prétendant potentiel. Elle le traiterait avec gentillesse, et lui souhaiterait bonne chance pour sa cour.

Mais elle n'aurait pas été humaine si elle n'avait pas espéré que toute sa soirée, voire toute sa saison, ne fût pas condamnée à répéter ce cycle d'hommes charmants non mariables et d'hommes distraits qui l'étaient.

CHAPITRE 4

Le lendemain matin, Dorothea se réveilla avec un mal de tête qui ne lui laissa aucun répit, même lorsqu'elle prit de la poudre médicinale et but du café, dont Mlle Cross lui avait affirmé qu'il était plus efficace que le thé pour lutter contre les céphalées. Elle n'était pas convaincue que ce fût le cas, et elle avait du mal à supporter cette substance amère, mais elle devait faire tout son possible pour se préparer aux éventuelles visites qui suivaient la participation à un bal.

Oh, et les fleurs ! La quantité de fleurs qui arrivait chez une jeune femme le lendemain d'un bal était légendaire. Le seul doute qui la taraudait tenait au fait que, si elle avait eu plus de chance pour les autres danses de la veille, puisqu'elle n'en avait guère manqué qu'une et avait compté parmi ses partenaires plus d'un gentleman titré, elle n'avait pas eu l'impression d'établir avec l'un d'entre eux un lien plus profond qui lui aurait permis de croire qu'il lui rendrait visite. Malheureusement, elle n'en avait pas non plus trouvé un aussi séduisant et engageant que le non mariable M. Shaw. Heureusement, la saison ne faisait que commencer.

Elle se trouvait encore dans la salle du petit déjeuner

lorsque Sophia entra. Sa sœur aimait rester au lit aussi longtemps que possible, mais Dorothea l'avait prévenue qu'elle devrait se lever tôt pour qu'elles pussent lire les messages sur les fleurs et accueillir les visiteurs matinaux, bien que ceux-ci n'arrivassent généralement pas avant le début de l'après-midi. Comme il était déjà midi, elles n'avaient pas de temps à perdre.

— Dorry, tu as une mine épouvantable. Est-ce encore l'une de tes migraines ? s'enquit Sophia de sa voix douce alors qu'elle se tournait pour prendre une assiette et la remplir avec les offrandes du buffet.

Ses paroles n'auraient pas été plus efficaces pour ébranler l'assurance de Dorothea si elle avait cherché à la blesser à dessein.

La porte s'ouvrit bruyamment et Joanna entra, suivie de leur plus jeune sœur, Matilda, dont la pâleur témoignait de l'imprudence d'être levée si tôt après sa maladie.

— Tilly, que fais-tu hors du lit ? s'exclama Dorothea. Joanna, tu ne devrais pas l'encourager.

— Je n'ai rien encouragé, elle m'a suivie, protesta Joanna en se dirigeant vers le buffet.

Elle portait une robe d'équitation et son habit était encore couvert de boue après sa promenade avec le palefrenier.

Ne voulant pas se laisser détourner du sujet précédent, Dorothea ignora la terre et fit signe à Sophia de lui apporter le lait.

— Comment cela, j'ai une mine épouvantable ?

Elle ajouta davantage de lait et de sucre à son café pour le rendre buvable, même si leur gouvernante avait bien précisé que seul le café noir ferait l'affaire.

— Joanna, tu as pris tous les œufs, et maintenant il n'y en a plus pour moi.

Tilly laissa retomber son assiette sur la table avec un bruit sourd et s'assit avec une moue, les bras croisés.

— Tiens, prends les miens, Tilly. Je n'en veux pas, dit Sophia, qui repoussa l'assiette d'une main et s'arrêta au moment de porter sa tasse de thé à sa bouche. Pardonne-moi, Dorry, je ne voulais pas que mes mots te fissent de la peine.

Dorothea ferma les yeux devant le chaos qui avait éclaté dans la salle du petit déjeuner. Elle savait ce que sa sœur voulait dire. Il lui avait suffi d'observer son visage bouffi et ses yeux ternes dans le miroir ce matin-là pour savoir qu'elle avait l'air au plus mal. Comme quelqu'un qui aurait enduré des coups incessants portés sur le côté droit de sa tête toute la nuit, ce qui reflétait exactement ce qu'elle ressentait avec sa migraine.

Lorsqu'elle rouvrit les yeux, Sophia poursuivit.

— C'est juste que je ne supporte pas de te voir souffrir.

— Je sais que tu ne pensais pas à mal, dit Dorothea, réprimant l'envie perverse de combattre la douleur en l'infligeant.

C'était le pire jour pour avoir mal à la tête ! Elle pourrait très bien avoir une migraine plus tard dans la saison, lorsqu'elle aurait trouvé son futur mari. Une fois le contrat établi, il aurait déjà fait le compte, pour le meilleur et pour le pire, des faiblesses de sa promise. Et elle pourrait le rassurer sur le fait que les maux de tête ne se manifestaient que quelques fois par an, même s'ils duraient parfois plus d'une journée. Et elle pourrait lui promettre qu'elle continuerait à diriger le ménage sans problème. Après tout, il n'y avait qu'à la regarder ce jour-là. Elle s'était réveillée à son heure habituelle, s'était habillée avec l'aide de sa femme de chambre, et elle était la première de la famille à prendre le petit déjeuner.

— Tu devrais peut-être songer à te retirer dans ta chambre. Il ne serait pas si choquant de refuser les visiteurs, la raisonna Sophia. L'important, c'est que tu te reposes, et que tu te rétablisses rapidement. Qui sait ? Nous pourrions être conviées à un autre événement que tu ne voudrais pas manquer et tu serais obligée de passer ton tour, uniquement parce que tu t'obstines aujourd'hui.

Sa sœur pouvait se montrer très loquace lorsqu'elle n'était qu'en famille. Pourquoi diable se fermait-elle de manière aussi spectaculaire lorsque d'autres personnes étaient présentes ? Car ce n'était pas uniquement avec les gentlemen. Elle se murait dans le silence même lorsqu'il y avait des femmes autres que celles de la famille ou que sa seule amie proche dans le Surrey.

— Je ne peux pas envisager de me recoucher. Tu devrais le savoir.

Dorothea posa ses coudes sur la table et se pencha en avant pour se frotter les tempes du bout des doigts. Elle ouvrit les yeux plus grands pour découvrir une vue des plus agréables : sa sœur était assise, courbée sur son petit déjeuner, en train de manger ses œufs à pleines dents.

— Joanna, ta bouche ne devrait pas s'approcher de ton assiette. Assieds-toi bien droite, et épargne-nous ce spectacle.

Tilly gloussa en entendant cette remarque qui ne lui était pas directement adressée, et Dorothea se retourna vers Sophia.

— Nous devons commencer la saison comme il se doit, dès le début, et avec le bon comportement, lui dit-elle avant de détourner les yeux sur Joanna, espérant qu'elle écoutait cette dernière phrase. Si nous commençons à refuser des visites avant que la saison ne batte son plein, les gens nous qualifieront de vaniteuses. Toi et moi nous retrouverons sans mari.

Elle ferma les yeux et ajouta d'une voix à peine plus audible qu'un marmonnement :

— Alors, nous serons dans la *panade*.

— Dorry !

Sophia s'esclaffa devant le terme familier et inattendu sortant de la bouche de Dorothea. Joanna entreprit de raconter à Sophia sa promenade de ce matin-là, et Tilly demanda quand elle serait autorisée à sortir, ce que ses deux sœurs refusaient catégoriquement.

Appuyant son visage sur ses mains, Dorothea fit abstraction des bavardages et masqua la lumière vive qui passait par les fenêtres de la salle du petit déjeuner, qui était bien sûr située de manière à recevoir le soleil venant de l'est. Elle s'accorda quelques instants de repos, sachant qu'elle aurait dû se lever et faire quelque chose. Par exemple, la cuisinière préparait-elle les gâteaux pour leurs visiteurs comme Dorothea le lui avait demandé la veille ? La gouvernante avait-elle supervisé l'aménagement du salon pour s'assurer qu'il était prêt à les recevoir ? Il était encore trop tôt dans la saison pour se passer de feu dans les cheminées. Il y avait beaucoup à préparer, mais elle semblait incapable de bouger.

— Joanna, Tilly, ayez pitié de la tête de Dorry, et parlez à voix basse, leur intima Sophia, avant de se tourner vers sa sœur. Y a-t-il quelque chose que je puisse faire pour t'aider ?

Dorothea garda le visage dans ses mains.

— Voudrais-tu bien aller voir si mère est sortie du lit ? Elle doit être au salon avec nous pour recevoir les visiteurs, et tu sais aussi bien que moi qu'elle ne s'acquittera pas de cette tâche à moins d'être amenée à le faire. À mon avis, elle dort encore.

— Bien sûr, répondit sa sœur, ajoutant après une pause, est-ce que ce sera tout ?

Dorothea leva les yeux vers elle et cligna des yeux pour que sa vision devînt plus claire. Au moins, sa sœur était habillée convenablement. S'occuper de sa mère était ce que Dorothea aimait le moins faire. Elle était capable de superviser les affaires domestiques, mais pas de cajoler sa mère pour qu'elle s'active. Pas alors que sa migraine la faisait autant souffrir.

Elle secoua la tête, regrettant aussitôt son geste.

— Non, je dois voir la cuisinière et Mme Platt. Et, s'il te plaît, préviens Camilla que le petit déjeuner sera bientôt débarrassé. Si elle veut manger, elle doit venir.

— Camilla ne manque jamais le petit déjeuner, remarqua Joanna avec un sourire en coin. Je suis sûre qu'elle est déjà descendue à la cuisine.

Sophia fronça les sourcils en regardant Joanna, puis elle se leva et déposa un doux baiser sur la tête de Dorothea avant de quitter la pièce.

— Très bien.

Mlle Cross entra dans la salle du petit déjeuner, suivie de Camilla, et souhaita le bonjour à tout le monde. Dorothea se leva. Il était temps de s'acquitter de tout ce qu'il y avait à faire. Elle devait se montrer plus forte que sa faiblesse.

D'un pas assuré et la tête haute, elle se rendit à la cuisine où la cuisinière sortait du four un plat de petits gâteaux. *Que cette femme soit bénie !* Mme Platt sortait du cellier et Dorothea se concerta avec elle au sujet des détails pour le salon et du moment opportun pour apporter le plateau de thé, une fois que l'on aurait frappé à la porte d'entrée.

Ensuite, elle se rendit à l'étage, gardant sa tête immobile avec beaucoup de précautions. Peut-être avait-elle le temps de se reposer avant que des gens n'arrivent. Peut-être même que des fleurs les attendaient en ce moment, bien qu'elle n'ait pas entendu le bruit prometteur de quelqu'un frappant à la porte. Ce bruit joyeux chasserait à coup sûr ses maux de tête.

— Turton, quelque chose a-t-il été livré ? s'enquit-elle, pleine d'espoir, dès qu'elle le vit debout près de la porte.

— Rien, my lady.

Il attendit un instant puis détourna à nouveau son visage, stoïque et prêt pour le déluge de visiteurs qui arriveraient d'une minute à l'autre.

Légèrement découragée, elle envisagea de se retirer dans sa chambre, mais elle craignait de s'endormir et d'apparaître devant leurs invités avec des marques sur le visage. Mieux valait subir une heure d'inconfort plutôt que cela.

Lorsque Sophia la rejoignit enfin dans le salon, lui promettant que leur mère ne tarderait pas, Dorothea se sentait très mal en point. Et les regards de pitié que lui lançait sa sœur lui firent comprendre qu'elle avait également *l'air* mal en point. Elles parlèrent peu, car elles étaient toutes les deux fatiguées. Dorothea remarqua que leur mère était toujours absente, mais elle était trop épuisée pour partir à sa recherche, d'autant plus qu'il n'y avait pas lieu de le faire pour l'instant. Après qu'elles eurent passé deux heures assises, le premier coup frappé à la porte d'entrée retentit enfin dans le vestibule.

Elle se redressa, le cœur battant douloureusement. Sa saison ne devait pas se dérouler de cette manière. Elle devait être pleine de visiteurs, de rires et de séduction, avec des gentlemen convenables, évidemment. Il ne devait pas y avoir de migraines, de salons vides ni l'absence d'arrangements floraux dans lesquels on aurait glissé une carte. C'était humiliant !

— Où est mère ? siffla-t-elle quand elle entendit le bruit signalant que leur invité entrait dans la maison.

— Je vais aller la chercher, proposa Sophia avant que Dorothea n'eût le temps de protester qu'elle ne voulait pas rester seule.

Sa sœur n'eut pas le temps d'ouvrir la porte, car celle-ci s'ouvrit d'elle-même, et leur frère se faufila à l'intérieur en la refermant derrière lui.

— Je suis venu te prêter main-forte, ma sœur, dit-il, l'air bien trop innocent.

La tête de Dorothea se mit à palpiter de façon particulièrement douloureuse, et elle ne put se recoiffer comme elle le souhaitait, car les pas de Turton se rapprochaient déjà. La porte du salon s'ouvrit à nouveau.

— M. Shaw est ici pour vous voir, my lady.

CHAPITRE 5

Miles pénétra dans le salon de lady Dorothea, frappé d'abord par sa taille imposante, puis par le fait qu'il était vide, à l'exception de sa sœur et d'un petit garçon. Il plaça la composition florale qu'il avait apportée dans le creux de son bras et s'inclina, tandis que les deux ladies faisaient la révérence.

— Monsieur Shaw, vous connaissez ma sœur, dit lady Dorothea, posant les yeux sur ses fleurs. Je vous présente mon frère, le comte de Poole.

Il tendit à lady Dorothea sa composition florale, qui comprenait des freesias, des violettes et des fougères soigneusement choisis. S'il voulait entamer une cour digne de ce nom, il devait bien démarrer et il espérait qu'elle comprendrait le message qu'il voulait lui faire passer en sélectionnant les fleurs.

— Elles sont pour vous, my lady.

Sans attendre sa réponse, de peur de la forcer à réagir, il se tourna vers sa sœur et son frère.

— Comment allez-vous, Lady Sophia ? C'est un plaisir de faire votre connaissance, my lord.

Le regard de Miles se posa sur lord Poole et y resta. Son

corps était encore petit et mince, ce qui indiquait qu'il n'était pas encore à l'aube de l'âge adulte. Les traits de son visage étaient élégants et encore dépourvus de poils sur ce menton obstiné si semblable à celui de sa sœur aînée. Les yeux du jeune comte contenaient une pointe d'espièglerie lorsqu'il fixa Miles d'un regard scrutateur. Puis il se retourna et jeta un coup d'œil malicieux à sa sœur avant de s'incliner à son tour.

— Et pour moi, de faire la vôtre, monsieur Shaw. En tant que chef de famille, c'est naturellement à moi que vous adresserez tout discours.

Il glissa une main dans son gilet, sous sa petite cravate légèrement entortillée.

— Et si vous aspirez à obtenir la main de l'une de mes sœurs, je ne me montrerai pas déraisonnable.

— Evo !

— Everard !

Le rire de Miles se mua en toux lorsque lady Sophia glissa son bras dans celui de son frère et l'entraîna sans ménagement hors du salon, laissant la pièce vide à l'exception de lady Dorothea et de lui. Elle se retourna pour déposer les fleurs sur la table d'appoint, mais il la surprit en train de plonger son nez dans les freesias et de les sentir. *Elle aime donc les fleurs, n'est-ce pas ?*

Le geste dissimulait aussi partiellement son visage. La veille, son teint était merveilleusement uniforme, en dépit de la vigueur de la danse, mais il était à présent rouge d'une nuance qu'il n'aurait pas cru possible chez elle. Voyant l'embarras de la jeune femme, il ne mentionnerait pas l'impertinence de son frère.

Il ne s'était pas attendu à trouver son salon vide d'invités, et encore moins à ce qu'elle fût complètement seule. En vérité, il était étrange qu'il n'y eût personne d'autre ici. Il avait pensé devoir se disputer avec d'autres prétendants, et même avec des visiteuses, afin d'obtenir un autre aperçu de cette personnalité soigneusement voilée qu'il avait pu entrevoir la veille au soir.

— Monsieur Shaw, voulez-vous vous asseoir ? demanda-t-elle, le sourire tendu.

Ses réflexions sur sa chance de la trouver seule s'évanouirent lorsqu'il l'étudia plus attentivement. Elle était toujours aussi ravissante, mais les fines rides autour de ses yeux témoignaient de sa fatigue et lui firent comprendre que cette visite devait être pour elle plus une épreuve qu'un plaisir. Ses yeux semblaient plus petits que la veille. Il se demanda s'il ne serait pas trop cruel de rester alors qu'elle ne se sentait manifestement pas très bien. Mais il avait fait tout ce chemin, et il n'aurait peut-être pas d'autre occasion d'obtenir son attention pleine et entière.

Il fronça les sourcils.

— Me permettrez-vous de vous demander comment vous vous portez, my lady ?

— Je vais très bien, je vous remercie. Avez-vous apprécié le reste du bal hier soir ?

Chacun de ses mots était prononcé à voix basse, sur un ton soigneusement choisi, et il ne fut pas dupe de son assurance.

— Vous souffrez d'un mal de tête, me semble-t-il ? Ce n'est pas que vous ayez l'air autrement que... parfaite... lui dit-il, ce qui était vrai, malgré l'évidence de son malaise, mais vous semblez ne pas être vous-même cet après-midi, et je me demandais...

Il se tut. Une telle approche n'était pas courante chez lui lorsqu'il était question de séduire. Il abordait rarement d'autres sujets que les plus superficiels, car la plupart des femmes aimaient les échanges légers. Soit son honnêteté allait se retourner contre lui, soit elle apprécierait et s'ouvrirait en retour.

Après un bref coup d'œil dans sa direction, elle braqua ses

yeux sur un point éloigné de la pièce. Ce qui donna à Miles une occasion d'apprécier son profil avec ses pommettes hautes et sculptées, son nez droit et ses lèvres pulpeuses.

— Vous avez raison, monsieur. Je crois que la combinaison du voyage et du bal d'hier soir m'a épuisée, et ma tête me fait souffrir aujourd'hui.

Elle tenta de sourire, et Miles comprit que cela devait lui coûter.

— Si vous êtes effectivement souffrante, il est heureux que votre salon ne soit pas rempli d'une foule bruyante qui tente d'attirer votre attention. Je craignais que ce ne fût le cas.

Le rire doux qu'il laissa échapper s'éteignit rapidement, lorsqu'il vit que son observation n'avait pas plu à la jeune femme.

Évidemment que non. Quelle lady appréciait qu'on lui rappelât qu'elle n'avait pas tous les prétendants à sa porte ? Bonté divine, où était donc passé ce charme qu'il s'efforçait de cultiver ?

Mais, à la vérité, il était très reconnaissant de ne pas avoir à se disputer son attention. Dans quelle mesure celle-ci aurait-elle été dirigée vers lui maintenant qu'elle connaissait sa situation ?

Un coup retentit dans l'entrée et lady Dorothea se redressa avec impatience. Il avait crié victoire prématurément.

— Eh bien, il semblerait que j'aie parlé trop tôt et que des hordes de la société londonienne soient en ce moment même à votre porte, déclara Miles d'un ton léger, et dans la seconde qui suivit, il décida de présenter la raison de sa venue. Je n'aurai peut-être pas d'autre occasion de vous exposer ma requête, alors permettez-moi de vous demander si vous seriez libre pour m'accompagner en promenade à Hyde Park demain après-midi.

— Je… *hum.*

Lady Dorothea lança un regard vers la porte, et il craignit

que ce ne fût dans l'espoir que l'annonce de la présence d'invités lui éviterait d'avoir à lui répondre. Il espérait qu'elle dirait oui, car il pourrait alors poursuivre sa cour sans concurrence, au moins le temps d'un après-midi.

— Je vous remercie de votre invitation, monsieur Shaw. Je suis libre, répondit-elle rapidement avant de reporter son regard sur la porte.

— Merveilleux !

Son accord, obtenu de haute lutte, fit battre de bonheur le cœur de Miles. Il n'avait pas connu cela depuis qu'il était un jeune garçon découvrant le plaisir d'un sourire féminin tourné dans sa direction. En voyant la façon dont le soleil semblait se montrer lorsqu'elle donna son accord, il se dit qu'il allait peut-être courtiser sincèrement cette femme. S'il parvenait à gagner son cœur, elle ne se soucierait pas de son manque de fortune.

Le majordome ouvrit la porte et annonça :

— La baronnette lady Milton et ses filles, Mlles Bernice et Abigail Milton.

Le visage de lady Dorothea parut s'assombrir légèrement à cette annonce. Miles s'en rendit compte parce qu'il l'observait. Il se demanda si elle avait espéré voir d'autres prétendants, ou si elle n'aimait tout simplement pas beaucoup l'épouse du baronnet. Elle se leva pour les recevoir, et il se leva d'un bond à ses côtés.

Lady Milton avança avec les deux mains tendues, ses filles sur les talons.

— Lady Dorothea, je suis ô combien ravie de vous trouver à la maison ! s'exclama-t-elle.

Elle lui serra légèrement les mains, puis se tourna pour observer Miles avec un air de surprise, avant de pivoter à nouveau, haussant un sourcil.

— Dites-moi, où se trouve votre mère ?

Lady Dorothea rougit d'embarras pour la seconde fois, et

bien qu'elle ouvrît la bouche, aucune réponse toute prête ne quitta ses lèvres.

Miles ne supportait pas de la voir mal à l'aise et il alla à l'encontre de sa nature en donnant une réponse à une question qui ne lui était pas adressée, sur un sujet qui ne le concernait pas.

— Lady Sophia est partie il y a un instant. Si j'ai bien compris, elle souhaitait s'assurer que votre mère était en chemin ?

Lady Dorothea lui sourit avec gratitude.

— Vous avez bien compris, répondit-elle, puis elle s'adressa à lady Milton. Ma mère n'est pas habituée aux soirées tardives si tôt dans la saison, et ma sœur est allée s'assurer qu'elle avait tout ce dont elle avait besoin. Elles nous rejoindront toutes les deux dans un instant.

Avant qu'ils ne pussent procéder à des présentations en bonne et due forme, un coup fut frappé à la porte et des domestiques entrèrent, portant un plateau chargé d'une variété de gâteaux et d'une mince théière en porcelaine. À peine un instant plus tard, lady Sophia et leur mère arrivèrent. Miles était ravi pour lady Dorothea. Il avait l'impression que la maisonnée fonctionnait de manière un peu désordonnée.

— Lady Milton, je vous prie de m'excuser pour mon retard, lui dit lady Poole. Avez-vous déjà bu votre thé ?

— Nous n'en avons pas eu le temps, maman, répondit lady Dorothea, et Miles remarqua l'expression de soulagement dans ses yeux.

Il était heureux d'avoir pu apporter sa petite contribution pour l'aider à s'occuper des invités d'une manière qui ne ferait pas jaser.

Elle fit les présentations, et tous s'assirent. Sophia prépara une assiette pour sa mère tandis que lady Dorothea ouvrait le couvercle de la théière, puis le remettait en place, laissant le thé infuser plus longtemps.

Lady Milton balaya la pièce vide du regard.

— Eh bien, j'ai rendu visite à lady Berkley avant de venir ici. Apparemment, le Tout-Londres s'est entiché de Mlle Maryann Stanley, qui a pris la ville d'assaut avec ses quinze mille livres par an.

Un ami lui avait désigné Mlle Stanley la semaine précédente, en mentionnant sa richesse, mais Miles n'avait pas sérieusement envisagé de la courtiser. Certes, elle était riche et belle, mais elle semblait trop consciente de ses atouts pour qu'il fût tenté.

— Mlle Stanley, vous dites ?

Lady Dorothea sembla saisie à l'évocation de ce nom.

— J'ai entendu dire que les gentlemen se réunissaient en ce moment même dans le salon de son père, poursuivit lady Milton. Il y a même une file d'attente à la porte, bien qu'il y eût également un bon nombre de visiteurs chez lady Berkley. J'ai assuré à lady Berkley que son bal devait être considéré comme un succès. Il y avait bien plus de monde que ce à quoi je m'attendais pour ce début de saison. Je suis certaine que nos filles se sont énormément amusées, n'est-ce pas les filles ?

— Moi, oui, assurément, dit la plus jeune, Mlle Abigail, qui était de loin la plus blonde des deux. Je ne peux pas en dire autant de ma sœur, qui n'a pas dansé plus de deux fois au cours de la soirée.

À ces mots, Mlle Bernice rougit jusqu'à la racine des cheveux et lança un regard furieux à sa jeune sœur. Quant à lady Dorothea, son visage reflétait sa consternation face à cette cruauté inutile, et elle échangea un regard avec lady Sophia.

— Eh bien, tu as toujours été la plus jolie, ma chérie, dit lady Milton avec complaisance en grignotant le gâteau qu'elle avait pris. Tu ne dois pas agiter cela au-dessus de la tête de ta sœur.

Là encore, Miles remarqua l'écarquillement des yeux de

lady Dorothea face à cette absence de remontrance maternelle qui aurait sûrement rétabli l'harmonie entre les sœurs, et il l'apprécia d'autant plus pour cela.

Elle pinça les lèvres et souleva la théière.

— Comment prenez-vous votre thé, Lady Milton ?

— Avec du lait et deux cuillères de sucre. Merci.

Elle lui versa une tasse, puis répéta l'opération en demandant à chaque invitée ce qu'elle préférait. Enfin, elle arriva à Miles. Il prenait le sien avec seulement du lait et le lui dit avant de se tourner vers l'aînée des filles Milton.

— Mademoiselle Milton, j'étais présent hier soir, et je regrette de ne pas avoir su qu'il vous restait des danses à accorder. Je vous aurais évidemment invitée. J'espère que vous me ferez l'honneur de vous joindre à moi lors du prochain événement, qui...

Il fronça soudainement les sourcils. Il ne gardait jamais en mémoire ses invitations, bien qu'il n'en reçût pas un grand nombre. S'il avait été plus riche, il engagerait un secrétaire pour s'en occuper, entre autres choses.

— Il me semble que le bal des Answorth est le prochain événement auquel la majeure partie de Londres est invitée, bien qu'il n'ait lieu que dans plus de deux semaines, l'informa lady Milton, posant sur lui un regard approbateur.

— Ah ! s'exclama-t-il, car le nom ne lui était pas familier. Je ne crois pas avoir été invité à celui-là, mais vous pouvez être certaine que je danserai avec vous au prochain bal auquel nous assisterons tous les deux.

Miles devait s'arrêter là, de peur que tout le monde, y compris lady Dorothea, ne pensât qu'il était ici pour faire la cour à Mlle Milton. Seulement il ne supportait pas qu'une femme fût humiliée par sa propre sœur, et devant des inconnus. Il souhaitait donner une belle leçon à la jeune Mlle Abigail. Il ne lui demanderait pas de danser.

Mlle Milton lui adressa un sourire reconnaissant, qui embellit considérablement ses traits.

— J'en serai ravie, monsieur Shaw.

À en croire le sourire qu'elle lui adressa, Miles crut comprendre que lady Dorothea le regardait également d'un œil approbateur. S'il pouvait continuer à monter dans son estime de cette manière, il ne lui serait peut-être pas si difficile de gagner son respect.

— Monsieur Shaw, je ne crois pas que nous nous soyons rencontrés auparavant, déclara lady Milton. Est-ce la première fois que vous passez la saison à Londres ?

— Effectivement, oui. Je suis déjà venu pour de brèves périodes, et auparavant alors que je sortais tout juste de l'école. De manière générale, les affaires de mon domaine me tiennent occupé, mais cette année, je les ai laissées entre les mains de mon intendant et j'envisage de passer tous les mois de printemps à Londres.

— Quelle chance pour nous ! Je suis sûre de pouvoir convaincre Mme Answorth de vous envoyer une invitation pour son événement, répondit lady Milton en jetant un regard à lady Poole.

Cette dernière était une femme menue à l'allure effacée, qui s'était murée dans le silence après les premières salutations. Lady Poole acquiesça lorsqu'elle comprit ce que l'on attendait d'elle.

— C'est très aimable à vous, dit Miles qui termina rapidement son thé.

Il ne devait pas abuser de l'hospitalité de son hôtesse. En outre, il souhaitait éviter une conversation trop intrusive au sujet de son domaine, qui risquait de perturber sa tranquillité. Il ne faisait pas mystère de sa situation financière, mais cela ne signifiait pas qu'il devait en faire l'annonce à tous les habitants de Londres.

— Eh bien, n'est-ce pas charmant ? dit lady Milton, au moment où l'on frappait à nouveau à la porte d'entrée.

La pause dans la conversation devint plus pesante lorsque le bruit des pas du majordome s'approchant du salon parvint jusqu'à eux.

— Le comte de Hastings.

Le majordome fit un pas de côté pour permettre à cet auguste gentleman de pénétrer dans la pièce. Les cheveux et les moustaches de lord Hastings pouvaient encore être qualifiés de blonds, quoiqu'il ne fût plus de la première jeunesse.

Miles jeta un regard à lady Dorothea et remarqua son expression satisfaite. Il se demanda si elle éprouvait un intérêt particulier pour lord Hastings ou si elle considérait simplement sa visite comme un tour de force en raison de son titre. Ni l'un ni l'autre n'étaient très flatteurs pour lady Dorothea.

Ni l'un ni l'autre n'étaient de bon augure pour lui.

Ses yeux éteints lui indiquèrent qu'elle souffrait toujours d'un mal de tête, qui s'était sans doute aggravé à présent. Il allait au moins se soustraire à sa présence. Il y aurait ainsi un visiteur de moins requérant son attention. Aussitôt les présentations faites, il saisit l'occasion pour présenter ses excuses.

— Mesdames, dit-il, s'inclinant tour à tour devant chacune d'elles.

Il serra la main de lord Hastings.

— Lady Dorothea, dit-il, capturant son regard depuis l'autre côté de la pièce, incapable de s'empêcher de la distinguer. Je viendrai demain à dix-sept heures, si cela vous convient.

Elle acquiesça, pinçant les lèvres en une moue guindée en dépit d'un sourire poli. Puis elle se tourna vers leur nouveau visiteur, laissant Miles quitter la pièce. Alors qu'il quittait le salon pour se rendre dans l'entrée, où le majordome alla chercher ses affaires, son esprit était en proie à des spéculations. Il remercia le domestique, mit son manteau et son chapeau et sortit sur le large trottoir de Grosvenor Square. Dehors, il faisait beau et froid, le ciel était gris et il n'y avait pas de nuages en vue. Il espérait que la journée du lendemain serait plus chaude lorsqu'ils sortiraient se promener.

S'est-il trompé sur sa première impression ? Lady Dorothea n'avait pas semblé se prendre de sympathie pour lui après avoir fait davantage connaissance aujourd'hui. Il se rappela qu'il y avait beaucoup d'autres femmes à Londres, et qu'elle n'était que la première à avoir vraiment attiré son attention cette saison. Il ne demandait à sa future épouse que la richesse, un titre n'était même pas nécessaire, et au-delà, une femme avec de la conversation et qu'il trouvait séduisante. Il y en avait sûrement d'autres...

Il descendit la rue à grands pas, l'esprit en ébullition, tout en réfléchissant à son envie de courtiser lady Dorothea. Cela ne lui ressemblait pas de faire preuve d'une telle partialité envers une femme qui lui offrait si peu d'encouragements. En fait, cela ne s'était jamais produit auparavant, car la gent féminine était généralement réceptive à ses tentatives de plaire. Il poursuivit cette réflexion pendant un certain temps, puis l'abandonna. Il avait beau vouloir s'ouvrir à d'autres personnes plus faciles à conquérir, son esprit semblait revenir à lady Dorothea de lui-même, comme s'il s'agissait d'un mystère qu'il devait élucider.

Tout en marchant, il secoua la tête et abandonna. Il l'emmènerait à Hyde Park le lendemain. Ils apprendraient à mieux se connaître. Soit elle commencerait à se montrer plus avenante et à faire montre de cette chaleur qu'il avait entrevue, et, dans ce cas, il la courtiserait pour de bon. Ou bien il se rendrait compte qu'il s'était fourvoyé dans son affection envers elle, et leur relation naissante se réduirait à néant.

Parvenu à cette conclusion, il décida de ne plus y penser. Et il n'en fit rien. Il pensa simplement à ce pli entre les sourcils de lady Dorothea et se demanda comment l'effacer.

CHAPITRE 6

Dorothea ne pouvait plus supporter de recevoir des visiteurs, et lorsqu'elle songea à la déception qu'il n'y eût eu que M. Shaw, les demoiselles Milton et lord Hastings, le soulagement qu'elle éprouva à leur dire au revoir fut palpable. Son dépit était atténué par la visite de lord Hastings. En tant que veuf riche et titré qui n'était pas encore sénile, sa décision de faire suivre leur danse d'une visite n'était pas anodine.

Ils n'avaient pas beaucoup discuté pendant le bal, et elle craignait qu'ils n'eussent pas réussi à établir un véritable lien. Elle était contente de constater qu'elle s'était trompée. Si seulement l'enthousiasme de son esprit face à la victoire que constituait l'attention flatteuse de lord Hastings pouvait pénétrer dans son cœur… Hélas, il battait toujours au même rythme régulier lorsqu'il était proche d'elle.

La seule chose qui avait vraiment entaché son après-midi, outre l'horrible et impudente démonstration de mauvaises manières d'Evo, était de savoir que lady Milton l'avait surprise seule avec M. Shaw. Les Milton étaient l'une des rares familles qu'ils connaissaient à Londres, car ils étaient eux aussi originaires du Surrey. Lady Milton était une commère notoire, et Dorothea craignait que la nouvelle ne se répandît dans toute la ville qu'elle développait une attirance pour un gentleman dont le rang était inférieur au sien, et que cela ne fît disparaître toutes les offres. Cette crainte était quelque peu atténuée par le fait qu'il avait proposé de danser avec Bernice lors de la prochaine assemblée. Cela permettrait peut-être à lady Milton de ne plus associer le nom de M. Shaw au sien.

C'était gentil de sa part de le faire. D'offrir de danser avec Bernice quand sa sœur l'avait humiliée. Dorothea n'avait aucune patience avec Abigail. Elle ne franchissait jamais la limite de la coquetterie excessive ou du manque de dignité, mais elle dépassait les bornes lorsqu'il était question de manquer de gentillesse. M. Shaw s'était interposé noblement, sans même connaître Bernice.

Et il était le seul gentleman à leur avoir apporté des fleurs. Ou plutôt, à *lui* avoir apporté des fleurs, car la courte note n'était adressée qu'à elle. Elle adorait les freesias. Comment pouvait-il le savoir ?

Il avait également remarqué son mal de tête, ce qu'elle n'appréciait pas vraiment. M. Shaw aurait mieux fait de se taire en voyant qu'elle n'avait pas bonne mine. Mais il fallait lui reconnaître le mérite d'avoir fait preuve d'une grande considération à son égard, à l'exception de ce commentaire mal venu. Il l'avait secourue alors qu'elle s'était retrouvée dans l'incapacité de dire quoi que ce fût pour expliquer l'absence de sa mère ou la raison pour laquelle elle recevait seule les visiteurs. Avec ce commentaire, il l'avait préservée de la réprobation de lady Milton. Pour cette raison, elle devait l'apprécier un tout petit peu.

Dorothea laissa les restes du thé, confiant aux domestiques le soin de les débarrasser, et monta péniblement les escaliers jusqu'à sa chambre. Par chance, elle allait pouvoir se retirer sans avoir à se montrer en société, car il n'y avait pas d'invitations ce soir-là ; dans le cas contraire, elle s'y serait certainement rendue. Sa femme de chambre l'aida à se déshabiller et à se préparer pour aller au lit inhabituellement tôt. En effet, le soleil venait à peine de se coucher, et c'était encore le début du printemps. Elle ne supportait plus le moindre mouvement ou bruit, et elle avait besoin de s'allonger.

Alors qu'elle fermait les yeux, elle s'inquiéta à l'idée que M. Shaw pût nourrir des espoirs à son égard. Le simple fait que lady Berkley les avait présentés ne l'obligeait pas à lui accorder une attention particulière. Mais il était là, il lui rendait visite le lendemain et apportait un élégant arrangement de fleurs symbolisant à peu près toutes les émotions les plus raffinées, à l'exception de l'amour. Et il demandait à l'emmener en promenade le lendemain. Que murmurerait-on en la voyant assise à côté de lui à Hyde Park ? Les gens supposeraient qu'il avait commencé à la courtiser.

Ses pensées étaient confuses, et elle essaya de songer à lord Hastings pour les éclaircir. Certes, la conversation avec lui était guindée, mais il était *tout à fait* digne d'intérêt. Après tout, une épouse n'avait pas besoin de passer du temps à converser avec son mari, à l'exception des quelques soirées qu'il essaierait de passer à la maison. Et c'était là une chose qu'elle avait bien l'intention de décourager. Elle devait réfléchir à ses qualités les plus subtiles. Il était titré. Il avait tous ses cheveux et toutes ses dents, et il était connu pour vivre dans le confort. C'était tout ce dont elle avait besoin pour prendre sa décision.

Ses pensées, cependant, étaient tout à fait contraires. Elles refusaient de s'en tenir à lord Hastings, et dérivaient vers M. Shaw. Il ne songeait pas vraiment à la courtiser, n'est-ce pas ? Si elle s'était sentie assez bien, elle aurait ri d'une telle idée.

Non, non. Il ne pouvait pas y penser. En outre, il avait dit qu'il ne cherchait pas une femme riche. Peut-être voulait-il simplement être son ami. L'idée de l'avoir pour ami était agréable. Ce serait bon d'avoir un ami gentleman qui n'attendait rien en matière de mariage. Sans crier gare, le souvenir de ses yeux bleus la scrutant d'un air admiratif envahit son esprit, et avec lui les étincelles qu'elle avait ressenties. Des étincelles qui sautillaient et tourbillonnaient en elle. Était-ce cela que l'on ressentait lorsque l'on éprouvait... de *l'affection* pour quelqu'un ? Lorsque l'on aimait ?

Elle étouffa dans l'œuf cette idée saugrenue. *Absolument pas.* Il était la dernière chose qu'elle recherchait dans une rencontre, et elle n'était pas de celles qui avaient les jambes en coton à cause d'un seul regard lumineux. En outre, il avait dit qu'il ne cherchait pas une femme riche. Elle en conclut que son objectif était simplement de jouer les hommes galants. Ou peut-être pensait-il qu'elle était suffisamment importante pour susciter l'intérêt d'autres femmes qui pourraient être des candidates idéales pour lui.

Pourtant, elle ne pouvait pas totalement se débarrasser du sentiment qu'elle interprétait peut-être mal ses intentions. Ce serait dommage, alors qu'elle s'efforçait d'avoir une bonne opinion de lui, qu'il se méprît et cherchât à lui faire sérieusement la cour. Cela la contraindrait à le remettre à sa place, et elle n'aimerait pas faire cela à un homme qui semblait, à tout le moins, doté d'une grande gentillesse par rapport à la plupart des gentlemen.

Le lendemain matin, Dorothea se réveilla en se sentant mieux qu'elle ne l'avait été depuis qu'elles avaient quitté Poole Manor. Elle regarda l'horloge et constata qu'il était déjà plus de quatorze heures. Elle prenait généralement son petit déjeuner bien avant midi ; elle devait avoir besoin de repos.

Sortant du lit, elle étira ses bras et se hissa sur la pointe des pieds. Un sourire se dessina sur ses lèvres. C'était merveilleux de se sentir bien à nouveau, et elle était ravie que son mal de tête n'eût pas passé la nuit. Peut-être avaient-elles précipité les choses en se rendant à un bal le jour même de leur arrivée, et la saison ne requérait-elle pas le rythme effréné qu'elle avait imaginé pour réussir à se trouver un mari.

Un coup fut frappé à la porte de sa chambre, et sa femme de chambre entra.

— Je suis venue vous aider à vous habiller, si vous le souhaitez, my lady.

Margery connaissait suffisamment Dorothea pour deviner ce qu'elle aimerait porter et elle sortit la robe de jour qu'elle aurait choisie si elle devait se promener dans Hyde Park avec lord Hastings ou un homme de son acabit. Mais elle n'avait sans doute pas besoin de porter quelque chose d'aussi élégant pour M. Shaw.

— Je vais porter celle en coton brun, lui dit Dorothea, et elle s'assit pour se faire coiffer.

Margery ne manifesta sa surprise que par un haussement de sourcils et s'arrêta en chemin vers l'armoire pour répondre à la porte lorsque quelqu'un frappa. C'était une autre domestique qui apportait du chocolat et des toasts pour Dorothea. Elle avait manqué le dîner la veille, et son estomac gronda à cette vue.

— Merci, dit-elle à la bonne. J'ai *vraiment* faim !

Elle alternait les gorgées de chocolat avec ses toasts beurrés à la perfection, se laissant aller à la sensation que tout allait bien dans le monde tandis que Margery tirait sur ses cheveux et les relevait.

Un autre coup fut frappé à la porte.

— Entrez.

Dorothea se regarda dans le miroir, ravie de voir que ses yeux étaient beaucoup plus clairs que la veille. M. Shaw ne pourrait pas la qualifier de hagarde. Elle renifla.

Sophia entra, et dès qu'elle vit que Dorothea était debout, elle s'approcha et déposa un baiser sur sa joue.

— Je suis venue te voir hier soir, comme tu n'es pas venue dîner, mais tu dormais si profondément que je n'ai pas voulu te réveiller. C'est bon de te voir debout, et en train de manger. Est-ce que tu te sens mieux ?

— Bien mieux, répondit Dorothea, saluant sa sœur avec un sourire. Mère a-t-elle sévèrement réprimandé Evo pour avoir abandonné M. Sands après le départ de nos invités hier ?

— Oh, tu connais Maman, répondit Sophia, ce qui signifiait qu'elle n'en avait rien fait.

Alors, si Dorothea ne le bridait pas, qui le ferait? Ses frasques n'avaient fait qu'empirer au cours de l'année qui s'était écoulée depuis la mort de leur père. Elle n'avait pas encore eu l'occasion de lui parler comme elle l'avait promis, mais elle ne pouvait plus reporter l'échéance.

— M. Sands est arrivé tôt ce matin et je me suis excusé auprès de lui pour le mauvais tour que lui a joué Evo, puis je l'ai envoyé à M. Reams pour qu'il le dédommage.

— Bravo, Sophia, répondit Dorothea avec un regard plein d'admiration. Tu es en bonne voie pour être prête à jouer le rôle de maîtresse de ta propre maison.

La mine renfrognée de Sophia fit rire Dorothea, alors que la veille encore, elle aurait supplié de savoir ce qui se cachait derrière. Mais elle avait le cœur trop léger pour s'inquiéter ce jour-là.

Cela ne lui ressemblait pas d'éprouver quelque chose qui ressemblait au bonheur. En général, la seule émotion qu'elle ressentait, c'était une vague anxiété. Mais ils étaient enfin à Londres pour la saison. Certes, son premier bal n'avait pas été un succès retentissant. Il y avait eu d'autres ladies plus belles et plus riches qu'elles, qui s'étaient distinguées dans la foule. Elle aurait aimé rencontrer cette fameuse Mlle Stanley qui avait apparemment tout Londres à ses pieds. Il ne pouvait s'agir que de la fille de M. Stanley, mentionné dans les lettres de son père.

Mlle Stanley, manifestement une jeune fille d'une exceptionnelle beauté, semblait dominer la bonne société, bien qu'elle n'eût aucun titre.

Dorothea aurait voulu elle aussi pouvoir être comparée à un diamant de la première eau et avoir autant de choix aussi facilement.

Elle repoussa son sentiment de jalousie. Ce n'était pas si difficile à faire alors que le soleil brillait, surtout quand on se sentait aussi bien qu'elle. Elle prit une autre bouchée de toast, puis leva les yeux vers Margery qui arrangeait ses cheveux.

— Je porterai un style plus simple aujourd'hui. Vous n'avez pas besoin d'ajouter des boucles sur les côtés. Tirez simplement tout en arrière.

Elle observa la femme de chambre à travers le miroir, et elle aperçut son second regard surpris. Jamais auparavant elle n'avait demandé que son apparence fût plus simple.

Sophia se posait aussi des questions, semblait-il, car elle se leva du fauteuil sur lequel elle s'était assise pour observer Dorothea.

— Pourquoi ne veux-tu pas des boucles ? Tu sais qu'elles te vont à ravir quand elles encadrent ton visage de cette façon. Je sais à peine à quoi tu ressembles sans elles.

Dorothea détourna les yeux en buvant son chocolat.

— Je vais me promener avec M. Shaw aujourd'hui, et je ne veux pas qu'il pense que je désire autre chose que l'amitié. Je prévois de m'habiller simplement, de sorte qu'il n'imagine pas que j'ai fourni des efforts particuliers pour lui.

— Dorry !

Sophia se leva, fronçant les sourcils. Jamais Dorothea n'avait perçu autant de reproche dans la voix de sa sœur.

— Qu'entends-tu par-là ? M. Shaw est très courtois. Tu devrais faire honneur à son invitation en essayant de te montrer sous ton meilleur jour.

La critique de sa sœur, exprimée avec force, avait du sens, mais Dorothea n'était pas d'humeur à l'écouter. Elle secoua la tête en mâchant sa dernière bouchée de toast. L'idée que sa sœur ait pu se prendre d'une *affection* soudaine pour lui ressurgit de plus belle.

— Sophia, tu dois être consciente que M. Shaw n'est pas un parti correct et porter ton intérêt ailleurs, si c'est ce à quoi tu penses. Tu as toute la saison devant toi, et j'espère que tu n'as pas placé tes espoirs dans le premier homme qui t'a invitée à danser.

— Oh, pour l'amour du ciel ! s'exclama Sophia, exprimant ainsi son exaspération d'une manière tout à fait inhabituelle chez elle. Je ne pense pas à lui. En outre, il a passé davantage de temps à poser des questions sur toi pendant notre danse qu'à tenter de gagner mon estime. Je pense simplement que tu lui fais du tort en n'essayant pas de te montrer sous ton meilleur jour.

Elle s'interrompit, puis ajouta d'une voix calme et digne :

— C'est indigne de toi.

Cela faillit amener Dorothea à changer d'avis, mais elle resta ferme en buvant la dernière gorgée de son chocolat. Cependant, les mots que Sophia prononça ensuite eurent pour effet de la convaincre.

— Le Tout-Londres sera à Hyde Park cet après-midi. Tu ne peux pas te permettre de ne pas être à ton avantage à tout moment, même si tu n'apprécies pas le gentleman avec qui tu te promènes. Et si les gens commençaient à murmurer que tu n'as aucun goût en matière vestimentaire ?

Dorothea rougit à cela et se redressa. C'était humiliant d'avoir cette conversation devant leur femme de chambre, mais le conseil de sa sœur était trop pertinent pour qu'elle l'ignorât.

— Très bien. Vous pouvez ajouter quelques boucles,

Margery. Et je ne porterai pas la robe marron, annonça-t-elle, lançant un regard de défi à Sophia. Je mettrai la grise.

— Bien, dit Sophia d'un ton joyeux, ruinant la tentative de Dorothea de gagner du terrain. À mon avis, c'est la plus jolie des robes de jour que tu possèdes. Elle est simple, mais elle te va à ravir.

Dorothea jeta un regard noir à sa sœur, qui ne s'émut pas le moins du monde de ses remontrances, et lui adressa un sourire innocent. Elle ignorait pourquoi Sophia était incapable de montrer cette facette d'elle-même aux prétendants. Ils feraient la queue à la porte s'ils la voyaient. Lorsqu'elle souriait ainsi, ses yeux brillaient d'une lueur espiègle et ses fossettes ressortaient pleinement.

Dorothea laissa Margery terminer de la coiffer, et l'aider à enfiler la robe grise. Elle était faite d'un tissu de lin léger qui flattait sa silhouette. Mieux valait pour elle qu'elle se concentrât sur ses propres prétendants pour le moment. Dès qu'elle en aurait un, elle pourrait se consacrer à l'organisation de rencontres pour chacune de ses sœurs. S'observant dans le miroir, elle ne put qu'approuver le point de vue de Sophia. La robe d'un gris tendre au corsage plissé, aussi simple fût-elle, lui conférait une apparence de pureté et de jeunesse qu'elle savait déjà éphémère. Elle adoucissait son menton obstiné et la rendait plus accessible.

Eh bien ! Elle allait devoir garder un œil attentif sur les autres gentlemen une fois qu'ils seraient à Hyde Park. Pas seulement sur les gentlemen, d'ailleurs, mais aussi sur les femmes. Avant le bal de lady Berkley, elle ne s'était pas encore rendu compte que leur famille avait dérivé hors de la bonne société. Elle connaissait très peu de gens, et cela ne la placerait pas sur la route des candidats les plus acceptables.

Elle avait désespérément besoin d'amis bien placés.

CHAPITRE 7

Dorothea partit à la recherche d'Evo dès qu'elle fut habillée, et elle le retrouva finalement dans la bibliothèque. Il faisait tourner des pièces sur la table et leva les yeux lorsqu'elle entra. Il baissa les yeux et plaqua sa main sur la pièce qui approchait de la fin de son tour.

— Evo, nous devons parler.

Elle alla s'asseoir en face de lui, serrant ses mains sur ses genoux.

Il lui jeta un regard, mais resta silencieux tandis qu'il faisait à nouveau tourner la pièce. Derrière lui, les fenêtres aux vitres en losange ne laissaient passer qu'une faible partie de la lumière de l'extérieur, de sorte que le visage d'Evo restait dans l'ombre.

— N'as-tu rien à dire pour te justifier d'avoir abandonné M. Sands ?

— Je suis certain que tu as assez à dire pour nous deux, répondit-il avec un sourire.

Son ton se voulait léger, mais son sourire n'était pas amical.

Elle fronça les sourcils devant son attitude insouciante, si différente de celle du garçon qu'il avait été, lorsqu'il tenait toujours à tout lui raconter. Était-ce cela, perdre son frère? Allait-il simplement devenir un homme comme leur père une fois qu'il aurait atteint l'âge adulte? Détaché, endurci, sans loyauté familiale? Evo avait toujours été une telle joie pour la famille, pour elle. À l'idée qu'il puisse finir comme son père, elle avait le cœur lourd.

— Et cette comédie que tu as jouée dans le salon avec M. Shaw… J'espère que tu ne referas plus jamais une telle chose. C'était humiliant pour Sophia et pour moi.

Il répondit en marmonnant.

— C'était une plaisanterie. M. Shaw le savait. Il a ri, ou presque ri, corrigea-t-il.

— Le comportement de M. Shaw n'est pas mon problème. Cependant, le tien l'est. Je veux que tu grandisses bien, Evo.

— Ne t'est-il jamais venu à l'esprit qu'il n'est pas de ta responsabilité de veiller à ce que je le fasse? riposta-t-il. Si tu te souviens, ma mère est toujours en vie.

— Mais elle…

Dorothea pinça les lèvres. Elle ne voulait pas exprimer à voix haute ce qu'elle savait être vrai. Sa mère ne guiderait jamais les pas de ses enfants. Cette tâche incombait à Dorothea. Elle devait essayer à nouveau.

— Il n'est pas convenable de faire faux bond à un homme qui est à ton service uniquement pour ton bon plaisir. Tu as une responsabilité vis-à-vis de tes subalternes. Le fait que tu n'aies plus besoin d'un tuteur n'a pas d'importance. M. Sands devait veiller à ce que tu arrives sain et sauf à Londres, et tu l'as empêché de remplir son rôle. Tu as mal agi.

Evo ne leva plus les yeux, mais répondit avec une douceur exagérée.

— Je suis comte, et je peux faire ce que je veux. Ne le savais-tu pas?

— Peut-être. Mais un *gentleman* tient parole, même quand c'est douloureux, répondit-elle gentiment.

Comme il ne lui répondait pas et ne la regardait pas non plus, elle se leva pour quitter la pièce. Les paroles de Dorothea n'avaient pas pénétré le cœur d'Evo, pas même un peu.

À DIX-SEPT HEURES, le bruit d'un coup frappé à la porte d'entrée avertit Dorothea de l'arrivée de M. Shaw. Elle posa la broderie sur laquelle elle travaillait, heureuse d'avoir une excuse pour la délaisser et aller là où il y avait des choses plus intéressantes à voir. Même si c'était en compagnie de M. Shaw. Sophia ne semblait pas lui reprocher cette sortie et elle était contente de rester avec leur mère.

La fébrilité de Dorothea atteignit son paroxysme lorsque les pas du majordome se rapprochèrent pour annoncer leur visiteur. Elle ne pouvait pas l'expliquer par une quelconque nervosité à l'idée de le voir. Elle supposait donc que c'était parce qu'elle allait rejoindre les foules à la mode à Hyde Park, où elle se trouverait exposée aux regards de la bonne société. Elle se leva dès qu'il entra, tout comme sa mère et sa sœur.

M. Shaw, qui arrivait de l'extérieur, avait le teint frais. Ses joues étaient roses, ses yeux brillants, et le mariage de ces couleurs ne faisait que rendre ses dents encore plus blanches lorsqu'il sourit. Il vint se placer devant elle et s'inclina.

— Lady Dorothea.

Il salua ensuite sa mère et sa sœur. Quand il se retourna vers elle et jeta un coup d'œil à sa robe, il hésita.

— Il fait plutôt froid dehors. J'ai peur de vous emmener en promenade si vous n'êtes pas bien couverte.

Elle ressentit une pointe d'agacement. Il avait raison, bien sûr.

Dès qu'elle avait vu ses joues roses, elle s'était rendu compte qu'elle n'avait pas pensé au temps qu'il ferait lorsqu'elle avait choisi sa robe. L'été n'était pas encore tout à fait là, et elle n'allait pas faire un tour rapide dans une calèche fermée, pour ensuite rester à l'intérieur le temps d'une visite. Elle se promènerait dans son attelage ouvert, exposée aux éléments pendant une période assez longue.

— Cela ira pour moi, lui assura-t-elle, car elle ne voulait pas se changer ou admettre qu'elle n'avait pas bien réfléchi à la question. Ma redingote est assez chaude.

Il ne parut pas convaincu, et se tourna vers sa mère et sa sœur pour obtenir de l'aide. Mais, comme Dorothea le pensait, elles ne lui furent d'aucun secours. Sa mère ne se souciait pas des questions qui ne la concernaient pas directement, et Sophia était trop timide pour s'exprimer en public. Celle-ci se contenta de murmurer :

— Profitez de votre promenade.

M. Shaw la remercia et sembla penser que sa cause était perdue. Il offrit son bras à Dorothea. Elle ne s'attendait pas à ce geste de courtoisie dans son propre salon et le trouvait tout à fait inutile, mais elle ne pouvait pas le rabrouer. C'eût été une méchanceté inutile. Elle posa sa main sur son bras, et permit à M. Shaw de l'escorter hors de la pièce.

Dans le vestibule, le majordome l'aida à enfiler sa redingote, qui était doublée et lui descendait jusqu'aux chevilles. Il aurait peut-être été plus judicieux de changer de robe pour un coton plus épais et d'ajouter une pelisse en dessous, mais elle ne souhaitait pas prolonger le moment. Elle noua une coiffe sous son menton, et laissa M. Shaw la conduire dehors, où un gamin des rues retenait les chevaux. Le beau couple d'alezans était attelé à un phaéton plus élégant que ce qu'elle attendait de lui. Peut-être n'était-il pas aussi pauvre qu'il l'avait amenée à le croire.

Après qu'il l'eut aidée à s'asseoir, elle enroula autour d'elle la jupe de sa robe et sa redingote, puis tenta de replier le tissu sous ses genoux pour se réchauffer. M. Shaw monta et passa la main derrière lui pour prendre une couverture. Il la secoua, gardant les rênes dans une main tandis qu'il l'étendait sur elle, appuyant son bras contre le sien. Son geste intime et bienveillant causa une sensation de choc. Sa respiration se fit haletante, jusqu'à ce qu'il s'éloignât.

— Je ne peux pas tout à fait la border autour de vous de sorte qu'elle vous tienne le plus chaud possible, dit-il, mais j'espère qu'elle vous servira.

— Merci, répondit-elle, touchée par sa prévenance, tandis que l'attelage se mettait en marche.

Il faisait effectivement plus froid qu'elle ne l'avait prévu. Elle craignait que, malgré la couverture, l'air glacial ne tardât pas à s'infiltrer en elle et à rendre la promenade inconfortable. Mais c'était un beau geste.

Cependant, se dit-elle, tout homme possédant la moindre once de savoir-vivre devait penser à ce genre de chose. Le geste de M. Shaw ne sortait pas vraiment de l'ordinaire.

Père y aurait-il pensé? s'interrogea-t-elle. La réponse ne nécessitait aucune délibération.

M. Shaw était doué pour la conduite. Il manœuvrait le phaéton avec aisance dans la circulation et ne semblait pas perturbé quand un autre véhicule s'approchait trop près du sien. Elle lui accorda le calme dont il avait besoin pour se concentrer et décida de contempler les environs alors qu'ils s'approchaient du parc. C'était agréable d'être à Londres, et cela le serait encore plus lorsqu'il commencerait à faire plus chaud.

Alors qu'ils approchaient des portes de Hyde Park, il lui jeta un regard.

— Vous n'avez pas trop froid?

— Non, répondit-elle, mais elle ressentit alors une irrépressible envie de claquer des dents, comme pour prouver qu'elle disait faux.

Elle les serra.

Il ne faisait pas vraiment froid sous la couverture, mais elle ne remontait pas jusqu'à son menton. Ou, tout du moins, elle refusait de la tirer jusqu'à son menton et de s'humilier ainsi.

— Vous avez un beau phaéton.

Elle dut pincer les lèvres pour s'empêcher de prononcer les mots suivants. *Je ne m'y attendais pas.*

— Il n'est pas à moi, l'informa-t-il, joyeusement inconscient de l'image qu'il devait donner aux autres en avouant une telle chose. J'ai convaincu mon beau-frère de me le prêter, ce qui m'a demandé un peu d'ingéniosité. Il ne prête pas facilement ses biens.

— Je vois, répondit-elle, tâchant de ne pas laisser transparaître de critique dans sa voix.

Elle n'avait jamais discuté avec quelqu'un qui parlait sans gêne de sa situation financière, alors qu'il était obligé d'emprunter les biens les plus essentiels. Il semblait étrange qu'il n'en fût pas gêné, car cela ne le valorisait pas auprès d'elle. Voilà pourquoi elle pensait que sa sœur s'était trompée en croyant qu'il s'intéressait à elle simplement parce qu'il avait posé des questions à son sujet. Il ne cherchait assurément pas à se montrer sous son plus beau jour.

— Je ne vous ai pas posé la question le soir du bal, mais quand êtes-vous arrivée à Londres ?

Il ne parut pas remarquer qu'ils venaient d'entrer dans le fameux Rotten Row et qu'il y avait là bien plus à voir que le bout de leur nez. Comment pouvait-il penser à tenir une conversation avec tout cela autour d'eux ? Elle dut se retenir de tourner sur son siège pour apercevoir tous ceux qui s'y trouvaient, et elle parvint à peine à répondre.

— Nous sommes arrivés le jour du bal, en fait. Lady Berkley

nous avait envoyé une invitation à l'avance et nous avions accepté, mais notre arrivée a été retardée par Tilly, qui avait attrapé un rhume.

M. Shaw fit un geste discret de sa main gantée, à l'abri des regards.

— Voici la célèbre Mlle Stanley, dont lady Milton avait parlé.

Dorothea suivit la direction de son regard avec une grande curiosité. Mlle Stanley chevauchait une monture impressionnante et était accompagnée de deux gentlemen de part et d'autre de celle-ci. Elle était menue, avec des yeux pétillants et un menton qui se terminait en pointe, mais ce qui manquait à la jeune femme en termes de titre et de position, elle le compensait par sa vivacité et un visage des plus charmants. Dorothea était convaincue qu'elle devait avoir un lien de parenté avec le gentleman avec lequel son père avait correspondu. Si elle était acceptée par la bonne société, elle pourrait s'avérer être un atout précieux. L'orbite de Mlle Stanley ne souffrait visiblement pas d'une pénurie de célibataires éligibles.

— Il n'est pas étonnant que vous ayez été épuisée le lendemain, déclara M. Shaw, reprenant le fil de leur conversation. Après avoir voyagé toute la journée, puis dansé toute la nuit. Peu de femmes pourraient faire preuve d'une telle robustesse.

Elle n'était pas sûre d'apprécier qu'on la qualifie de robuste. Mais, après une brève réflexion, elle décida de ne pas s'en offusquer. Après tout, c'était vrai. Elle préférait être connue pour sa résistance que pour ses évanouissements.

— Sans doute, mais je dois admettre que j'ai méjugé de mes propres forces, car seule ma sœur a été capable d'affronter la journée du lendemain sans paraître souffrir de cette fatigue.

Perdue dans son observation des autres cavaliers du parc, elle ne remarqua pas que la couverture avait glissé de ses genoux. Sans arrêter ses chevaux dans leur allure tranquille sur le chemin, M. Shaw se pencha sur elle, frôlant son genou de son bras tout en remontant la couverture autour d'elle. Elle eut à peine le temps de percevoir ce contact accidentel qu'il reprenait sa place, mais sa respiration se bloqua malgré elle.

— Vous avez très bonne mine aujourd'hui, Lady Dorothea, dit-il en la dévisageant, attirant à nouveau son regard sur lui.

Lorsque leurs yeux se croisèrent, quelque chose se retourna au creux du ventre de la jeune femme. Cette même sensation d'étincelles la prit au dépourvu. *Au nom du ciel… ?* Simplement parce qu'il avait tiré une couverture autour d'elle et qu'il lui avait fait un compliment anodin ? Elle ne pouvait pas éprouver de sentiments à l'égard de cet homme pour de telles raisons. Ce serait totalement ridicule.

— Vous êtes gentil, monsieur.

Elle détourna le regard, puis reporta son attention sur ce qui l'entourait.

Les ladies et les gentlemen à cheval ou en calèche s'arrêtaient pour se saluer, et elle aurait aimé faire la connaissance de certains d'entre eux. Comment son père avait-il pu se montrer négligent au point d'empêcher toute la famille de se rendre à Londres plus d'une fois par décennie ? Et pourquoi sa mère n'avait-elle pas insisté pour qu'ils y aillent ? Maintenant, ils se retrouvaient plongés dans la société comme s'ils avaient été jetés aux loups, et ils ne connaissaient presque personne.

— Avez-vous de la famille à Londres ? lui demanda-t-elle lorsqu'elle se rendit compte qu'il attendait qu'elle contribuât à la conversation.

Au moins, il ne se contentait pas de débiter des connaissances et de lasser son interlocutrice sans laisser de place aux silences naturels. Mais cela signifiait qu'elle devait lui accorder au moins une partie de son attention.

— Oui, répondit-il et elle s'interrompit un instant.

Il lui donnait l'impression d'être un personnage solitaire, surgi de nulle part, sans famille ni relations. Mais si tel avait été le cas, il n'aurait jamais été invité au bal de lady Berkley et n'aurait pas non plus pu emprunter un attelage à son beau-frère.

— Ma sœur et mon beau-frère sont à Londres en ce moment. Ma mère est chez nous dans le Lancashire, mais elle nous rejoindra sans doute plus tard dans la saison. Et vous ? Tous vos frère et sœurs sont-ils à Londres ?

— Oui, avec la gouvernante, dit-elle. Nous n'avons pas l'habitude de vivre ici, même une partie de l'année, c'est donc une nouveauté pour nous tous.

M. Shaw laissa ses chevaux avancer à un rythme soutenu sur Rotten Row et ne sembla pas du tout perturbé par la nécessité de contourner les attelages dont les conducteurs s'arrêtaient pour parler. Il ne chercha pas non plus à trouver certaines de ses connaissances. Mais peut-être n'en avait-il pas. En fait, il semblait pleinement se satisfaire de parler avec elle, comme si elle était la seule personne au monde.

— Miles ! l'appela un gentleman à cheval qui cheminait dans la direction opposée.

Il traversa la piste jusqu'au phaéton, et M. Shaw ralentit pour le saluer. Le gentleman se pencha pour lui serrer la main.

— Je suis content de te voir, Gerry, lui dit M. Shaw.

Il jeta un regard à Dorothea, l'incluant dans la conversation avec un large sourire.

— Lady Dorothea, puis-je vous présenter l'un de mes bons amis ? Voici M. Gerald Wilmot.

Après avoir échangé des salutations, M. Shaw lança un rapide coup d'œil sur le côté, où une calèche avait dû s'arrêter.

— Je crois que nous bloquons les autres. Pourrais-tu m'envoyer ton adresse au Limmer, où je réside ? Je viendrai te voir.

— Je le ferai, répondit M. Wilmot qui tira son chapeau à Dorothea. Bonne journée, my lady.

Dorothea était impressionnée par l'ami de M. Shaw, mais elle réserva son jugement. Il aurait tout aussi bien pu appartenir à la classe des commerçants, même s'il n'en avait pas l'air. Elle savait qu'elle avait hérité du dédain de son père pour les personnes n'appartenant pas à la noblesse, mais elle devait se montrer très prudente quant aux personnes qu'elle côtoyait, puisqu'elle venait d'arriver à Londres. Il fit claquer les rênes et laissa le phaéton avancer dans un silence qu'elle ne rompit pas. Tout espoir de voir M. Shaw révéler des détails sur la façon dont il avait connu son ami resta vain.

— Vous disiez que vous n'aviez pas l'habitude de venir à Londres ?

Il n'avait pas perdu le fil de ce dont ils parlaient avant de croiser M. Wilmot, et elle n'avait pas le sentiment de pouvoir faire porter le sujet de leur conversation sur son ami. De plus, elle n'était pas certaine d'avoir déjà rencontré quelqu'un qui semblât réellement intéressé par ce qu'elle avait à dire, lorsqu'il ajouta :

— Votre père ne restait certainement pas à la maison pendant toute la saison ? À moins qu'il n'ait été particulièrement dévoué à sa famille...

M. Shaw laissa sa phrase en suspens.

Dorothea éclata de rire.

— Mon père, dévoué à sa famille ? Doux Jésus, non !

Elle s'interrompit brusquement, se rendant compte qu'elle avait dévoilé plus de faiblesses de sa famille qu'elle ne l'aurait voulu.

— Il passait chaque saison à Londres.

M. Shaw plissa le front comme s'il voyait quelque chose à critiquer dans cette affirmation, mais il ne dit rien.

Dorothea regarda droit devant eux.

— Lady Berkley est là. Devrions-nous aller la saluer ?

M. Shaw murmura son accord, et il orienta le véhicule dans cette direction.

Enfin une personne qu'elle connaissait. Mais elle pouvait

difficilement appeler cela un succès. Lady Berkley penserait que ses présentations constituaient les prémices d'une cour et se féliciterait d'en avoir été à l'origine. Mais elle ne pouvait pas ignorer la seule personne qu'elle connaissait dans tout Hyde Park. Pourquoi avait-elle accepté l'invitation de M. Shaw à se promener aujourd'hui ?

Dorothea commençait à avoir l'impression d'être emportée par la marée vers un endroit où elle ne voulait pas aller, et qu'on ne lui avait pas donné de gouvernail pour lui permettre de redresser sa trajectoire.

CHAPITRE 8

Miles dirigea son attelage vers lady Berkley pour faire plaisir à lady Dorothea, luttant contre l'envie égoïste de la garder pour lui tout seul. Il était étonnamment difficile de la faire sortir de sa coquille, et malgré tout son charme, il ne faisait aucun progrès.

Elle ne se montrait pas désagréable. Elle répondait de manière naturelle à toutes ses questions. Seulement, son expression restait fermée la plupart du temps. Elle était peut-être tout simplement réservée, mais il avait entrevu quelque chose de bien plus chaleureux, notamment lorsqu'il s'était penché pour lui remettre la couverture. Elle avait ouvert de grands yeux en le regardant, loin de la réserve froide qu'elle affichait généralement. Il avait dû se forcer à détourner le regard.

La voiture de lady Berkley était entourée de deux gentlemen à cheval et d'un phaéton conduit par un troisième. À leur approche, le petit groupe se sépara avec des adieux amicaux.

— Bonjour, my lady, la salua Miles alors qu'ils s'arrêtaient à côté de la calèche de lady Berkley.

À côté d'elle se trouvait une jolie jeune femme qu'il n'avait jamais vue auparavant, ce qui expliquait sans doute la file de gentlemen qui s'étaient arrêtés pour faire la conversation.

— Monsieur Shaw et Lady Dorothea, les salua à son tour Lady Berkley, arborant un sourire radieux. Je me réjouis que mes présentations vous aient permis de faire plus ample connaissance. Puis-je vous présenter ma filleule, Mlle Kensington ? C'est sa deuxième saison, et elle séjourne avec moi. C'est dommage qu'elle ne soit pas arrivée à temps pour mon bal, qui était censé être en son honneur.

— Bonjour, my lady. Monsieur Shaw, leur dit Mlle Kensington avec un sourire.

— Oui, lady Berkley souhaitait m'organiser un autre bal d'entrée dans le monde, puisque je ne me suis pas mariée l'an dernier.

Elle posa sur sa marraine un regard empreint de malice et d'affection. Lady Berkley leva les yeux au ciel et tapota la main de sa filleule.

— Un vrai plaisir, répondit lady Dorothea d'une voix rieuse.

Miles était certain qu'elle avait un bon sens de l'humour.

— Il s'agit de notre première saison, pour mes sœurs et moi.

— Eh bien, reprit Mlle Kensington, si vous ne me trouvez pas trop effrontée, j'espère que nous aurons l'occasion de faire plus ample connaissance, surtout si vous ne connaissez pas encore Londres. Je serais heureuse de vous guider toutes les deux.

— J'apprécierais beaucoup. Nous connaissons peu de monde à Londres, répondit lady Dorothea avec un sourire.

— Peu de monde ? Comment cela se fait-il ? intervint lady Berkley, visiblement très étonnée. Votre père doit sûrement avoir des connaissances partout ? Ou, du moins, il devait en avoir.

Lady Dorothea afficha un sourire peiné et secoua la tête.

— Je suppose que oui. Mais, avec mon père, nous ne venions

pas à Londres de… de manière régulière, et nous ne connaissons donc que très peu de familles, en dehors de celles que nous fréquentions dans le Surrey, comme les Milton, les Dewberry et les Bradshaw. En dehors de cela…

Elle s'interrompit et pinça les lèvres.

— Eh bien, mon enfant. Je suis vraiment ravie que vous m'ayez informée de cette situation. Moi aussi, je ferai preuve de davantage de réflexion dans mes introductions, maintenant que j'en suis consciente. Je vais passer également plus de temps avec votre mère. Sans doute n'est-ce pas facile pour elle de continuer à fréquenter la société après la perte de lord Poole.

Lady Dorothea hocha la tête.

— Vous êtes très gentille, Lady Berkley.

Miles jugea que la conversation était arrivée à son terme naturel, et il fit ses adieux avant de faire claquer les rênes. Il avait à peine prononcé deux mots, mais ce n'était pas ce qui importait. Il avait beaucoup appris sur la situation de lady Dorothea.

— Je suis surpris qu'un comte n'ait pas recherché les occasions pour que sa famille établisse davantage de liens au sein de la société. Quelle en est la raison, à votre avis ?

— Vous posez des questions très directes, monsieur Shaw.

Il coula un regard dans sa direction, sourcils froncés.

— Peut-être. Je me contente de…

Un mouvement rapide sur sa gauche suivi d'un cri d'effroi lui coupa la parole. Un instant plus tard, un phaéton passait en trombe à côté de leur véhicule, les frôlant à quelques centimètres près. Il était conduit par une jeune femme qui semblait avoir perdu le contrôle de ses rênes. En réalité, elle ne les tenait même pas : elle avait les mains plaquées sur ses yeux.

Sans réfléchir, Miles fouetta l'épaule de son cheval meneur. Il le tint d'une main, tout en dirigeant l'attelage de l'autre, pour rattraper le phaéton. Lady Dorothea se tenait fermement, mais ne criait pas, ce dont il lui était reconnaissant.

— Pouvez-vous vous tenir les rênes ? lui demanda-t-il, la voix tendue, alors qu'il se concentrait sur la poursuite.

Ils avaient suffisamment d'avance sur les autres promeneurs pour qu'il n'y eût que peu de personnes susceptibles de représenter un danger.

— Oui, répondit-elle.

Son ton était sûr, sa réponse brève.

Le phaéton était toujours devant eux, mais ils gagnèrent du terrain jusqu'à ce que Miles se rapprochât suffisamment pour amener son attelage à sa hauteur.

— Lorsque nous serons côte à côte, je vous confierai les rênes et je sauterai. Les chevaux réagiront à vos instructions si vous leur donnez le signal de ralentir doucement, lui dit-il sans la regarder. Pouvez-vous faire cela ?

— Oui, répéta-t-elle, et lorsqu'ils furent à proximité de l'attelage fou, il vit qu'elle était prête à prendre la suite.

Il lui jeta les lanières en cuir, posa la main sur le côté de son phaéton, et un pied sur la banquette. Dans un élan fulgurant, il bondit vers le véhicule hors de contrôle, qui avait recommencé à s'éloigner.

Sa botte toucha le bord de justesse, mais ses mains s'agrippèrent aux parois et il se jeta à l'intérieur. Une fois assis, il saisit les rênes qui pendaient librement à l'avant et laissa les chevaux s'habituer à son contrôle. Il les fit ralentir progressivement, les amenant au trot, puis au pas. Il s'adossa au siège et laissa échapper une longue expiration.

La jeune fille à ses côtés sanglotait, mais il ne songeait pas à la consoler. Le phaéton emprunté conduit par lady Dorothea filait toujours à vive allure, et il était maintenant presque hors de vue. Les conséquences de son geste lui coupèrent le souffle.

Qu'ai-je fait ?

Il avait obligé une lady dont il ignorait les compétences à prendre les rênes d'un attelage tiré par deux chevaux au galop qu'elle ne connaissait pas. Si elle était projetée hors du véhicule, elle serait presque certainement tuée. Et il devrait vivre avec cela pour le restant de ses jours.

Il resta figé à la regarder, impuissant devant l'horreur de la situation, le temps s'étirant jusqu'à sembler s'arrêter. Au moment où il crut qu'elle allait sûrement tomber, le phaéton commença à ralentir presque imperceptiblement, puis par paliers, jusqu'à ce qu'elle mît enfin les chevaux au pas. Elle fit tourner l'attelage avec précision et le ramena vers lui à une allure tranquille. Il recommença à respirer, mais il craignait d'être malade. Il posa ses coudes sur ses genoux, et laissa tomber sa tête entre ses jambes.

— Tout va bien, Shaw ?

Gerry était venu à son secours ; jamais il n'avait été aussi reconnaissant de voir cet homme. Il jeta un coup d'œil à la femme qui sanglotait à côté de lui, et reporta son attention sur son ami, impuissant.

— Je dois…

Il fit un geste en direction de lady Dorothea devant eux, puis il hocha la tête sur le côté avec un regard insistant.

Gerry comprit aussitôt, et bien qu'il n'appréciât pas plus les femmes inconnues qui sanglotaient que n'importe quel autre gentleman, il se comporta en véritable ami.

— Mademoiselle… Mademoiselle, tout va bien, maintenant. Allons, ouvrez les yeux.

Gerry était descendu de son cheval et récupérait les rênes du phaéton de la jeune fille.

Miles sauta à terre et attendit que lady Dorothea s'arrêtât et lui adressât un sourire. Elle avait les yeux brillants, à cause de la fraîcheur de l'air et de l'effort fourni.

— Bonjour, monsieur Shaw. Aimeriez-vous faire un tour ?

Il était trop nauséeux pour sourire de sa plaisanterie. Elle le laissa monter du côté du conducteur et lui tendit les rênes, après quoi il se tourna sur son siège pour la regarder. Son cœur commença à ralentir lorsqu'il constata qu'elle était indemne, mais il était encore sous le coup de l'horreur qu'il avait ressentie quand il avait cru qu'elle ne contrôlerait pas le véhicule.

— Lady Dorothea, déclara-t-il d'un ton plein de sincérité, puis-je vous dire à quel point vous êtes une femme remarquable ?

Dans un éclat de rire, elle se tourna vers lui, dévoilant une très jolie dentition. Elle ne l'avait pas pris au sérieux, pourtant, il l'était. Il ne pouvait qu'être impressionné par elle. Quelle femme serait capable de prendre sans hésiter les rênes d'un phaéton lancé à toute allure et tiré par des chevaux qu'elle ne connaissait pas ?

Quel genre d'idiot l'obligerait à le faire ? Il ne se remettrait pas aisément de cette journée. Lorsqu'il donna le signal à ses chevaux d'avancer, son bras tremblait.

Après quelques instants, elle toucha le bois de son attelage, peint d'un blanc raffiné sur les bords, comme si elle l'admirait. Puis elle glissa ses mains sous la couverture, la remontant de façon qu'elle couvrît en partie ses bras. Cela lui fit penser qu'il devait la ramener au chaud, et il mit les chevaux au trot.

— Il me semble que vous avez vu tout ce qu'il y avait à voir dans cette direction, remarqua-t-il.

— Et vous devez rendre le phaéton à votre beau-frère, ajouta-t-elle.

— Oui, effectivement.

Dans le silence qui suivit, Miles se dit que c'était le moment opportun pour rectifier son commentaire sur le fait qu'il n'était pas à la recherche d'une épouse fortunée. Elle était consciente de sa pauvreté, et il lui avait pratiquement assuré qu'il ne lui ferait pas la cour après cette déclaration. Cependant, il ne parvenait pas à s'y résoudre. Cela impliquerait sans doute la fin de leur cour naissante, et il n'était pas prêt pour cela.

Elle se tourna à nouveau vers l'avant, puis elle renifla. Son nez était rouge à présent, et il fouilla dans la poche de son manteau, d'où il sortit un mouchoir qu'il lui tendit. Elle secoua la tête et en prit un dans son réticule.

— Je vous ramène chez vous, dit-il, se fustigeant déjà.

Il espérait qu'elle n'attraperait pas de vilain rhume à cause de cette sortie.

— Je n'aurais pas dû vous garder dehors aussi longtemps par ce temps.

— Je ne suis jamais malade.

— Bien.

Il passa devant le dernier groupe d'arbres bordant le large chemin.

— Irez-vous à l'opéra ce jeudi ? demanda-t-il, dans un effort pour la faire participer à la conversation.

Il était encore secoué, et il se demandait si elle en avait autant besoin que lui.

— Je... Je crois. Nos projets ne sont pas établis pour le moment. Je dois en discuter avec ma mère.

La voyant ainsi hésiter, il comprit qu'elle craignait qu'il insistât pour qu'elle l'accompagnât, mais il n'était pas si bête. Il n'était pas question pour lui de la courtiser de manière agressive. Et comment pourrait-il ne pas lui faire la cour ? Elle était tout simplement... remarquable.

Il franchit les grilles de Hyde Park au moment où une autre calèche entrait. Il orienta le véhicule vers la route qui la ramènerait à Grosvenor, gardant encore à l'esprit cet accident qu'ils avaient évité de justesse. Outre sa peur initiale pour lady Dorothea, Albert aurait sa tête s'il lui rendait son phaéton avec la moindre éraflure. D'un autre côté, Miles était loin de conduire de façon irresponsable. Il ne le faisait que lorsqu'il était question de mettre des jeunes femmes en danger.

— Eh bien, j'espère que vous aurez du thé chaud lorsque vous rentrerez chez vous, afin de vous réchauffer comme il se doit. Je détesterais que vous manquiez tous les plaisirs que Londres a à offrir simplement parce que je vous ai emmenée dans le froid glacial.

Elle tourna un regard hésitant vers lui, comme si elle craignait qu'il insistât pour la revoir, mais ses yeux s'étaient adoucis quand il s'en tenait à des sujets légers.

Ils furent très vite de retour devant sa maison de Grosvenor Square, mais, cette fois, il n'y avait pas de gamin des rues pour se placer à la tête du cheval pendant qu'il la raccompagnait jusqu'à la porte.

— Je suis désolé de ne pas pouvoir... commença-t-il, mais elle ne le laissa pas terminer.

— Je suis capable de descendre par moi-même, monsieur Shaw, répondit-elle en lui donnant brièvement la main avant de descendre seule du véhicule. Merci pour cet agréable après-midi.

Agréable ? Vraiment ? Il ne savait pas quoi en penser. Avait-elle hâte de le quitter ? Pendant, ce temps, lui commençait à penser qu'il ne pourrait jamais se lasser d'elle.

— Ce fut un plaisir, Lady Dorothea. Peut-être nous reverrons-nous à l'opéra ?

Il reçut un hochement de tête hésitant en guise de réponse, puis elle se précipita à l'intérieur. Miles s'en alla, sachant que leur promenade ne s'était pas déroulée aussi bien qu'il l'aurait souhaité. Il l'avait mise en danger, l'avait exposée trop longtemps au froid et avait continué à mentir au sujet de sa quête d'une épouse fortunée. C'était là une série de choix désastreux pour une femme qu'il commençait vraiment à apprécier.

Il mena le véhicule d'Albert dans une rue plus étroite pour le ramener aux écuries avant de héler un fiacre pour retourner au logement qu'il louait. Pendant qu'il roulait, ses pensées se détournèrent de la remarquable lady Dorothea pour se tourner vers sa propre situation. Pouvait-il remettre son domaine sur pied sans l'aide d'une dot ? De la dot de lady *Dorothea* ? Peut-être... mais ce serait malgré tout une régression pour elle. Et il savait, pour avoir vu sa mère faire la même chose, que ce ne serait pas une vie facile à lui offrir, surtout s'ils ne touchaient pas à son argent.

Lorsqu'il avait hérité du domaine, trop de champs avaient été laissés en jachère, et il avait fallu avant tout les remettre en état pour qu'ils rapportassent des revenus. Il fallait faire revenir les métayers, et le seul moyen d'y parvenir avait été de veiller à la réparation de leurs logements et de s'assurer qu'ils recevraient une juste rémunération pour leur labeur.

C'est un aspect que son père n'avait jamais corrigé : le faible revenu des travailleurs, alors qu'ils accomplissaient tout le travail. Au moment de la récolte, il leur avait donné encore moins que ce qu'il leur avait promis, et beaucoup avaient abandonné les métairies pour la ville avec l'espoir d'une vie meilleure en travaillant dans un moulin.

En plus des champs, Miles avait mis en place le processus de cardage et de filage de la laine sur son propre domaine. Une personne trop pointilleuse aurait pu l'accuser de se rapprocher du statut de commerçant avec ces innovations, mais il ne s'en souciait pas. Grâce aux machines adéquates pour traiter la laine, il avait commencé à gagner des sommes importantes en la vendant directement aux tisserands.

Cependant, ces améliorations ne suffisaient pas à rembourser les hypothèques sur la terre et ne permettraient pas de sauver la maison elle-même, qui avait besoin d'une rénovation complète. La propriété et les terres avaient une grande valeur à ses yeux, car elles le rattachaient à la mémoire de son père et à ses ancêtres. Toutefois, seules les personnes nostalgiques pouvaient aimer cet endroit. Les décorations de chacune des pièces étaient désuètes, il y avait de la moisissure, et, à en croire son intendant, même le toit n'était pas assuré de tenir encore dix ans. Sa mère se contentait d'utiliser quelques pièces et ne prenait jamais la peine d'ouvrir les autres. Il ne pouvait pas espérer que son épouse vécût dans des conditions aussi déplorables.

Mais s'il avait une femme disposant de beaucoup d'argent, tout pouvait être rénové rapidement. Une lady aussi raisonnable que lady Dorothea ne pouvait pas penser qu'il s'agissait là d'une situation qui convenait à une femme riche. Après tout, elle concevrait la maison comme elle l'entendrait. Et il contribuerait grandement à sa situation, simplement par sa nature agréable et son charme lorsqu'il se mêlait aux gens de la bonne société. Ce serait un mariage d'égal à égal. Du moins, il pouvait presque s'en convaincre.

Ces pensées occupèrent l'esprit de Miles jusqu'à son arrivée à l'hôtel Limmer où il avait loué un logement pour la saison. Ou plutôt, il louait une chambre. D'aucuns auraient estimé qu'il poussait l'économie à l'extrême, mais il préférait utiliser son argent pour sa tenue vestimentaire, qui était vraiment exposée aux regards de la société. Ainsi, il reléguait ces critiques anonymes dans un coin reculé de son esprit.

Au moment où il entrait dans l'hôtel, un gentleman élégant se trouvait dans la salle de café sans charme, ce qui attira son attention. Miles, surpris, le reconnut, et ne put réprimer un sourire.

— Rock !

Il secoua la tête et s'avança vers son cousin. Ils se serrèrent la main et il lui tapota affectueusement le bras.

— C'est bon de te voir ! Je croyais que tu n'arriverais que bien plus tard dans la saison.

— Et pourtant, me voici, en chair et en os.

Robert Throckmorton, ou plus précisément lord Throckmorton, vicomte et héritier de leur grand-père, le comte de Pembroke, affirmait à tous ceux qui le côtoyaient suffisamment longtemps que son nom de famille était excessivement compliqué à prononcer et il se faisait volontiers appeler Rock. Ils ne s'étaient pas connus dans l'enfance avec Miles, car la mère de ce dernier avait été totalement rejetée après avoir épousé un gentleman de basse condition.

Mais lorsqu'il avait découvert que son cousin étudiait à Harrow, il l'avait cherché et lui avait fait savoir qu'il apprécierait de renouer, étant donné qu'il n'avait que des sœurs. Bien que Rock eût hérité du titre que Miles aurait reçu si sa mère était née homme, il ne lui en avait jamais voulu, et ils étaient restés proches depuis lors.

— Assieds-toi donc. Dis-moi ce qui t'amène à Londres si tôt.

Miles fit signe à son cousin de se rasseoir à la table qu'il venait de quitter.

Rock leva le nez et se pencha.

— Es-tu certain d'en avoir envie ? Cet endroit est plein de hobereaux. Comment peux-tu supporter de séjourner ici ?

Miles le poussa de façon amicale.

— N'aie pas de trop grandes attentes si tu veux garder ton lien avec moi. Si c'est assez bien pour moi, ça l'est pour toi.

— Très bien, grommela Rock. Pour tout dire, j'ai goûté le café en t'attendant. Il n'est pas si mauvais. Seulement, je ne crois pas que les murs soient jamais touchés par la lumière du soleil, quelle que soit la luminosité extérieure.

— Ni les tables par un chiffon humide. Je sais, je sais, acquiesça Miles.

Ils prirent place, et il appela une employée, soudain conscient qu'il ferait mieux de surveiller sa langue lorsqu'il formulait des critiques s'il avait l'intention de rester ici pendant toute une saison.

— Donc... dit-il dès que la serveuse s'en alla.

— Donc, il n'y a vraiment rien à raconter. Je me suis lassé de la partie de campagne, et j'ai décidé de m'en aller, expliqua Rock avec un haussement d'épaules.

— Mais elle avait lieu dans ton domaine ! protesta Miles en riant

— Je les ai informés qu'ils pouvaient rester aussi longtemps qu'ils le souhaitaient et que je veillerais à ce que la gouvernante réponde à leurs moindres besoins. Ma mère était plutôt ravie de passer du temps avec les femmes qui étaient venues lui rendre visite et m'a tout juste lancé un regard désapprobateur lorsque j'ai annoncé que j'allais partir.

Son sourire creusa de profonds sillons sur ses joues.

— J'ai du mal à y croire, ricana Miles.

— Oh, tu peux y croire. Elle n'était pas vraiment ravie. Mais même elle a dû reconnaître qu'il devenait diablement inconfortable pour moi d'être l'objet des assiduités des demoiselles présentes.

— Ne connaissais-tu pas à l'avance la liste des invités ? lui demanda Miles. En général, tu fuis ce genre de choses et, de fait, j'en étais arrivé à la conclusion que tu étais prêt à te faire passer la corde au cou si tu manquais les plaisirs londoniens pour une partie de campagne triée sur le volet dans ton domaine.

Rock parut gêné.

— J'avais cru avoir peut-être trouvé une femme qui me convenait. Mais je me suis rendu compte que je ne suis pas prêt à m'établir.

— Et tu le lui as dit en termes très clairs pour qu'elle puisse aller de l'avant et qu'elle ne se languisse pas de toi, je suppose.

Miles sourit à la serveuse qui leur apporta du café avec des petits pains et des tranches de viande.

— Es-tu fou ? J'ai laissé le soin à ma mère d'informer les invités que j'avais une affaire pressante qui requérait ma présence à Londres, expliqua Rock en prenant sa tasse de café. Je risque d'être aussi nerveux qu'un poulain qui vient de naître, mais je crois que je vais en boire un autre.

Miles garda ses réflexions pour lui après ce que Rock venait de lui révéler. Son cousin avait un bon cœur, et il l'aimait plus que quiconque, à l'exception de sa mère et de sa sœur. Cependant, lorsqu'il était question de femmes, il n'était pas un modèle de considération.

— Qu'est-ce qui t'a pris tant de temps pour venir ici ? l'interrogea Rock, qui rompit un petit pain et en mit un morceau dans sa bouche.

— Je me promenais dans Hyde Park avec lady Dorothea Rowlandson.

Miles but une gorgée de café alors que surgissait dans son esprit l'image d'elle faisant lentement tourner l'attelage pour revenir vers lui.

— Je ne la connais pas. Elle vient de faire son entrée dans le monde ? Qui est sa famille ?

Les boucles sombres de Rock retombaient sur son beau visage, et s'ils avaient quelque chose en commun, c'était leur épaisse chevelure de même nuance. À la différence que les cheveux de Rock étaient parfaitement coiffés quand ceux de Miles se dressaient dans tous les sens, quels que fussent les efforts qu'il déployait pour les discipliner.

— C'est la fille du comte de Poole. Il est mort l'année dernière, et son jeune frère a hérité du titre. Je l'apprécie, dit-il simplement.

— Sois prudent, si tu ne veux pas te faire passer la corde au cou, l'avertit Rock en souriant.

— Je ne suis pas contre cette possibilité, reconnut-il.

Rock écarquilla les yeux une seconde, puis il comprit.

— Tu as toujours des problèmes financiers ? Je suppose que c'est le moyen le plus rapide de remettre sur pied un domaine en difficulté, bien qu'il faille vraiment être désespéré pour penser à une telle chose.

— Oui, j'ai toujours des difficultés financières, répondit Miles, souriant légèrement à la remarque de son cousin. Mais ce n'est pas uniquement pour sa fortune que je la courtise. Je me demande même si une partie de sa dot ne pourrait pas être conservée pour les héritiers qui naîtraient d'une telle union, lui prouvant ainsi que je suis plus noble qu'elle ne le pense.

— Dans quel but ?

Rock était vraiment perplexe.

— Une chose que l'on appelle l'amour, cousin. C'est ce que je veux. Je ne me contenterai pas de moins.

Miles éclata de rire devant l'air choqué de son cousin. Ils étaient très différents, mais il ne pouvait s'empêcher de l'aimer. La mère de Miles avait fait un mariage défavorable aux yeux de sa famille, et on n'aurait pas pu reprocher à Rock d'avoir coupé les ponts. Mais il l'avait volontairement cherché à l'école. Et pour cela, Miles lui resterait toujours loyal.

— Aimes-tu cette lady Dorothea ? Dis donc, quel prénom ! Pourquoi ne l'ont-ils pas appelée Ann ? s'exclama Rock.

Il trempa un morceau de sucre dans son café et le laissa s'imprégner avant de le mettre sur sa langue.

— Peut-être a-t-elle un surnom ?

Miles n'imaginait pas que lady Dorothea pût avoir un surnom, mais il serait amusant de lui en donner un.

— Il est trop tôt pour que j'associe le mot « amour » à lady Dorothea. Tout ce que je peux dire, c'est que cette possibilité existe et que, pour l'instant, je n'ai d'yeux que pour elle.

— Eh bien, eh bien. Voilà qui risque d'être une saison intéressante, constata Rock. ... ou non. Je t'en prie, ne tombe pas sérieusement amoureux et ne va pas te morfondre à cause d'un amour non réciproque ou d'une chose de ce genre.

— M'as-tu déjà vu me morfondre ? demanda Miles en riant. Je crois que tu n'as rien à craindre de ce côté-là.

— Lui as-tu dit que ta mère est la fille d'un comte ? s'enquit Rock, dont l'air sceptique montrait qu'il ne connaissait que trop bien Miles.

— Je n'en ai rien fait, et je te remercierai de ne pas en faire mention.

Rock secoua la tête.

— Je crois que tu es complètement idiot. Si tu veux conquérir une dame, tu dois user de tous les outils à ta disposition, et ta relation avec un comte en fait partie. Je te l'ai toujours dit, mais tu ne m'as jamais écouté.

— Techniquement, je n'ai aucune relation avec le comte, en dehors de la lignée, puisqu'il a chassé ma mère et n'a jamais fait le moindre effort pour me rencontrer. Chercher à la conquérir de cette manière relève de l'hypocrisie, déclara Miles en garnissant un petit pain de deux tranches de jambon.

— Toi et moi ne serons sans doute pas d'accord sur ce sujet, répondit Rock. Mais je suppose que cela n'a pas d'importance.

Ils passèrent encore une demi-heure à ne *pas* parler de comtes ou de séduction, mais à échanger des histoires sur tout ce qui s'était passé depuis la dernière fois qu'ils s'étaient vus. Cela faisait deux ans, que Miles avait consacrés à la restauration de son domaine pendant que Rock s'adonnait à toutes les activités d'un gentleman rentier. À la fin de ce laps de temps, Rock se leva.

— Eh bien, je suis venu constater de mes propres yeux que tu étais bel et bien venu à Londres. Je vais inscrire ton nom au club, et je paierai ta cotisation pour cette année, ajouta-t-il en voyant que Miles était sur le point de protester à cause de la dépense. Cela en vaut la peine. Londres sera bien plus intéressant avec toi ici.

Miles lui sourit. Londres lui semblait effectivement bien plus amical maintenant que son cousin était là.

— Mais ne tombe pas amoureux ! lui rappela Rock avant de s'en aller.

CHAPITRE 9

Dorothea leva les yeux vers le plafond de l'opéra, où une peinture ronde d'Hélios conduisant son char sur des nuages d'un bleu, d'un blanc et d'un jaune éclatants happa son regard. Elle se tourna en direction du côté opposé de la scène où se trouvaient quatre rangées de loges semblables à celle dans laquelle elle était assise. Celle de son père était commodément située au milieu, et elle espérait bien que leur position et leur jeunesse attireraient l'attention de plus d'une paire d'yeux masculins. Naturellement, l'intérêt qu'elles suscitaient était attribuable à Sophia, car les premiers regards étaient toujours pour elle.

Elle promena ses yeux sur la fosse, puis les remonta vers la loge la plus éloignée du dernier niveau, où M. Shaw était négligemment appuyé, le coude par-dessus la balustrade et la tête appuyée sur une main. À ce moment-là, il jeta un coup d'œil dans sa direction et, voyant qu'elle le regardait, il se redressa, lui sourit et hocha la tête en signe de reconnaissance.

Dorothea détourna la tête, irritée contre elle-même. Elle avait laissé son regard s'attarder trop longtemps. Ce n'était pas parce qu'elle l'appréciait. Simplement, le regard d'une personne ne pouvait s'empêcher d'être attiré par une personne qu'elle connaissait au milieu d'une foule d'inconnus. Après tout, elle n'avait pas vu lord Hastings ni personne d'autre qu'elle eût rencontré à ce premier bal. Soit ils avaient évité l'opéra, soit ils étaient assis dans une loge du même côté qu'elle.

Elle avait revu M. Shaw à deux reprises depuis leur promenade à Hyde Park, mais, à chaque fois, il s'était agi de brèves rencontres qui s'étaient limitées à de simples salutations. La première fois, il lui avait tenu la porte quand elle sortait de Hookham avec des romans, enveloppés de papier brun, et dont elle espérait qu'ils lui procureraient des heures de plaisir. Il avait jeté un coup d'œil à son paquet, et commenté avec son sourire charismatique :

— Je vois que nous avons la même mission.

Elle n'avait eu que le temps de hocher la tête et s'écarter pour laisser passer une dame qui souhaitait entrer.

La seconde fois, c'était chez Gunter, où elle avait dégusté sa première glace à la fraise en compagnie de Sophia et de Tilly, qui les avait suppliées de l'autoriser à venir. Parmi leurs connaissances limitées, les seules personnes qu'elles avaient croisées là-bas étaient les Milton. Ensuite, alors qu'elles patientaient devant le salon de thé, attendant leur berline, M. Shaw était apparu, engagé dans une conversation enjouée avec un autre gentleman élégamment vêtu. Sous l'effet de la surprise de le revoir, son cœur s'était arrêté de battre, puis il avait repris vie. Elle devait admettre à quel point il était à l'aise pour un gentleman démuni, et à quel point il se comportait avec élégance en dépit de ce défaut crucial. Les autres membres de la bonne société ne semblaient pas lui en tenir rigueur.

Ce jour-là, M. Shaw s'était avancé dès qu'il l'avait aperçue. Il lui avait tendu la main pour l'aider à monter dans la berline, et leurs regards s'étaient croisés lorsque ses doigts avaient effleuré ceux de Dorothea. Elle avait murmuré un remerciement et s'était détournée, consciente que ses joues avaient rougi. Lorsque le véhicule avait commencé à avancer, elle avait jeté un coup d'œil à M. Shaw, mais, heureusement, il n'était pas en train de la regarder.

Il était vraiment l'homme le plus troublant qu'elle eût jamais rencontré. Il bouleversait sa sérénité chaque fois qu'il posait sur elle son regard pénétrant ou permettait un contact fortuit entre eux. Et elle n'oublierait pas de sitôt la façon dont il avait bondi sur le chariot dont les chevaux s'étaient boulonnés. Il se déplaçait avec une grâce athlétique… non, il avait *volé* jusqu'à l'autre calèche, d'une manière qui était loin d'apaiser les petits frémissements dans son ventre à chaque fois qu'elle y pensait. De plus, il lui avait fait confiance pour conduire l'attelage et calmer les chevaux.

Dans l'ombre de leur loge à l'opéra, elle sourit, se remémorant son expression de soulagement lorsqu'elle lui avait enfin ramené le phaéton sans encombre. Elle avait éprouvé plus de mal que prévu à contrôler les animaux, mais elle était fière d'y être parvenue. Et c'était agréable d'être complimentée pour ses compétences.

Elle devait le tenir à distance, car la simple vérité s'imposait : il n'était *pas* un bon parti. Il n'avait pas le rang qu'elle souhaitait occuper dans la société et, plus important encore, il n'avait pas les moyens de l'installer avec élégance. Avec une telle attention de sa part, et avec si peu de la part des autres gentlemen si tôt dans la saison, elle ne devait pas s'autoriser à se montrer vulnérable à son charme.

La tragédie qui se jouait en dessous d'elle arrivait à la fin du deuxième acte, et elle se mit à applaudir comme tout le monde, consciente que l'histoire et la musique ne l'avaient pas du tout intéressée. Sophia, en revanche, n'avait cessé de pleurer d'émotion à côté d'elle. Lorsque le public commença à se lever et à se déplacer dans les loges, Dorothea fit de même.

— Maman, veux-tu que nous allions prendre une coupe de champagne ?

— Allez-y sans moi toutes les deux, répondit sa mère, leur faisant signe de sortir. Je ne supporte pas la foule. Il ne reste qu'un acte ensuite, et je me languis de mon lit.

— Es-tu sûre que nous devrions boire du champagne ? murmura Sophia alors qu'elles se dirigeaient vers l'entrée de leur loge. J'ai entendu dire que cela pouvait altérer nos sens.

— Pas avec une si petite quantité, idiote, répliqua Dorothea, mais elle fut prise de doute.

Elle avait entendu dire que l'on buvait du champagne à l'opéra, et elle entendait bien faire comme tout le monde. Cependant, peut-être ne devrait-elle pas soumettre sa sœur ou elle-même à cette tentation alors qu'elle n'en connaissait pas vraiment les effets. Ou peut-être se trompait-elle sur ce qu'une femme célibataire devait boire à l'opéra.

Lorsqu'elles parvinrent enfin à se procurer un rafraîchissement, Sophia ne fit aucun commentaire lorsque Dorothea commanda deux verres de limonade. Elles se tournèrent et la jeune femme observa les gens qui défilaient devant elles et qui avaient à peine la place de traverser pour retourner à leurs loges. Appuyées contre le mur, elles burent tranquillement sans parler, entourées d'un bourdonnement de conversations.

Presque aussitôt, une voix masculine, venant du côté, s'adressa à elle.

— Lady Dorothea.

Elle se retourna, tout sourire, et dissimula sa petite pointe de déception en voyant que ce n'était pas M. Shaw.

— Lord Hastings.

Elle fit la révérence et scruta son apparence. Il était encore beau, bien qu'il eût largement dépassé la cinquantaine, et en dépit de sa lèvre supérieure qui semblait disparaître dans un sourire qui n'était pas son trait le plus séduisant.

— Vous a-t-on présentée à ma sœur, Lady Sophia ?

— Je n'ai pas eu ce plaisir, non.

Lord Hastings prit la main de Sophia et s'inclina au-dessus. Elle fit la révérence puis rougit, regardant partout sauf son visage.

Le silence retomba après les salutations, et Dorothea s'efforça de trouver quelque chose d'intéressant à dire. Il ne serait pas dit que les sœurs Rowlandson n'avaient pas de conversation, même si elle commençait à craindre que ce ne fût le cas depuis leur arrivée à Londres. La seule personne avec laquelle elle se sentait à l'aise était M. Shaw. Mais il ne devait pas compter.

— Vous aimez l'opéra ? demanda-t-elle, consciente qu'il s'agissait d'une conversation plutôt banale, mais incapable de trouver quelque chose de mieux.

Elle attendit sa réponse, pendant un temps qui lui parut exagérément long pour les simples mots qu'il lui donna.

— Oui. Beaucoup.

Elle fit une nouvelle tentative.

— Où résidez-vous lorsque vous n'êtes pas à Londres ?

À ces mots, ses yeux s'illuminèrent et il montra les premiers signes de vie.

— Mon domaine est situé dans les landes du Northumberland, près de la frontière écossaise. C'est là que je préfère passer la majorité de mon temps.

Dorothea ouvrit la bouche, puis la referma avant de trouver que répondre.

— Je vois.

C'était une information effrayante. Bien qu'elle ne fût pas opposée à un écart d'âge dans sa recherche d'un partenaire idéal, elle n'aimait pas l'idée de passer dix mois par an dans un endroit aussi froid et inhospitalier que le Northumberland.

Au moment où elle pensait que la conversation était vouée à s'éteindre faute d'avoir été alimentée, il reprit la parole :

— Lady Dorothea, j'espère que vous me ferez l'honneur de vous promener avec moi dans le parc demain.

— Oh, demain ! Je... j'en serais ravie.

Dorothea s'efforça de le penser alors qu'il murmurait combien il était heureux qu'elle acceptât. C'était ce qu'elle voulait, n'est-ce pas ?

Elle était encore indécise. En tant que comte, lord Hastings ferait un excellent parti si elle parvenait à se l'attacher, et il semblait qu'elle avait attiré son attention. Mais il ne lui inspirait aucune de ces sensations de papillonnement que M. Shaw semblait faire naître en elle. Et bien que lord Hastings pût manifestement diriger la société londonienne s'il le souhaitait, il avait clairement fait savoir qu'il préférait résider dans son domaine. Elle pourrait peut-être le convaincre de passer plus de temps à Londres qu'il ne l'avait fait jusqu'alors. Une femme devait certainement être capable de changer les habitudes de son mari, n'est-ce pas ?

Sophia s'éclaircit délicatement la gorge et tira sur la manche de Dorothea.

— Je crois que tu n'y as pas pensé, murmura Sophia d'une voix douloureusement timide. Tu as promis d'emmener Camilla chez la *modiste* demain.

Dorothea fronça les sourcils, contrariée. Il était vrai qu'aucun des vêtements de sa deuxième sœur ne lui allait plus. C'était la raison pour laquelle elle ne les avait pas rejoints chez Gunter. Une visite chez la *modiste* était absolument essentielle.

Cependant, ce que personne ne semblait comprendre, c'étaient les efforts que déployait Dorothea pour trouver un bon parti. Après tout, ne le faisait-elle pas pour le bien de ses sœurs ? Bien sûr que si ! Pour elles, et pour Everard aussi, car il devenait de plus en plus évident qu'il gagnerait à être guidé par un homme plus âgé, qui pourrait faire office de figure paternelle. La veille, il avait encore échappé à la vigilance de M. Sands et il avait retrouvé des amis pour assister à un combat de coqs ! Elle n'arrivait pas à obtenir de lui qu'il lui obéît.

Attirer un prétendant distingué et digne d'intérêt ne pouvait que les aider à faire des rencontres plus prestigieuses qu'elles ne l'auraient fait autrement. Mais elle ne pouvait pas y parvenir tout en leur servant de mère à tous. Le poids de ses responsabilités était lourd sur ses épaules. Toutes ces pensées traversèrent rapidement son esprit dans le temps qu'il lui fallut pour expirer longuement et en silence.

— Je ne crois pas que tu pourrais... murmura Dorothea à Sophia.

Elle espérait qu'elle pourrait emmener Camilla chez la modiste à sa place. Un regard inquiet et effrayé de sa sœur la fit taire.

— Non, bien sûr que tu ne peux pas. Je n'ai pas réfléchi.

Dorothea redressa les épaules et se tourna face à lord Hastings.

— Je suis sincèrement désolée, my lord. Demain, ce ne sera pas possible. Comme vous venez de l'entendre, je me suis engagée auprès de ma sœur.

À cette nouvelle, lord Hastings fronça les sourcils.

— C'est bien dommage. Alors, je vais devoir remettre à plus tard le plaisir de me promener avec vous, car je retourne ensuite à mon domaine pour plusieurs semaines.

Des semaines ? Un sentiment d'urgence gagna Dorothea. En refusant de se promener avec lui, elle laissait peut-être passer sa seule chance, si elle espérait vraiment l'intéresser.

Elle lança un regard à sa sœur.

— Peut-être pourrions-nous organiser une visite chez la *modiste* un autre jour ?

— Non, car Mme Fouchard nous a prévenues que son emploi du temps se remplissait à une allure folle, murmura Sophia, détournant le visage de lord Hastings.

Dorothea abandonna.

— Je crains que ce ne soit pas possible, my lord.

Après cela, il ne s'attarda pas auprès d'elles. Un peu dépitée, Dorothea savait qu'il leur faudrait bientôt regagner leurs places, mais elle n'avait aucune envie de bouger pour l'instant. Debout aux côtés de Sophia, elle regardait passer la foule et aurait aimé pouvoir saluer tout le monde, comme le faisaient tant d'autres. Lorsqu'elle rêvait de venir à Londres, elle avait toujours imaginé une entrée réussie dans la société, et jamais une situation où elle eût été contrainte de rester en marge.

Dorothea s'apprêtait à suggérer de retourner à leurs places lorsqu'elles furent à nouveau interpellées. Elle reconnut la voix et craignit qu'il ne remarquât que les battements nerveux de son cœur faisaient monter le rouge à ses joues. Elle se tourna lentement, tombant nez à nez avec un beau visage.

— Bonsoir, Lady Dorothea, Lady Sophia. J'espérais avoir le plaisir de vous rencontrer ici.

M. Shaw s'inclina devant elles, diffusant son odeur masculine et pure vers elle lorsqu'il se redressa. Comme à chaque fois que Dorothea le croisait, cet homme était impeccablement vêtu, souriait de manière charmante et il était bien trop séduisant. Le cœur de la jeune femme semblait avoir une volonté propre, bien que son esprit le grondât sévèrement.

Visiblement inconscient de ses pensées, M. Shaw tourna un sourire victorieux vers Sophia.

— Vous semblez avoir énormément aimé l'opéra, car je crois vous avoir vu essuyer une larme. Avouez que ce fut le cas.

Dorothea ne fut pas surprise de voir sa sœur rougir fortement, car c'était ce qu'elle faisait généralement en présence d'étrangers. Mais ce qui la surprit en revanche, c'est qu'elle répondit, et qu'elle ne se contenta pas de murmurer.

— Je n'ai jamais rien entendu de tel. La mélodie était si envoûtante chantée de cette manière, vous ne trouvez pas ? Même si je n'ai pas compris les mots.

Elle joignit ses mains gantées comme si elle essayait de contenir son enthousiasme à un niveau acceptable en public.

— Hélas ! répondit M. Shaw, échangeant un regard avec Dorothea. J'aimerais pouvoir prétendre être aussi sensible aux arts que vous, Lady Sophia. C'est tout à votre honneur. Cependant, je crains d'être un homme trop prosaïque pour me laisser emporter par les tragédies. Je préfère la comédie. Et je préfère quand c'est parlé plutôt que chanté.

Dorothea avait envie de dire *Oui !* Mais elle n'aimait pas admettre qu'elle avait quelque chose en commun avec M. Shaw ; alors elle garda les lèvres soigneusement fermées. Cependant, elle ne pouvait s'empêcher d'apprécier le fait qu'il était le premier homme, à sa connaissance, à avoir réussi à faire sortir sa sœur de sa coquille.

M. Shaw jeta un coup d'œil à la foule qui s'amenuisait dans le hall.

— Me laisserez-vous vous escorter jusqu'à vos places ?

Dorothea fut tentée de lui dire de ne pas se déranger, étant donné que sa loge se trouvait de l'autre côté. Avant qu'elle ne pût le faire, Sophia accepta le bras de M. Shaw. Il s'engagea dans le hall et tourna son regard inquisiteur vers Dorothea. Ce faisant, il se heurta à la très en vogue Mlle Maryann Stanley, qui marchait à côté d'une femme plus âgée qui aurait pu être sa grand-mère.

Le regard surpris de la jeune femme se posa sur M. Shaw, puis Dorothea et Sophia.

— Pardonnez-moi, mademoiselle Stanley. Je ne regardais pas où j'allais, répondit-il, tournant son charmant visage dans sa direction.

Son sourire devait avoir opéré sa magie sur elle, car Mlle Stanley répliqua :

— Nous n'avons pas été présentés. Comment connaissez-vous mon nom ?

— Maryann, l'opéra est sur le point de commencer, l'exhorta la dame âgée à côté d'elle.

Dorothea révisa son opinion. Ce devait être la dame de compagnie et non la grand-mère, car elle parlait sans la moindre autorité convaincante.

Avec Sophia toujours à son bras et Dorothea un pas derrière, M. Shaw s'inclina devant Mlle Stanley.

— Il est vrai que nous ne nous sommes jamais rencontrés, mais votre réputation vous précède. Et bien que nous n'ayons pas encore été officiellement présentés, je suis Miles Shaw, lui dit-il.

Puis, jetant un regard plein d'humour à Dorothea, il ajouta :

— Lady Dorothea et Lady Sophia, me permettrez-vous de vous présenter ma nouvelle connaissance, Mlle Maryann Stanley ? Ce sont deux des sœurs du comte de Poole, expliqua-t-il.

Dorothea sourit et fit un signe de tête hésitant. Bien qu'elle fût supérieure socialement, Mlle Stanley possédait tout ce qui lui faisait défaut dans la société, à l'exception d'un titre. Elle semblait connaître tout le monde. Elle était si enjouée et si belle que tout le monde était attiré par elle. Dorothea elle-même ne pouvait s'empêcher de l'être. Il serait peut-être utile de se lier d'amitié avec elle.

L'expression légèrement distante de Mlle Stanley à l'égard de Dorothea et de sa sœur changea. Elle devint tout sourire et fit une révérence.

— Êtes-vous bien les filles de feu le comte de Poole ? Je suis ravie de faire votre connaissance, car votre père était l'un des favoris du mien.

La cloche retentit, les avertissant de la fin de l'entracte.

— J'espère que nous nous reverrons, maintenant que nous avons été présentées, dit Mlle Stanley avant de prendre le bras de sa dame de compagnie.

— Ce serait merveilleux, répondit Dorothea, qui n'était pas encore certaine de faire le bon choix social.

Elle le croyait. Mais malgré les lettres de son père, et contrairement à tout le monde, elle ne maîtrisait pas ce code permettant de savoir qui étaient les bonnes personnes à connaître et comment les trouver.

Voilà ce qui occupait ses pensées pendant qu'ils avançaient ; elle ne put s'empêcher de se tourner vers M. Shaw.

— Je ne comprends pas comment vous êtes parvenu à faire les présentations alors que vous ne connaissiez pas Mlle Stanley.

Il eut l'audace de lui faire un clin d'œil. *Des étincelles.*

— C'est l'une de mes compétences, affirma-t-il. Je ne me soucie pas vraiment de l'étiquette, même si j'espère maîtriser les bases du savoir-vivre. Si je trouve l'occasion de faire plus ample connaissance, je dois la saisir. Et dans ce cas, il s'agit de développer les vôtres, car vous avez mentionné que vous n'aviez pas beaucoup de connaissances à Londres.

Dorothea le regarde avec étonnement. Elle n'était pas certaine d'aimer être sa bonne cause sociale. Et pourtant, elle devait reconnaître son habileté, puisqu'il lui avait permis de rencontrer Mlle Stanley.

— Cependant… poursuivit-il, les guidant vers une série de marches étroites menant au second niveau.

Il fut obligé de baisser les bras pour laisser d'autres passer, et il attendit qu'ils eussent atteint le niveau suivant pour continuer.

— Je doute quelque peu que Mlle Stanley puisse être une véritable amie pour vous.

Dorothea s'arrêta net et le regarda.

— Pourquoi ?

Il soutint son regard.

— Elle n'a semblé vouloir faire votre connaissance que lorsqu'elle a appris que vous étiez liée à la noblesse.

Elle garda les yeux sur lui pendant qu'elle réfléchissait à cette information, oubliant presque que Sophia était là.

— Mais... n'est-ce pas plutôt normal ? Il paraît évident qu'elle préfère se lier d'amitié avec quelqu'un qui pourrait potentiellement l'élever au sein de la bonne société.

Il lui retourna un sourire impénétrable et, jetant un coup d'œil à Sophia, il les fit avancer jusqu'à l'entrée des loges, les interrogeant du regard pour savoir laquelle était la leur. Lorsqu'ils arrivèrent à destination, M. Shaw s'arrêta à nouveau et lui fit face. Sa proximité coupa le souffle à Dorothea, tout comme son regard direct.

— Je pense que vous sous-estimez votre valeur en tant qu'amie en dehors de votre titre.

Il laissa la jeune femme glisser sa main de son bras, mais soutint son regard. Puis il s'inclina et se tourna pour partir.

L'opéra avait déjà commencé, et Sophia murmura dans son dos tandis qu'elles entraient dans la loge obscure.

— Il a clairement énoncé ce que je pensais.

Dorothea pinça les lèvres en parcourant la courte allée vers son siège. Ce commentaire n'appelait pas de réponse.

Elle s'assit et laissa l'obscurité l'envelopper tandis qu'elle méditait sur les propos de M. Shaw. Ce n'était pas tant ce qu'il avait dit, mais le fait qu'il l'avait qualifiée d'amie. Le fait qu'il utilise un tel mot signifiait sans doute qu'il n'avait pas l'intention de la courtiser. Dieu savait que les maris et les femmes ne pouvaient être amis. Elle se convainquit que le choix de ses mots visait à lui faire passer un message au sujet de ses intentions... ou de son absence d'intention. Elle était heureuse qu'il en fût ainsi. Ou... elle aurait dû l'être.

Mais alors que la tragédie se poursuivait en contrebas, elle comprit qu'elle était plutôt déçue.

PENDANT LES HEURES prévues à cet effet, Dorothea attendit les visiteurs, cette fois avec le soutien de sa mère et de sa sœur. Elle avait appris à accepter que sa mère eût du mal à rendre des visites, mais qu'elle fût tout à fait disposée à les recevoir. Même Camilla s'était jointe à eux, car la *modiste* avait déjà confectionné une robe qui lui permettait de prendre place aux côtés de sa mère et de ses sœurs.

À peine étaient-elles installées que les bruits des premiers visiteurs leur parvinrent, et la jeune fille s'assit bien droit. C'était sa première présentation à Londres. Dorothea lui jeta un regard approbateur. Sa sœur avait une certaine propension à la rondeur qui faisait craindre à Dorothea qu'elle ne trouvât jamais de mari. Mais elle était très belle avec une robe qui lui allait bien. Sophia était ravissante, comme d'habitude.

La porte s'ouvrit et Dorothea leva le nez. Ce n'était pas Turton, comme elle s'y attendait, venu pour annoncer leur invité. C'était Everard. Elle fronça les sourcils et secoua la tête lorsqu'il entra dans la pièce, son sourire indiquant clairement qu'il savait qu'elle aurait quelque chose à dire sur son apparition dans le salon. L'ennui, c'était qu'il n'écoutait aucune des remontrances qu'elle lui faisait.

— Everard, commença-t-elle, mais elle ne put en dire plus, car leur majordome apparut dans l'embrasure de la porte, suivi de Mlle Stanley et de trois gentlemen.

Tous trois étaient vêtus à la dernière mode de la bonne société, et ils étaient jeunes. Surprise, Dorothea en oublia momentanément son frère et tourna un visage souriant vers leurs nouveaux visiteurs. C'était un changement, en effet. Trois gentlemen !

— Mlle Maryann Stanley, Lord Throckmorton, M. Weathering et M. Pollard, annonça le majordome.

Elle reconnut M. Weathering comme étant le gentleman qui se trouvait en compagnie de M. Shaw devant chez Gunter.

Dorothea fit la révérence, puis un geste sur le côté.

— Voici ma mère, Lady Poole. Voici mes sœurs, Lady Sophia et Lady Camilla, et... dit-elle avant de s'interrompre.

Elle se tourna vers son frère, se souvenant soudain de sa présence et du mécontentement qu'elle ressentait à son égard.

— Et voici mon frère, Lord Poole. Voulez-vous vous asseoir ?

Elle jeta un coup d'œil au majordome en même temps, sachant qu'il demanderait aux domestiques d'apporter le plateau à thé. Mlle Stanley avait pris le siège le plus proche d'elle ; elle sourit donc en reprenant le sien. M. Pollard, d'apparence ordinaire, néanmoins élégamment vêtu, tenta de faire sortir Sophia de sa coquille dans un mode douloureux qui ne donna que peu de résultats. Mlle Stanley s'engagea dans une conversation animée avec M. Weathering à sa gauche, tandis que Dorothea, sa mère et Camilla restaient assises, comme frappées de stupeur. Pourquoi ne parvenaient-elles pas à se montrer plus intéressantes ?

Elle regarda lord Throckmorton, le plus prometteur des visiteurs de ce matin, tant par son apparence que par son titre, et il sembla la jauger avec curiosité. Elle se demanda ce qu'il pensait d'elle. La trouvait-il jolie ? Posée ?

Lorsqu'elle croisa son regard, il sourit et remua sur son siège, puis se tourna vers son frère qui était assis à côté de lui.

— Lord Poole, où allez-vous à l'école ?

Il s'accouda aux bras du fauteuil et croisa les doigts.

— Eton, daigna répondre son frère.

— J'imagine que vous donnez du fil à retordre à vos instructeurs ?

— Je fais de mon mieux, monsieur, répondit Evo, arborant une expression de sagesse, et la lueur de malice dans son regard sauta aux yeux de Dorothea qui était prête à l'étrangler.

Lord Throckmorton dut aussi la voir, car il lui adressa un sourire en guise de réponse.

— Il n'a pas encore été renvoyé de l'école, mais nous nous y préparons chaque trimestre, déclara tranquillement Camilla, assise sur le canapé à côté de leur mère.

Dorothea fut choquée et jeta un coup d'œil à sa sœur. Elle aurait presque pu l'accuser de badiner, mais Camilla n'avait pas la capacité de faire une telle chose. S'attendait-elle vraiment à ce que leur frère fût renvoyé ?

Alors qu'elle fronçait les sourcils, lord Throckmorton bascula la tête en arrière et éclata de rire, montrant que lui, au moins, ne l'avait pas prise au sérieux. Comme l'expression de Camilla ne changeait pas, Dorothea ne put que penser qu'elle le pensait. Sa sœur ne ferait jamais de rencontre en étant muette.

Le valet de pied et la bonne apportèrent le nécessaire pour le thé, et la conversation s'engagea facilement tandis que tout était installé ; Dorothea versa le thé pour les invités. Une fois tout le monde servi, Mlle Stanley se tourna vers elle.

— J'espère que cela ne vous dérange pas que j'aie amené quelques gentlemen avec moi ce matin.

Elle se pencha vers elle comme si elles étaient de grandes amies, et, malgré elle, Dorothea répondit à son geste. Elle manquait désespérément d'amis. Elle n'avait pas de temps pour les garder.

— Pas du tout. C'est toujours un plaisir de faire de nouvelles connaissances à Londres.

Dorothea joignit les mains sur ses genoux, trop nerveuse pour boire son thé. Elle craignait de le renverser par inadvertance sur elle à cause de sa nervosité à l'idée de recevoir des visiteurs d'importance pour la première fois. Enfin, lord Hastings en était un, mais il n'était pas aussi proche d'elle en âge que ces gentlemen, et il ne la mettait pas autant sur les nerfs.

Elle étudia Mlle Stanley, dont les abondantes boucles brun-roux brillaient dans la pièce éclairée par le soleil. Elle ne put s'empêcher de comparer son visage en forme de cœur et sa bouche douce au nez et au front plus nobles de Sophia. Sa sœur était sans conteste la plus belle, mais Mlle Stanley avait une manière d'être agréable dont la jeune fille pouvait s'inspirer.

La jeune femme se pencha de nouveau, comme pour lui faire des confidences.

— Lady Dorothea, je ne veux pas me montrer impertinente, mais je me demandais si nous pourrions nous dispenser des formalités ? Vous pouvez m'appeler Maryann si vous le souhaitez.

Dorothea savait qu'il lui appartenait de proposer une telle chose en tant que supérieure sociale, mais l'idée de rabrouer Mlle Stanley si tôt ne lui paraissait pas envisageable. Et il semblait que cette dernière eût été élevée pour se mêler à la société, ce qui n'était pas son cas, et qu'elle lui était donc supérieure en ce sens. En outre, ce serait agréable d'avoir une amie qui n'était pas liée à elle par le sang.

— Parfait. Appelez-moi Dorothea.

Elle écouta Maryann parler des soirées auxquelles elle avait assisté, et des gens qu'elle avait rencontrés ; son discours ne semblait pas appeler beaucoup de réponses. Cela ne la dérangeait pas. Cela la soulageait du fardeau de devoir trouver quelque chose de spirituel à dire alors que la seule chose qui la préoccupait était de savoir ce que lord Throckmorton devait penser d'Everard, qui avait réussi à lui faire la conversation, ou si M. Weathering trouvait que sa famille était insupportablement ennuyeuse. Non, c'était impossible, car il fixait Sophia d'une manière prometteuse. Il fallait qu'elle en apprît davantage sur sa situation. M. Pollard semblait avoir renoncé et se contentait d'échanger quelques mots avec lord Throckmorton et Everard, sous le regard silencieux de sa mère et de Camilla.

Au moment où ils prirent congé, Dorothea avait seulement appris que lord Throckmorton était vicomte, mais elle ignorait s'il l'était de plein droit ou s'il s'agissait d'un titre de courtoisie. Il était beau, mais en dehors de ce premier regard évaluateur, il avait semblé plus intrigué par ce qu'Evo avait à dire que par elle.

Elle commençait à craindre d'être terriblement ennuyeuse.

CHAPITRE 10

Miles avait reçu l'invitation promise au bal des Answorth, ce qui prouvait que lady Milton avait trouvé un moyen de découvrir son adresse, et qu'elle avait suffisamment d'influence sur Mme Answorth pour veiller à ce qu'il fût convié. Le fait qu'il vécût dans des chambres louées plutôt que de posséder une maison londonienne n'avait pas dissuadé lady Milton de trouver un prétendant potentiel pour sa fille.

Il pénétra dans la résidence et scruta la foule qui se trouvait encore dans l'entrée, espérant apercevoir lady Dorothea. Bien qu'il fût venu avec la ferme intention d'honorer sa promesse de danser avec Mlle Milton, ses pensées commençaient à se tourner de plus en plus vers elle. Il n'avait pas oublié… il ne *pouvait* pas oublier la vue du phaéton d'Albert filant à toute allure avec elle à son bord, une faute qu'il s'imputait encore même si elle avait admirablement maîtrisé la situation.

Grâce à sa capacité instinctive à comprendre les gens, il avait su qu'elle serait capable de tenir les rênes et que, dans le cas contraire, elle le lui dirait franchement. Mais, malgré tout, il n'aurait pas dû la mettre en danger. Puis, lorsqu'il l'avait vue faire tourner l'attelage et diriger les chevaux vers lui, son attitude habituellement froide métamorphosée par l'étincelle dans ses yeux, son profond sentiment de soulagement avait cédé la place à de l'admiration. Elle s'était montrée impatiente de le quitter ce jour-là, et il se demandait si son sentiment n'avait pas été trop évident. Ce ne fut qu'après l'opéra qu'il sentit qu'ils avaient rétabli leur amitié naissante à une sorte d'équilibre.

La résidence des Answorth était plus petite que celle de lady Berkley, mais elle possédait une salle de bal digne d'une maison londonienne. Il jeta un coup d'œil sur les simples colonnes d'ivoire qui créaient des alcôves et sur le vaste espace de danse avec un sol en marbre à motifs noirs et blancs. La plupart des rassemblements ne pouvaient accueillir qu'un nombre restreint de couples, mais cet événement pouvait à juste titre être considéré comme un bal.

La danse avait déjà débuté et, après avoir salué ses hôtes et remercié Mme Answorth pour son invitation, il franchit la double porte et observa les invités déjà réunis. Il y avait Gerry Wilmot, avec qui il avait dîné depuis qu'il l'avait croisé à Hyde Park. Lorsqu'il lui avait demandé comment la jeune femme avait réagi après son incident avec la calèche qui s'était emballée, Gerry s'était contenté de faire la grimace. Il n'avait pas réussi à calmer sa crise d'hystérie et l'avait confiée avec gratitude à sa gardienne. À côté de Gerry se trouvait Andrew Barrett, qu'il n'avait pas vu depuis des années. Il s'avança vers lui et lui tendit la main.

— Toi, ici ! Quand es-tu arrivé à Londres ? lui demanda Barrett.

— Il y a quelques semaines, répondit Miles. Et toi ?

— Hier. Je n'étais parti que depuis Noël. Sinon, je suis ici pratiquement toute l'année. Voilà pourquoi il est si étrange de te voir enfin là ! J'avais commencé à croire que tu avais abandonné la société, à l'exception de celle que tu trouves dans le Lancashire.

Il prononça ce dernier mot avec dédain, mais Miles le connaissait assez bien pour savoir que c'était une plaisanterie.

— Il est en quête d'une épouse, dit Gerry, trop fort pour ne pas le gêner.

C'était là un autre sujet dont ils avaient discuté au dîner, et Miles avait maintenant des raisons de regretter de s'être confié à lui. Heureusement, il n'avait pas dit qui se trouvait en haut de sa liste, sinon Gerry l'aurait révélé aussi.

Il jeta un coup d'œil autour de lui pour voir si quelqu'un l'avait entendu, et la plus jeune des demoiselles Milton tourna son visage dans sa direction, lui indiquant ainsi qu'elle, au moins, l'avait fait. Elle écarquilla les yeux et Miles, qui ne croyait pas avoir jamais rougi, sentit sa nuque s'échauffer.

— Merci, Gerry, marmonna-t-il, mais son ami se contenta de rire.

Son regard se porta sur la plus âgée des demoiselles Milton, qui se trouvait dans un coin de la pièce, l'air renfrogné. Pourquoi avait-il promis de danser avec elle ? Oh, c'est vrai. Par compassion. Cela lui semblait un lourd prix à payer maintenant qu'il était contraint de le faire, surtout avec la plaisanterie inopportune de Gerry.

Il se retourna vers ses amis.

— Avez-vous vu Rock ?

— Il ne vient pas, l'informa Wilmot.

— Il a entendu parler d'un combat à Islington, et il s'est empressé d'aller y assister.

— Dommage, dit Miles.

Il avait espéré pouvoir demander à Rock ce qu'il pensait de lady Dorothea dès qu'il aurait pu la repérer. Il la chercha dans la foule et l'aperçut en train de danser avec lord Hastings. Il s'arrêta pour l'observer, se demandant si elle pouvait être en train d'envisager de se laisser courtiser par cet homme. Hastings était presque assez âgé pour être son père. Miles fronça les sourcils en scrutant le teint frais de lady Dorothea. Ils n'iraient pas ensemble. D'un autre côté, il n'était pas rare que les jeunes femmes fussent attirées par un âge distingué, surtout lorsque l'homme avait la réputation d'être riche et qu'il était titré.

Miles s'obligea à détourner le regard à l'autre bout de la pièce. Bon, mieux valait en finir vite. Il allait inviter Mlle Bernice Milton à danser avant d'en perdre l'envie.

— Si vous voulez bien m'excuser, messieurs. J'ai promis une danse.

— Bien sûr. Tu n'as pas de temps à perdre, dit Gerry.

Pourquoi pensait-il que cet homme était un ami ?

S'il n'était pas aussi agacé, il trouverait cela drôle. À vrai dire, si les situations avaient été inversées, il aurait provoqué Gerry de la même manière. C'était ce qu'ils avaient toujours fait.

Il se rapprocha de Mlle Milton, qui paraissait de plus en plus terne, jusqu'à ce qu'elle l'aperçût et que son visage s'éclairât d'un sourire. Miles espérait qu'elle trouverait quelqu'un qui la ferait sourire plus souvent. Elle semblait le mériter, même si son propre cœur n'était pas prêt à endosser ce rôle.

— Monsieur Shaw, vous vous êtes souvenu, dit-elle avec un sursaut de culpabilité, avant de rougir.

— Effectivement, répondit-il en s'inclinant sur sa main.

Il leva la tête et sourit, ce qui eut pour effet de détendre les traits de la jeune femme. Il allait devoir tempérer son charme s'il ne voulait pas l'induire en erreur quant à ses intentions.

— Allons-y, proposa-t-il.

Elle hocha la tête et posa une main sur son bras.

La série en cours était en train de se terminer, et Miles se tourna vers lady Dorothea qui faisait la révérence devant lord Hastings. Avant qu'il n'eût le temps de regretter de ne pas avoir attendu pour lui demander de danser la prochaine série avec lui, Weatherby s'inclinait devant elle. Comment diable la connaissait-il ? Il devina rapidement la réponse. Mlle Stanley tira le bras de son partenaire jusqu'à Weatherby et lady Dorothea, saisissant le bras de cette dernière d'une manière intime. *Ah.* C'était par l'intermédiaire de la sémillante Mlle Stanley que Weatherby avait été présenté à lady Dorothea. Miles espérait que toutes ses danses de la soirée n'étaient pas réservées.

La musique démarra et Miles entraîna Mlle Milton sur la piste de danse, déployant tous ses efforts pour la traiter d'une manière qui fût digne d'elle. Il ne laisserait pas son attention s'égarer vers lady Dorothea, bien qu'elle portât une robe de la couleur d'une pêche. La peau d'une pêche, se corrigea-t-il, puis il eut envie de rire de la précision. Son teint lisse rayonnait et ses yeux étincelaient à la lumière des bougies.

— Quelles activités aimez-vous pratiquer pendant votre temps libre? demanda-t-il à Mlle Milton, conscient de son devoir.

Il s'attendait à une réponse banale, car, quelle lady faisait autre chose que coudre ou apprendre l'italien ?

La danse les sépara, mais lorsqu'elle les réunit à nouveau, elle lui répondit.

— J'aime greffer des plantes pour cultiver de nouvelles espèces. Je travaille actuellement sur une pomme qui conserve son goût sucré jusqu'à maturité sans perdre son croquant.

La danse les éloigna à nouveau, et il ne put s'empêcher de laisser transparaître sa surprise. Il allait devoir la présenter à l'ami de Rock, Pollard, qui s'intéressait particulièrement à l'aspect agricole de son domaine. Ils trouveraient sûrement un sujet de conversation.

— Comment en êtes-vous venue à vous intéresser à une telle chose ?

Ce devait être la conversation la plus inhabituelle qu'il eût jamais eue avec une jeune femme.

— Eh bien vous avez dû remarquer que ma mère et ma sœur ne m'apprécient pas particulièrement.

Elle rougit légèrement, et après une hésitation, il hocha la tête.

Une fois encore, les pas de danse les éloignèrent l'un de l'autre, mais dès qu'ils se retrouvèrent, elle dit :

— Mon père s'intéresse à ce genre de choses, alors je les suivais, le jardinier et lui. Il était sans doute inévitable que je me trouve les mêmes centres d'intérêt que lui.

D'un ton suffisant, elle ajouta :

— Les plantes ne sont pas méchantes.

C'était assurément la conversation la plus inhabituelle qu'il eût jamais eue avec une jeune femme.

— Non, elles ne sont pas méchantes.

Un autre membre de la bonne société aurait pu se moquer d'elle pour son excentricité, mais pas lui. La société londonienne manquait d'authenticité.

C'était ce qui l'attirait sans cesse vers lady Dorothea, en dehors de sa fortune bien entendu. Elle était indéniablement authentique, bien qu'elle tentât de montrer un masque au monde. Il craignait simplement qu'en épousant le mauvais homme, ce masque ne devînt impossible à retirer.

DOROTHEA TERMINA SA danse avec M. Weatherby, que Maryann lui avait également présenté, même s'il connaissait aussi M. Shaw. Elle appréciait ces présentations, bien sûr. À ce jour, il s'agissait de l'événement le plus animé de la bonne société depuis son arrivée à Londres. Cela dit, elle n'appréciait pas toujours ses conversations avec Maryann. Elle semblait ne pas penser à autre chose qu'au genre d'attention que les messieurs leur portaient, et Dorothea comprit rapidement qu'elle parlait du genre d'attention qu'ils portaient à *Maryann*. Quand bien même elle avait l'habitude d'être la sœur aînée moins jolie de Sophia, elle se lassait d'être reléguée dans l'ombre.

Elle avait remarqué l'arrivée de M. Shaw, même si elle s'efforçait de faire comme si de rien n'était. Il dansa avec Bernice pendant qu'elle était avec M. Weatherby, et malgré elle, elle fut touchée de voir qu'il s'était souvenu de la promesse qu'il lui avait faite. Cela en disait long sur lui qu'il se rappelât une promesse faite à une femme qui ne l'intéressait pas. Ou... peut-être s'intéressait-il à elle, mais une telle chose était difficile à concevoir. Ce n'était pas que Bernice n'était pas séduisante. Elle l'était. Simplement, elle ne semblait pas bien aller avec M. Shaw.

Derrière elle, Dorothea reconnut la voix unique d'Abigail Milton.

— L'ami de M. Shaw a évoqué le fait qu'il était en quête d'une épouse, et il est aussitôt allé inviter Bernice à danser. N'est-ce pas la chose la plus scandaleuse dont vous ayez jamais entendu parler ? *Bernice* !

Ne voulant pas être surprise en train d'écouter les conversations, Dorothea se tint tranquille et entendit les gloussements méchants qui éclatèrent à l'annonce de cette nouvelle. Abigail était entourée d'un cercle de jeunes femmes sur lesquelles elle semblait avoir une certaine influence. Peut-être ressemblait-elle à Maryann en ce sens, même si elle était indéniablement plus méchante.

Puis le poids de ses paroles s'abattit sur Dorothea. Ainsi, M. Shaw envisageait d'épouser Bernice ? C'était impossible. Ils n'avaient rien en commun. Elle ressentit une puissante envie d'essayer d'aller le raisonner. Mais ce serait ridicule, en plus d'être très inapproprié.

Les Milton étaient riches et Bernice disposait sans doute d'une dot plus que substantielle. En fait, Dorothea elle-même possédait une fortune honorable, mais elle ne pouvait pas être qualifiée de prestigieuse. Outre son désir de se retrouver à la tête de la société, c'était l'une des raisons pour lesquelles elle cherchait un bon parti. Il était heureux que M. Shaw lui eût assuré qu'il ne cherchait pas une femme riche, car elle ne pensait pas s'être trompée sur ses intentions à son égard.

Elle se disait qu'elle aurait dû être heureuse pour Bernice et lui ; pourtant, l'idée de les voir se marier était impossible à imaginer. M. Shaw était une force de la nature avec ses manières charmantes, et Bernice était bien trop réservée. Dorothea n'arrivait pas à se convaincre qu'il y avait là un cas où les opposés s'attiraient, car ils étaient *trop* opposés.

Les musiciens avaient pris une pause, et elle balaya la salle du regard, espérant apercevoir lord Throckmorton. Jusqu'à présent, il était sa rencontre la plus prometteuse de la saison, et elle avait pensé à lui plus d'une fois depuis qu'il avait quitté sa maison dans le sillage de Maryann. Il était presque aussi beau que M. Shaw et beaucoup plus intéressant. Elle n'avait aucune raison d'espérer qu'il lui accorde de l'attention, car il ne lui avait manifesté aucun signe d'intérêt, hormis le regard évaluateur qu'il avait posé sur elle à son arrivée.

Elle se disait que c'était sans doute pour le mieux. Lady Dorothea Throckmorton, ce serait bien trop difficile à prononcer sans bafouiller.

Elle fut tirée de sa rêverie par la filleule de lady Berkley qui apparut devant elle.

— Bonsoir, Lady Dorothea. J'espère que vous ne m'en voudrez pas de vous saluer, bien que nous n'ayons été que brièvement présentées par ma marraine. Je suis Anne Kensington, ajouta-t-elle avec un petit sourire en voyant le regard un peu vide de Dorothea.

— Bien sûr que je me souviens de vous ! lui répondit-elle

précipitamment pour la rassurer. Seulement, je n'arrivais pas me souvenir de votre nom.

Elle essaya de se remettre de son trou de mémoire en engageant la conversation avec elle.

— Je vois que ma sœur est retournée aux côtés de ma mère. Puis-je vous présenter à elle ?

— Je vous en prie, répondit Mlle Kensington en souriant. Je n'aime pas beaucoup danser, et je préfère discuter.

— Oh, ce n'est pas mon cas, répondit Dorothea, souriant à son tour. Je ne pourrais jamais me lasser de danser.

Elle conduisit Mlle Kensington auprès de Sophia et sa mère, et fit les présentations. Sa mère répondit à sa révérence par un hochement de tête et quelques salutations qu'elle chuchota. Sa sœur sourit également, et marmonna quelque chose d'inintelligible.

Dorothea fut déçue par la réaction indifférente de sa mère et celle, timide, de sa sœur, mais elle s'efforça néanmoins de faire participer Sophia. Cela lui ferait du bien de nouer d'autres connaissances. Après plusieurs tentatives pour inclure sa sœur, et même sa mère, dans leur conversation, elle renonça. Mlle Kensington et elle entamèrent une conversation plus intime.

Dorothea apprit qu'Anne avait grandi dans l'Essex, qu'elle était la deuxième de cinq enfants, dont quatre étaient encore en vie. Même si sa mère avait épousé un homme pauvre, leur famille avait toujours été heureuse. Elle le fut encore plus lorsque, par un incroyable retournement de situation, une grand-tante vieille fille légua toute sa fortune au père d'Anne. Ainsi, elle pouvait entamer une saison sous la tutelle de sa marraine sans avoir l'impression d'être un fardeau.

Au cours de leur brève conversation, Dorothea ne tarda pas à éprouver pour elle une affinité qu'elle n'avait pas ressentie avec Maryann. Cela l'incita à lui proposer qu'elles s'appellent par leur prénom, ce qu'Anne accepta instantanément.

Alors que la pause touchait à sa fin et que les musiciens regagnaient leurs sièges, Dorothea aperçut M. Shaw qui s'avançait vers elles avec ce qu'elle pensait, ce qu'elle espérait être la volonté de danser avec elle. Il semblait trop concentré pour avoir des intentions futiles. Une fois encore, son esprit dériva vers la conversation qu'elle avait entendue. Assurément, son cœur ne pouvait pas être attiré par Bernice. Elle n'aurait pas dû s'en préoccuper, elle le savait. Pourtant, l'idée qu'il pût l'épouser ne lui plaisait pas du tout.

Avant qu'elle n'eût le temps de retrouver un peu de bon sens, son cœur s'emballa en le voyant marcher vers elle. Et son martèlement ne ralentit pas lorsqu'il s'arrêta devant elle avec ce sourire auquel il était impossible de résister.

— Lady Dorothea, bonsoir. Et, si je ne me trompe pas, vous êtes Mlle Kensington ? Il haussa un sourcil interrogateur lorsqu'elle le confirma.

— Je me demandais...

Il fut interrompu par l'arrivée inopportune de lord Hastings. Dorothea aurait dû en être profondément ravie. Après tout, celui-ci l'avait cherchée pour lui annoncer, d'une manière qu'elle ne pouvait que considérer comme significative, qu'il avait reporté son voyage et resterait à Londres pour une durée indéterminée. Et il avait réservé cette deuxième série rapidement après la première. Mais sa présence manquait d'éclat à côté de celle de M. Shaw. Il lui manquait l'étincelle que ce dernier semblait éveiller en elle sans effort.

Elle réprima la tournure déraisonnable de ses pensées et offrit à lord Hastings son sourire le plus accueillant.

— Est-ce déjà le moment de notre danse ? Je suis prête.

Elle adressa un signe de tête à Anne et à M. Shaw avant de s'éloigner à ses côtés. Et si elle pouvait se féliciter de sa détermination sans faille à épouser un homme digne de son rang, elle ne pouvait s'empêcher de jeter des regards languissants à M. Shaw tandis qu'il dansait avec sa nouvelle amie. Il obtenait d'elle toutes les répliques souriantes que Dorothea aurait pu espérer, si elle avait voulu qu'Anne attirât un prétendant qui soit en dessous de son rang.

Durant le reste de la soirée, elle passa d'un partenaire à l'autre. Presque toutes les invitations étaient le fait de quelqu'un que Maryann lui avait présenté, et elle se délectait de la présenter comme lady Dorothea, puis de s'adresser à elle en l'appelant expressément Dorothea pour montrer l'intimité de leur lien. Cela avait au moins l'effet désiré : cette dernière avait une série de prétendants qui commençaient à lui accorder l'attention qu'elle espérait, une attention qu'elle estimait lui être due en tant que fille d'un comte. Si seulement les paroles de M. Shaw ne l'avaient pas surprise et amenée à douter de sa quête ! Il avait affirmé que sa valeur en tant qu'amie, et supposait-elle, en tant que future épouse, ne dépendait ni de son rang, ni de son titre. La partie non exprimée devait préciser que la valeur d'un gentleman ne dépendait pas non plus de cela. C'était peut-être vrai... mais cela n'entrait guère en ligne de compte dans les considérations matrimoniales.

Sa seule danse non réservée était la dernière, et elle méditait à nouveau sur les paroles de M. Shaw lorsque celui-ci apparut devant elle. Elle fit appel à toutes ses forces pour ne pas lui montrer à quel point elle était contente de le voir. En conséquence, elle ne lui adressa qu'un sourire des plus crispés.

Il sembla ne pas remarquer sa réserve.

— Je vous en prie, dites-moi que cette danse n'est pas réservée. Car c'est la dernière, vous savez.

Elle secoua la tête et s'adoucit en le regardant. Elle n'y pouvait rien. Il y avait en lui quelque chose qui inspirait confiance et qui semblait manquer aux autres gentlemen quand ils faisaient la cour. Avec eux, il était question de jolis compliments destinés à plaire, mais qui donnaient l'impression d'être vides lorsqu'ils se multipliaient. Ou bien ils se contentaient d'une conversation polie qui ne la stimulait pas le moins du monde. Mais M. Shaw semblait prendre vie devant elle chaque fois qu'elle apparaissait.

— Personne n'a réservé cette danse, lui répondit-elle.

Le sourire qu'il lui adressa fit s'emballer à nouveau son cœur.

— Venez, avant qu'il ne reste plus de place pour nous. Si les Answorth n'avaient pas préconisé une heure de clôture pour leur bal, nous serions encore ici jusqu'au lever du soleil, je crois. En l'état actuel des choses, nous devons nous hâter.

M. Shaw la conduisit jusqu'à la piste et ils prirent place pour la danse nommée *Hole in the Wall*. Elle se souvint une fois encore à quel point elle aimait danser avec Miles Shaw. Même si c'était une danse en ligne, son cœur débordait de bonheur lorsqu'elle tourna autour de lui et croisa son regard lorsqu'ils firent demi-tour. Elle avait l'air de flotter à ses côtés plutôt que de danser. Et lorsque leurs mains se rejoignaient, elle recevait à chaque fois une décharge dans le bras. Lorsque leurs yeux se croisaient, il lui souriait d'une manière intime qu'il n'accordait pas aux autres.

Le temps qu'elle passa à y réfléchir pendant qu'ils dansaient lui permit enfin d'y voir plus clair. Quand elle était avec lui, elle se sentait *vue*. Elle n'était pas qu'un autre visage parmi d'autres à ses yeux. Elle était Dorothea. Et c'était une sensation qu'elle n'avait jamais connue auparavant.

Oh, doux Jésus ! Elle allait vraiment devoir protéger son cœur.

CHAPITRE II

Miles déambulait dans Bond Street, tirant son chapeau aux quelques connaissances qu'il croisait. C'était un effort pour lui de conserver son habituelle apparence insouciante. Sourire lui coûtait, car il venait de recevoir une lettre très importune de sa mère. Elle y expliquait que la totalité du toit de leur maison s'était effondrée. Heureusement, le pire du désastre s'était produit dans l'aile réservée aux invités, écrivait-elle, mais même dans sa chambre, elle avait dû placer un plat pour recueillir les gouttes de neige fondue qui s'étaient infiltrées depuis le grenier au-dessus d'elle. Et s'il avait nourri le secret espoir que sa mère avait peut-être exagéré la situation, il fut rapidement détrompé en ouvrant la lettre de son intendant, qui décrivait plus en détail l'étendue des dégâts et le coût estimé des réparations. C'était un montant que ses maigres finances n'étaient pas en mesure de couvrir. En aucun cas.

Depuis le bal des Answorth, il avait revu lady Dorothea à quelques reprises, mais ils n'avaient pas eu l'occasion d'établir une relation plus profonde. À un moment donné, ils s'étaient croisés à Hyde Park, mais elle était à cheval avec son palefrenier et lui à pied, ce qui rendait impossible une conversation prolongée. À une autre occasion, ils s'étaient croisés lors d'une *soirée* musicale, et il était presque certain qu'elle l'avait suivi du regard lorsqu'il était allé saluer l'hôtesse. Mais lorsqu'il était venu la voir, elle était déjà assise à côté de lord Hastings. Les voir à nouveau ensemble l'avait presque convaincu d'abandonner sa cour. Comment pourrait-il rivaliser avec lord Hastings ?

Mais ils s'étaient rencontrés au théâtre le soir suivant, et ils avaient eu un bref échange pendant l'entracte avant d'être interrompus. Il avait ressenti cette forte attirance qui existait toujours entre eux et il soupçonnait qu'elle l'éprouvait également. Elle s'était figée à son approche, ses beaux yeux s'étaient écarquillés à sa vue et ses joues étaient devenues roses.

Face à ce revers de fortune, il lui faudrait entreprendre de faire la cour à lady Dorothea de manière accélérée. Il le savait. C'était parfaitement logique. Mais cette idée le faisait hésiter de plus en plus. Elle ne croirait jamais qu'il l'appréciait pour qui elle était alors qu'il avait tant besoin de sa dot. Si, à un moment donné, il avait eu la noble idée de la demander en mariage en sans toucher à sa dot, cet espoir était désormais aussi futile qu'une bouffée de fumée. Il se retrouvait dans une position où il avait plus que jamais besoin de son argent.

Miles se disait qu'il pouvait tenter de courtiser une autre femme. Il n'était pas nécessaire qu'il se mariât dans la noblesse, d'autant plus qu'il se doutait bien que son absence de titre constituerait un obstacle pour qu'elle lui accordât sa main. Il aurait dû être facile pour lui de reporter son attention sur une héritière qui était moins... perspicace. Cela lui permettrait sans aucun doute de résoudre son embarras plus rapidement.

Miles sourit en soulevant son chapeau pour saluer une matrone qu'il connaissait, masquant son expression renfrognée. Dès qu'il l'eut croisée, il reprit son air soucieux. Il appréciait bien trop lady Dorothea pour penser à une autre femme. Il aimait ces petits aperçus qu'elle lui offrait au-delà de sa façade. Ils étaient tour à tour vulnérables, ludiques et intrépides. C'était une femme capable, vraiment incroyable, et pourtant, elle semblait s'ouvrir à lui comme elle ne le faisait pas avec les autres hommes. Il ne lui était certainement pas indifférent. Mais, était-ce suffisant ?

— Miles !

Il leva les yeux et découvrit que son cousin était presque à sa hauteur. Il avait été trop absorbé par ses propres pensées pour le remarquer. Ils se serrèrent la main, et Miles s'obligea à afficher sa joie habituelle.

— Comment était le combat ?

Rock plaça sa canne sous son bras.

— Le protégé de Jem, Henry Pearce, s'est bien défendu, mais pas aussi bien que Cribb. J'ai perdu un singe[1]. Cela aurait pu être pire, mais j'ai vu Cribb s'échauffer et je me suis dit que je pouvais limiter mes pertes.

— Tu ne sembles pas trop affecté par cette perte.

Miles sourit devant la joie insouciante de son cousin. Comme il serait agréable de ne pas se lamenter d'avoir perdu cinq cents livres !

Rock secoua la tête et fit demi-tour pour se joindre à lui.

— Un tel combat en valait la peine. Où vas-tu ?

— Pour le moment, nulle part. Je profite simplement d'une journée qui ne laisse entrevoir aucun signe de pluie ou de coup de vent mordant venant de l'est.

Il glissa son bras dans celui de son cousin, tentant de se défaire de sa morosité.

— Et toi ? Allons-y ensemble.

— Je me rendais chez White, en espérant t'y trouver. J'ai rencontré ta lady Dorothea.

— Vraiment? dit Miles qui lui lança un regard de côté,

adoptant une attitude nonchalante, comme si la nouvelle ne l'affectait pas. Et comment la trouves-tu ?

— Tu as minimisé sa beauté. Je suis presque prêt à tenter moi-même de gagner sa main.

Rock tourna le regard vers l'avant, un sourire aux lèvres.

Miles savait qu'il plaisantait, mais il retira son bras de celui de son cousin. Il remuait le couteau dans la plaie. Rock était le meilleur parti d'entre eux, du moins il l'était pour quelqu'un comme lady Dorothea. Il possédait à la fois le titre et la fortune.

— Non, non. Ne me snobe pas, dit Rock en riant. Doux Jésus ! Tu dois être vraiment sincère pour prendre ma plaisanterie tellement au sérieux. Et tu as promis de ne pas en faire trop.

Miles lui adressa un petit sourire.

— Je sais bien que tu plaisantes, mais... bon sang ! Je suis d'une humeur massacrante. Ma mère m'a écrit pour me dire que le fichu toit de ma maison s'était effondré, et Fripley a confirmé que les dégâts étaient aussi importants qu'elle le disait. J'ai à peine assez d'argent pour tenir tout le printemps, et encore moins pour réparer un toit à quatre pignons d'une superficie de six cent cinquante mètres carrés.

L'expression de Rock devint grave.

— C'est vraiment sérieux ! Dois-tu trouver un nouveau logement pour ta mère ? Penworth la prendra-t-elle ?

Miles secoua la tête, puis haussa les épaules.

— Je ne peux pas la laisser là où elle est et je ne peux non plus dire avec certitude si mon beau-frère l'accueillerait. Peut-être que Marie pleurera et qu'il se montrera ensuite enthousiaste à cette idée.

C'était une tentative amère d'humour.

— Laisse-moi t'aider...

— Non, Rock, l'interrompit Miles. Cela nuirait à notre relation si je t'étais redevable. Je sais que tu penses que ce ne serait pas le cas, pourtant, c'est vrai.

Ils marchèrent en silence pendant un moment, esquivant facilement les piétons, car la rue n'était pas bondée, ce qui était surprenant compte tenu de la beauté de la journée.

— Demande sa main à lady Dorothea, proposa Rock, jetant un coup d'œil à Miles pour voir comment il prenait cette suggestion, étonnamment attentif. Elle doit avoir assez de fonds pour sauver ton domaine. Passe rapidement sur les points les plus délicats. Une attaque surprise, tu vois. Peut-être que cela pourrait fonctionner.

Comme Miles ne répondait pas, il ajouta :

— Crois-tu avoir fait des progrès pour gagner son affection ?

Le fait que son cousin fût prêt à lui parler de mariage alors que lui-même n'était pas enclin à franchir le pas touchait Miles.

— Je le crois, mais en toute honnêteté, je peux seulement affirmer avoir égratigné la surface de l'image qu'elle présente au monde. Je suis bien loin d'être sûr d'avoir touché celle de son cœur. Elle ne se dévoile pas volontiers.

Il se tut tandis qu'ils se dirigeaient vers leur club. Il se rendait compte que, bien que cela fût vrai, il y avait autre chose. Lady Dorothea... non, *Dorothea* : il devait cesser de l'appeler *my lady* dans sa tête, sinon il serait incapable de franchir la barrière entre eux, ne réagissait pas à son attention de la manière habituelle. C'était comme si elle n'avait pas l'habitude de faire l'objet de l'attention d'un homme et qu'elle ignorait tout de l'art de la séduction. Elle était toujours très sérieuse, comme si elle portait un poids sur ses épaules. Et quand il parvenait à la faire sourire, son propre cœur...

Mince ! Je me laisse emporter. Et si elle dit non ?

— Donc... Attaque surprise, tu disais ? demanda-t-il, haussant les sourcils en regardant son cousin.

Il tentait de détendre l'atmosphère.

— Oui.

— Tu lui rends visite, ou tu l'emmènes au parc. Et pas à Hyde Park, il y a trop de monde. Tu lui déclares ta dévotion éternelle et que tu n'as jamais été aussi aveuglé par l'amour en si peu de temps, même si ce n'est pas vrai...

— En réalité, il y a du vrai là-dedans, avoua Miles, qui se sentait obligé d'être honnête.

— Eh bien ! C'est encore mieux ! Une demande en mariage sincère surpasse tout. Tu lui déclares ta flamme. Tu es un gentleman. Tu serais l'héritier d'un comté s'il m'arrivait quelque chose.

— Rock, je t'en prie !

Miles ne trouvait pas cela drôle.

— Ce n'est rien de moins que la vérité, si seulement tu voulais jouer cette carte, affirma-t-il, puis, voyant que son cousin secouait la tête, il poursuivit. Tu possèdes un domaine d'une taille considérable...

— ... désespérément en mal d'argent, d'où cette hâte à trouver une épouse fortunée. Combien de temps après avoir lui avoir déclaré mon amour éternel crois-tu que je pourrai lui demander les coordonnées de son homme d'affaires, afin que nous puissions parvenir à un accord ? demanda Miles, très ironique, se méprisant déjà.

— Tu as toujours eu un charme naturel, répondit Rock en abattant sa grande main sur l'épaule de Miles, ce qui le fit grimacer. J'ai la plus grande foi en toi.

— *Hmm.*

Miles avait besoin de temps pour réfléchir à la façon de procéder. Il était optimiste quant à sa cour, même si elle ne l'avait pas beaucoup encouragé. Mais il ne la laissait pas indifférente, il en était convaincu. Et il connaissait les femmes.

Il songeait vraiment à le faire. Il *devait* le faire. Qu'avait-il à perdre après tout ?

— Alors... nous allons chez White ?

Miles passa à nouveau son bras dans celui de Rock et les guida sur la courte distance qui les séparait de leur destination.

COMME IL AVAIT RÉSOLU de lui demander sa main sans tarder, il ne lui restait plus qu'à décider de la manière dont il allait s'y prendre. Au cours des trois jours qui lui avaient été nécessaires pour trouver le courage de franchir ce pas monumental, Miles n'avait pas vu Dorothea. Ce n'était pas le mariage qui lui faisait peur. C'était ce potentiel regard désapprobateur que la jeune femme serait en droit de lui adresser lorsqu'il l'aurait demandée en mariage après lui avoir promis qu'il n'était pas en quête d'une épouse fortunée. C'était ce rejet, auquel il s'attendait à moitié, qui aurait pu l'inciter à abandonner son projet s'il n'avait pas été aussi désespéré.

Sa première tentative pour la rencontrer chez elle échoua, car les femmes de la maison étaient toutes sorties, lui dit-on.

Frustré, Miles posa une main sur la grille de fer de Grosvenor Square et observa la circulation des chevaux et des calèches qui passaient sur les pavés. Il était venu à pied et il était fatigué, mais il n'aimait pas l'idée de héler un fiacre. Il se mit en route vers Bond Street avant de se raviser : il avait négligé lady Berkley, à qui il avait promis une visite matinale. Elle était l'une des rares amies de la société que sa mère avait conservée. Non seulement cela, mais il lui devait également sa rencontre avec Dorothea. La résidence des Berkley n'était pas très loin de celle de la jeune femme, et il décida de marcher jusque-là.

Après avoir donné sa carte, il fut admis au salon. À première vue, il estima être *de trop*, car il ne semblait pas y avoir un seul siège inoccupé. Lady Berkley n'était pas du genre à éconduire qui que ce fût, et elle ne faisait pas non plus attendre les gens dans l'entrée jusqu'à ce que certains invités fussent partis, comme certains le faisaient.

Puis, un rapide coup d'œil dans la pièce lui révéla la présence de Dorothea, de sa mère et de sa sœur. Il lui adressa un signe de tête et attendit qu'elle le reconnût. Un bref sourire apparut sur son visage avant qu'il ne disparût et qu'elle détournât les yeux. Il prit cela comme un bon signe. Ce n'était pas souvent que la jeune femme lui souriait, surtout en public.

Il devait d'abord saluer lady Berkley et sa filleule, Mlle Kensington, et il se présenta dès qu'il y eut un espace dégagé devant elles.

— Miles ! J'ai cru que vous m'aviez oubliée, remarqua lady Berkley.

— Jamais, répondit-il, souriant à cette femme bienveillante.

L'accueil qu'elle lui avait réservé apaisa ses nerfs, et le sourire qu'elle lui adressa, son cœur. Il ne cherchait jamais à être trompeur, même lorsqu'il taquinait, cajolait ou gratifiait les jeunes et les plus âgées d'un sourire enjôleur. Il aimait que tout se passât bien autour de lui et il aimait contribuer à rendre son entourage agréable. Cela ne pourrait être qu'un point en sa faveur vis-à-vis de Dorothea.

— Je suis sûre que vous trouverez ici quelqu'un avec qui vous voudrez converser, lui dit lady Berkley.

Puis, arborant un air naturel, elle ajouta :

— Lady Dorothea est ici, avec sa mère et sa sœur.

— Vraiment ? Je devrais aller les saluer, répondit Miles, avant de se tourner vers sa filleule. Comment allez-vous, mademoiselle Kensington ?

— Je vais très bien, je vous remercie.

Elle lui sourit, mais elle aussi jeta un coup d'œil vers Dorothea, comme si elle voulait le libérer. Déconcerté et craignant de commettre une bévue, il resta encore un moment, mais elle ne chercha pas à engager la conversation avec lui, alors il se retourna.

Dorothea venait de terminer une conversation avec l'un des gentlemen, qui était en train de prendre congé. Il savait qu'elle était consciente de sa présence à la façon dont elle s'efforçait de ne pas le regarder. Il alla d'abord saluer sa mère.

— Lady Poole, votre serviteur.

Il s'inclina devant elle, et elle murmura quelque chose en réponse. Elle paraissait plutôt effacée pour une femme qui était la mère de lady Dorothea. Peut-être possédait-elle une profondeur cachée, sinon comment expliquer que sa fille puisse avoir autant de caractère et elle si peu ?

— Lady Sophia, dit-il ensuite en s'inclinant, arborant son plus charmant sourire.

S'il parvenait à charmer la sœur timide, il pourrait peut-être pénétrer dans le cœur de Dorothea. Du moins l'espérait-il. Au cours des quelques fois où ils avaient dansé ou conversé, la timidité de lady Sophia ne l'avait pas ennuyé comme cela pouvait arriver avec d'autres femmes. Il croyait plutôt que c'était parce qu'elle était aussi désireuse de parler de sa famille qu'il l'était d'en apprendre davantage sur elle. Il s'était fait une bien meilleure idée du genre d'homme qu'avait été lord Poole grâce à la conversation sans artifice de lady Sophia, ce qui l'avait aidé à comprendre Dorothea. Ainsi, ils étaient parvenus à une sorte de compréhension, presque une amitié.

Il adressa à lady Sophia un sourire malicieux, tandis que Dorothea continuait à l'éviter soigneusement.

— Comment va votre garnement de frère… euh… je vous demande pardon… le comte ?

Il accompagna sa phrase d'une expression de regret feint qui la fit éclater de rire. Le son du rire de lady Sophia amena sa sœur à tourner la tête, surprise. Miles sauta sur l'occasion.

— Ah, Lady Dorothea. Je suis heureux de vous trouver ici. Je suis passé chez vous tout à l'heure, mais votre majordome m'a informé que vous étiez sortie. C'est une chance inouïe que je sois tombé sur vous chez lady Berkley.

— Inouïe, murmura-t-elle.

Elle se mordit la lèvre et baissa les yeux, et il eut du mal à comprendre ce qu'elle pensait. Comment pourrait-il la demander en mariage s'il ignorait si elle l'aimait un tant soit peu ?

— Cependant, poursuivit-elle, je vous prie de bien vouloir nous excuser, car il me semble que ma mère a exprimé le désir de rentrer à la maison.

Le regard surpris que lui adressa lady Poole fit douter Miles, et il haussa un sourcil ; Dorothea détourna le regard.

Pourquoi soufflait-elle autant le chaud et le froid avec lui ? Un instant, elle souriait et celui d'après, elle s'enfuyait dans la direction opposée. C'était extrêmement frustrant. D'un côté, il était certain qu'elle tomberait à ses pieds s'il avait eu un titre et une fortune. D'un autre, il aspirait à la conquérir pour elle-même et rien d'autre. Il détestait que son besoin d'argent jouât le moindre rôle dans sa cour.

— Eh bien, je vais vous raccompagner si cela ne vous dérange pas, dit-il en repoussant ces pensées désagréables.

Il était venu en mission, et il avait l'intention de l'accomplir.

— Êtes-vous venues à pied ?

— Oui, répondit lady Sophia.

— Ce serait agréable que vous nous escortiez, n'est-ce pas, maman ?

Cette surprenante jeune femme se leva, et il lui offrit un sourire reconnaissant, après quoi il dirigea son regard vers lady Dorothea. Elle semblait résignée, ce qui n'augurait rien de bon pour ce qu'il souhaitait lui dire.

Il déglutit. C'était plutôt ce qu'il désirait lui *demander* qui posait un problème.

Quand ils eurent récupéré leurs effets auprès du majordome, Miles ayant invoqué auprès de lady Berkley une excuse pour justifier qu'il ne pouvait rester, ils sortirent au grand air.

— Maman, je vais marcher à tes côtés, proposa lady Sophia, glissant son bras dans celui de sa mère.

— Très bien, ma chérie, mais ne nous pressons pas. Je crains de glisser et de me fouler la cheville à ce rythme.

— Oh non, je ne te lâcherai pas un instant, et il fait froid dehors, dit lady Sophia en entraînant sa mère à une allure plus vive qu'il n'aurait pu l'imaginer.

Quelle surprise pour lui que d'avoir pour alliée la discrète et timide lady Sophia, car il était certain qu'elle était en train de lui offrir le *tête-à-tête* qu'il souhaitait tant avec sa sœur.

Il offrit son bras à lady Dorothea et se mit en route à un rythme aussi lent que possible.

— Je ne vous ai pas vue depuis le théâtre de mercredi soir, observa-t-il.

— C'est vrai, nos chemins ne se sont pas croisés, répondit-elle d'un ton détaché.

Malgré cela, il ressentait de petits tremblements de la part de la jeune femme à ses côtés. Elle ne tremblerait pas s'il la laissait indifférente. Cela lui donnait du courage. Il réfléchissait à la manière de commencer lorsqu'elle s'arrêta, le poussant à faire une pause et à la regarder.

— Je suis désolée, je... dit-elle avant de s'interrompre.

— Qu'y a-t-il, my lady ?

Elle n'avait sûrement pas pu deviner ce qu'il voulait lui demander.

— Il semblerait que j'aie un caillou dans ma chaussure, qui me gêne pour marcher.

À en croire le visage rougi de Dorothea, il devina que cet aveu la gênait. L'idée folle de la prendre dans ses bras et de la porter jusque chez elle disparut aussi vite qu'elle lui était venue à l'esprit.

— Il y a… dit-il en regardant autour d'eux, il y a le jardin public juste ici. Croyez-vous que votre mère me permettrait de vous escorter dans le parc pour que vous puissiez le retirer ?

Elle semblait peinée… frustrée. Au bout d'une minute, elle jeta un coup d'œil à sa sœur, qui n'était plus à portée de voix.

— Pourriez-vous expliquer la situation à ma sœur et à ma mère ? Je crains que ce ne soit ma seule possibilité, car je ne peux pas ôter ma chaussure sur la voie publique, et je ne peux pas marcher.

— Restez ici, lui dit-il en posant doucement sa main sur son bras.

Il trotta aussi vite qu'il le put vers lady Sophia et sa mère, et il leur expliqua la situation. Elles se retournèrent pour regarder Dorothea, qui les fixait d'un air indéchiffrable qu'il commençait à percer à jour. Elle n'aimait pas se retrouver dans une position vulnérable.

Après avoir reçu la permission de faire un bref détour par le parc, Miles revint en trottinant vers Dorothea.

— Votre mère s'inquiète du fait que vous n'ayez pas votre bonne avec vous, mais votre sœur lui a fait remarquer que cela ne risquait pas de faire jaser les gens. Pas dans un lieu aussi ouvert et public.

Dorothea souffla.

— J'espère que non.

Elle se tourna vers le jardin qu'il lui avait indiqué et qui n'était réellement qu'à une courte distance. Ce ne fut qu'à cet instant qu'il remarqua qu'elle boitait légèrement. Il soutint son bras autant qu'il le put, se réjouissant de cette occasion de l'attirer près de lui. Ils approchèrent de la grille en fer noir du parc qui donnait sur une rue opposée. À l'intérieur se trouvaient des bancs en pierre, ainsi que des plantes et des arbres disposés avec art dans tout l'espace. Pour un jardin public, ce parc se révélait en fait assez intime. C'était le lieu idéal pour retirer discrètement un caillou de sa chaussure.

C'était le cadre parfait pour une demande en mariage.

Si Miles n'en croyait pas sa chance, il aurait été sincèrement soulagé d'avoir la certitude qu'elle éprouvait pour lui les mêmes sentiments que lui pour elle. S'il l'avait pu, il aurait attendu d'en avoir le cœur net, mais les circonstances ne le lui permettaient pas. C'était assurément une gêne de débuter sa cour de cette façon, mais il devait continuer. Il ne restait qu'à espérer qu'elle accepterait sa demande.

CHAPITRE 12

Dorothea se sentait très mal à l'aise lorsqu'elle entra en boitant dans le jardin public aux côtés de M. Shaw. Son corps l'avait trahie. Son cœur l'avait trahie. Elle avait beau vouloir maîtriser sa réaction à la vue de cet homme, conformément à la décision qu'elle avait prise pour sa vie, son ventre frémissait, son cœur battait la chamade, son visage rougissait. Et cela la rendait furieuse.

Si elle n'avait pas tout à fait réussi à chasser M. Shaw de ses pensées ces derniers jours, elle s'était au moins convaincue que c'était pour le mieux. Son absence lui permettrait de se concentrer sur ses aspirations matrimoniales. Sur son avenir.

Certes, elle n'avait pas vraiment le temps de faire tout cela, car Tilly avait attrapé un autre rhume et, cette fois, elle l'avait transmis à Mlle Cross. Quant à Evo, plutôt que d'écouter ses remontrances, il lui avait causé davantage de maux de tête. Sa dernière manigance consistait à menacer de ne pas retourner à l'école. Il arguait qu'il savait que son père avait abandonné prématurément ses études, mais que tout le monde le préférait à un homme ennuyeux comme M. Sands. Ensuite, Joanna s'était promenée seule dans les rues de

Londres, sans femme de chambre, comme si elle n'était qu'une simple aide de salle.

Cette dernière pensée ramena Dorothea au présent. Quelle ironie qu'elle se retrouvât dans une situation similaire à celle pour laquelle elle avait réprimandé sa sœur ! Ici. Seule avec M. Shaw, sans femme de chambre. Elle était à présent assise sur un banc dans un jardin public désert, à contempler son dos.

Il s'était retourné pour lui offrir l'intimité nécessaire à sa situation délicate, lui permettre de détacher sa demi-botte et de retirer le caillou incriminé. *Comment un caillou avait-il pu s'introduire dans une demi-botte à lacets ?* Elle essaya de ne pas regarder trop longtemps devant elle, mais un seul coup d'œil sur ses cuisses athlétiques lui fit revivre le souvenir du moment où il avait sauté sur la calèche en fuite. Et son admiration reprit de plus belle.

Et s'il s'asseyait sur le banc à côté d'elle ? Et s'il l'attirait près de lui ? Et s'il l'entourait de ses bras, qu'il abaissait sa tête et posait ses lèvres sur les siennes...

— J'ai terminé.

Il se retourna et lui offrit sa main pour l'aider à se lever, mais pendant un bref instant, elle demeura figée et ne put la saisir. La chaleur de sa proximité soulignait l'intimité du moment et la vulnérabilité qu'elle ressentait en sa présence. Elle leva les yeux vers lui à contrecœur, et il sourit, des rides au coin des yeux, inconscient des pensées contradictoires qui l'agitaient.

Elle posa sa main dans celle de M. Shaw et lui permit de l'aider à se relever. Ce qu'il fit, la tirant avec suffisamment de force pour qu'il dût placer une main sur son bras pour l'empêcher de trébucher contre sa poitrine. Elle le regarda, surprise de le voir s'immobiliser, les yeux écarquillés.

— Merci, lui dit-il, se tournant pour rompre le charme.

Elle s'éclaircit tout doucement la gorge. Ils avaient été si proches. Si elle ne s'était pas tournée, qu'aurait-il fait ? Telles étaient les pensées qui occupaient son esprit tandis qu'elle avançait.

Après quelques pas, il lui offrit son bras. Elle glissa sa main autour et respira brièvement ce qui le faisait sentir si bon. Ils prirent la direction de la rue, mais il marchait à pas lents, comme s'il n'était pas pressé de quitter le havre de verdure dans lequel ils se trouvaient.

Il s'éclaircit la gorge.

— Dorothea.

Elle lui adressa un regard surpris par cette utilisation intime de son prénom, mais constata qu'elle aimait trop l'entendre prononcé par ses lèvres pour protester. Néanmoins, il se corrigea.

— Pardonnez-moi. Je voulais dire, *my lady*. Je voulais vous dire combien j'étais heureux de vous voir aujourd'hui. J'ai... j'ai espéré vous apercevoir ces trois derniers jours, pour tout vous dire. En réalité... dit-il, lui jetant un coup d'œil presque nerveux, ce qui fit accélérer son pouls, je n'ai pu m'empêcher de vous chercher partout où j'allais et j'ai éprouvé une grande frustration à l'idée que nos chemins ne semblaient jamais se croiser.

Dorothea souffla, son cœur battant la chamade en l'entendant admettre qu'il avait *un faible* pour elle.

Ce n'était pas possible... ce n'était pas possible ! Elle ne devait pas le laisser continuer.

— Je ne sais pas ce que vous voudriez que je réponde à cela.

Elle avait prononcé les mots, et il lui sembla qu'une éternité s'écoulait avant qu'ils ne reçoivent une réponse.

— Dites que vous alignerez votre destin sur le mien.

Elle eut l'impression qu'il déglutissait difficilement.

Elle ralentit le pas et croisa son regard, s'efforçant de montrer une façade impassible qu'elle ne ressentait pas. Peut-être ne l'obligerait-il pas à en arriver là. *S'il vous plaît, je vous en prie, ne me posez pas la question que je crains que vous ne posiez.*

— Que me demandez-vous exactement, monsieur Shaw ?

Il la fit s'arrêter et se tourna vers elle pour lui faire face, aussi proche que lorsqu'il l'avait presque attirée dans ses bras. Il posa ses yeux bleus sur elle et elle n'eut qu'à relever un tout petit peu la tête pour les croiser. Dans son regard, elle vit de l'incertitude et de la nervosité.

— Je vous demande d'accepter ma demande en mariage. Permettez-moi d'exprimer...

Non, non, non ! Dorothea dégagea son bras, se retourna et partit à grands pas, l'obligeant à se précipiter à ses côtés. Elle adopta un rythme qui ne lui permettait pas de lui parler, et il ne tenta pas de le faire en marchant à ses côtés.

Ils sortirent du parc et se retrouvèrent dans la rue, mais la maison de Dorothea se trouvait encore à un pâté de maisons. Un pâté de maisons entier où elle devait souffrir de la gêne de rejeter un homme qu'elle n'appréciait que trop. Mais elle devait mettre un terme à tout cela maintenant, et se retirer dans la sécurité de sa chambre, où elle pourrait tenter d'apaiser le tourbillon d'émotions qui s'était emparé de sa poitrine. Si seulement elle pouvait parler d'une voix posée !

— Je suis très sensible à l'honneur que vous me faites en me demandant en mariage, dit-elle d'une voix égale, mais essoufflée.

Elle refusait de le regarder ; elle continuait à marcher aussi vite qu'elle le pouvait sans attirer de regards curieux. C'était une torture. Cherchant à mettre le plus de distance possible derrière eux avant que le glas ne sonnât, elle marchait à grands pas. Finalement, elle ne put continuer à le tenir en haleine, même s'ils n'avaient pas encore atteint sa maison.

— Je suis désolée, mais je ne peux pas accepter, monsieur Shaw.

— Non ? dit-il, et sa voix se brisa sur ce mot.

Dorothea se sentit plus coupable qu'autre chose. C'était étrange d'être si loin de lui alors qu'elle s'était habituée à tenir son bras. Lorsqu'il reprit la parole, son ton doux faillit avoir raison du peu de volonté qu'il restait à la jeune femme.

— Je comprends que, dans mon empressement, j'ai précipité ma cour. Puis-je avoir l'espoir de vous faire changer d'avis ?

La maison de Dorothea était enfin en vue, et elle accéléra le pas vers sa destination. Elle s'abstint de lui répondre jusqu'à ce qu'ils fussent arrivés au bas des marches.

— Je crains de ne pouvoir vous donner aucun espoir, lui dit-elle, puis elle se tourna et lui tendit la main. Ma réponse est définitive, monsieur Shaw.

Lorsque M. Shaw s'inclina sur sa main, il eut un regard qu'elle ne put déchiffrer entièrement, qui contenait autre chose que de la douleur et de la déception.

— Eh bien, dans ce cas, je dois vous souhaiter une bonne journée, Lady Dorothea.

Il en était revenu à se servir de son titre, et lorsqu'il releva la tête, il n'y avait plus rien du charme espiègle auquel elle s'était habituée.

— Bonne journée, répondit-elle doucement, se demandant si elle le reverrait.

Après un instant d'hésitation, elle se précipita à l'intérieur, refoulant une inexplicable envie de pleurer. Elle avait assurément pris la bonne décision en refusant sa demande en mariage. Même si elle ne pensait pas qu'il l'avait demandée en mariage parce qu'il avait besoin d'argent, car elle se fiait à l'assurance qu'il lui avait donnée qu'il ne cherchait pas à se marier pour s'enrichir, il n'en restait pas moins qu'il était démuni. En outre, il ne pouvait rien faire pour élever la position de Dorothea dans la société. Il ne contribuerait pas à mettre ses sœurs en valeur. Rien ne plaidait pour lui.

Rien d'autre que l'attirance et les sentiments, et c'étaient des choses inconstantes, n'est-ce pas ?

À l'intérieur, elle adressa un sourire crispé à Turton en passant devant lui. Les bruits qui lui parvenaient de la cage d'escalier révélaient la présence de plusieurs de ses sœurs et de son frère à l'étage. Elle ne pourrait pas les rejoindre en gardant un semblant de sérénité, et elle n'atteindrait pas sa chambre sans que l'un d'entre eux ne la remarquât et ne lui demandât quelque chose. Alors, elle se rendit au salon et, à l'intérieur, elle trouva enfin un silence bienvenu.

Dorothea se dirigea vers les fauteuils placés au milieu de la pièce, et s'assit. Après un moment, avec pour seule compagnie le tic-tac de l'horloge et les bruits étouffés de la maison, elle dénoua les rubans de sa coiffe et la posa à côté d'elle. Elle retira ensuite ses gants, qu'elle posa par-dessus, et s'adossa à son siège pour réfléchir.

M. Shaw avait été déçu, et elle n'avait pas mesuré à quel point elle souffrirait de devoir le décevoir. Ses yeux avaient perdu toute trace de leur étincelle joyeuse et son visage était devenu sombre. À sa manière de gentleman, il avait tenté de la faire revenir sur sa décision, mais il n'avait pas insisté.

Elle avait bien fait de refuser sa demande, alors pourquoi avait-elle l'impression d'avoir commis une erreur ?

Non. M. Shaw épouserait une autre femme qui lui conviendrait mieux, et elle se marierait avec un pair. Cela n'avait pas d'importance qu'elle aimât ce qu'elle ressentait en présence de Miles, qu'elle se fût demandé ce qu'elle aurait ressenti s'il s'était assis sur le banc de pierre à côté d'elle et s'était penché pour l'embrasser… *L'embrasser doit être agréable.* Il était le premier homme à lui donner envie d'essayer.

La porte s'ouvrit, interrompant son moment de tranquillité, et elle s'obligea à sourire pour saluer sa mère.

— Je suis ravie de voir que tu es de retour. M. Shaw s'est-il comporté de manière appropriée en te raccompagnant à la maison ?

Lady Poole se rapprocha et s'assit sur un fauteuil près de Dorothea.

— Oui, maman, répondit-elle, surprise que leur mère se souciât autant d'un tel sujet.

Elle n'avait jamais exprimé d'inquiétude quant à la protection de Dorothea, qui avait presque cru qu'elle n'en éprouvait aucune.

Oui, M. Shaw s'était montré tout ce qu'il y avait de plus convenable. Sa demande en mariage avait été *convenablement* présentée et son refus avait été *convenablement* reçu.

— Eh bien, j'en suis ravie. Je n'aimais pas l'idée de vous laisser tous les deux, mais j'étais trop épuisée pour attendre.

Sa mère appuya sa tête contre le fauteuil, et, pour la première fois, Dorothea se demanda si elle n'était pas épuisée pour une bonne raison. Elle avait toujours considéré comme acquis qu'il était dans la nature de lady Isabelle de se plaindre ou de tenter de se soustraire à tout ce qui requérait un effort. Mais leur relation n'était pas propice à ce genre de question, aussi garda-t-elle le silence. Sa mère n'avait guère l'habitude de lui tenir compagnie plutôt que de rechercher le calme de sa propre chambre, mais elle resta là. Juste au moment où Dorothea avait le plus besoin d'intimité.

Des coups furent frappés à la porte d'entrée, et le cœur de Dorothea fit un saut périlleux involontaire. Se pouvait-il que M. Shaw fût de retour ? La ferait-il asseoir, et insisterait-il pour qu'elle écoutât sa demande ? *La prendrait-il dans ses bras ?* Elle se sentait si malheureuse d'avoir dit non qu'elle était presque tentée de revenir sur sa décision. S'il venait...

La porte s'ouvrit et Turton entra.

— Lord Hastings, annonça-t-il.

Le cœur de Dorothea se serra de consternation. Parmi

toutes les personnes qu'elle ne voulait pas voir à cet instant, se trouvait lord Hastings. Converser avec lui équivalait à se faire arracher des dents. Chacun de ses mots lui était laborieusement extirpé, après ce qui semblait être une interminable attente.

Sa mère se leva, et Dorothea fit de même, tentant d'arborer cette expression neutre qu'elle avait si souvent adoptée.

— Lord Hastings, bienvenue, le salua lady Poole.

Dorothea s'efforça de sourire et fit une révérence.

Lord Hastings s'inclina devant les deux femmes et jeta un regard nerveux à lady Poole avant de s'éclaircir la gorge.

— J'espérais pouvoir dire un mot en privé à lady Dorothea, si vous le permettez.

Le visage de lady Poole exprima sa compréhension et, après avoir lancé un coup d'œil à sa fille, elle acquiesça.

— Bien sûr, my lord. Ma fille est en âge de s'exprimer en son nom sur toute question de nature confidentielle.

Ne pars pas, s'écria intérieurement Dorothea, mais elle suivit du regard sa mère qui quittait la pièce. Puis elle se retrouva seule avec lord Hastings. Le moment était venu pour elle de recevoir ce qu'elle avait toujours désiré. Avant de rencontrer M. Shaw, elle aurait crié victoire à cet instant, qui ne pouvait signifier qu'une seule chose.

— Voulez-vous vous asseoir ? lui demanda-t-elle, et elle prit place pour qu'il pût faire de même.

Il croisa tranquillement les mains, sans montrer la nervosité que M. Shaw avait paru dégager. C'était quelque peu décevant. Il ne serait pas question pour lui d'exprimer de l'ardeur.

Permettez-moi d'exprimer…

— My lady, je pense que vous n'avez aucun doute sur la raison de ma présence ici aujourd'hui.

Il n'y avait pas d'interrogation dans sa voix, mais il la regarda pour obtenir une confirmation. Elle acquiesça.

— Permettez-moi donc d'en venir au fait sans tarder. Je

souhaite vous proposer le mariage. En tant que lady Hastings, vous serez confortablement installée dans mon domaine, et vous aurez à votre disposition une compagnie charmante, quoique réduite. J'avoue ne pas passer beaucoup de temps à Londres, mais vos encouragements m'ont amené à penser que ce n'est pas une chose à laquelle vous vous opposeriez. Je peux vous assurer que je suis en mesure de vous offrir tout le confort que vous pourriez souhaiter.

Comment avait-elle pu le mener à croire qu'elle serait heureuse de vivre dans le Northumberland ?

Son discours terminé, il croisa son regard.

— Quelle réponse apporterez-vous donc à ma demande, my lady ?

Dorothea se sentait glacée intérieurement. Il n'avait même pas tenté de lui prendre la main ou de prononcer son prénom comme le faisait Miles. C'était ce qu'elle était supposée désirer, mais elle n'en voulait pas du tout. Et ce n'était pas seulement parce qu'il lui avait ôté tout espoir d'occuper une place élevée dans la société londonienne. Mais parce qu'il avait tout présenté en termes cliniques.

M. Shaw n'avait pas non plus été dévoré par la passion : il ne s'était pas permis la moindre liberté. Mais il avait éveillé quelque chose en elle. Il avait provoqué en elle le désir de dire oui, même si sa raison le lui interdisait. Elle ne pouvait pas en dire autant de lord Hastings.

Elle ne pouvait différer sa réponse plus longtemps, mais elle n'était pas près de savoir ce qu'elle devait faire.

— Je vous suis très reconnaissante de votre proposition, my lord, dit-elle avant de s'humecter les lèvres. Voudriez-vous bien m'accorder un peu de temps pour réfléchir à ma réponse ?

Lord Hastings détourna le regard un instant avant de le reporter sur elle.

— Ah ! J'avais espéré que vous connaîtriez vos sentiments à

présent. Je prévois de retourner dans mon domaine dès que possible. J'ai déjà repoussé mon départ.

— Je suis sincèrement désolée de vous avoir fait reporter votre visite. Je... j'aurai une réponse à vous apporter d'ici la semaine prochaine. Je vous remercie de votre compréhension.

— Eh bien, dit lord Hastings en se relevant. Évidemment, vous devez prendre le temps d'être sûre de votre décision. Je vous rendrai visite jeudi prochain. Si vous parveniez à une décision d'ici là, soyez assez aimable pour mettre fin à mon attente, je vous en prie.

Elle lui fit une révérence et le remercia, le laissant quitter seul le salon. Turton s'occuperait de lui. Puis elle se rassit et expira.

Sa mère voudrait savoir ce qui s'était passé, elle s'attendrait à ce qu'elle fût maintenant fiancée. Dorothea allait devoir se retrouver face à sa fratrie et peut-être attendre le soir pour profiter de quelques instants de tranquillité dans le calme de sa chambre. D'ici là, elle n'aurait pas le loisir de faire le tri dans ses sentiments après avoir reçu deux demandes en mariage le même jour. Elle devrait certainement accepter l'une d'elles, mais elle était étrangement ravie d'avoir repoussé l'inévitable ; et elle avait bien fait de refuser l'autre, pourtant elle ne pouvait s'empêcher de regretter de ne pas avoir dit oui.

Elle ramassa ses gants et sa coiffe et se dirigea lentement vers la porte, tendant l'oreille pour écouter ce qui se passait de l'autre côté. Les bruits s'étaient calmés à l'étage, et elle jugea qu'elle pouvait quitter le salon sans crainte. Peut-être allait-elle pouvoir trouver du réconfort dans sa chambre sans avoir à attendre le soir.

CHAPITRE 13

Miles avait suffisamment arpenté le sol de sa chambre pour en user le bois. Il était conscient que sa priorité devait être de veiller à ce que sa mère fût installée en toute sécurité dans sa famille. Il ne pouvait pas la condamner à vivre à côté d'une bassine où gouttait de l'eau. D'ailleurs, qui pouvait garantir que le plafond au-dessus d'elle tiendrait ? La maison était vieille de plusieurs siècles. Il savait que c'était là que son attention devait se porter, mais il ne parvenait à se concentrer que sur la douleur sourde qu'il ressentait au creux de sa poitrine à force de s'appesantir sur le rejet de Dorothea.

Il n'aurait dû s'agir que d'une demande visant à sauver son domaine. Il aurait dû pouvoir facilement passer à autre chose et courtiser une autre femme disposant d'une fortune. Mais les mystérieux mécanismes de son cœur s'étaient attachés à Dorothea et ne pouvaient être reportés sur quelqu'un d'autre. Comment pouvait-elle être assez futile pour souhaiter un mariage avantageux plutôt qu'une union fondée sur l'affection ? Elle ressentait cette attirance entre eux autant que lui, il le savait. Elle niait ses propres sentiments pour pouvoir épouser un homme important.

Et pourtant, tu essayais de l'épouser pour sa richesse.

Grimaçant, Miles s'assit enfin et contempla l'assiette de côtelettes de porc froides qui n'avait pas été débarrassée de sa table. Il allait devoir appeler un domestique pour le faire. À présent, avec l'argent qu'il devait envoyer à Fripley pour les affaires les plus urgentes, il commençait à se demander s'il serait même en mesure de payer la note.

Il devait parler à Albert, écrire à sa mère. Rock avait envoyé une note pour lui demander s'il avait eu du succès dans sa démarche, et Miles ne se sentait pas prêt à répondre. Il faudrait pourtant qu'il finît par parler à son cousin. Et il devrait trouver le courage d'entamer une nouvelle cour avec une femme pour qui il ne ressentait rien.

Appuyant sa tête sur sa main, il fixa la cheminée dans un silence morose. Aujourd'hui, il avait fait suffisamment chaud pour qu'il ne fût pas nécessaire de l'allumer. Bientôt, ce serait le printemps. Quel dommage que les sentiments pour une autre femme ne pussent pas éclore comme de nouveaux bourgeons dans une terre en train de dégeler !

Quelqu'un frappa à la porte.

— Entrez, cria Miles, se doutant qu'il s'agissait de son cousin.

Il ne fut donc pas surpris de le voir franchir le seuil.

— Tu m'ignores.

Miles haussa les épaules, sans chercher à se défendre.

Rock entra, posa son chapeau et sa canne sur la table d'appoint, puis retira ses gants.

— Broyer du noir n'a jamais rien résolu.

— Non. Pour cela, il faut de l'argent, répondit Miles d'un ton amer.

— Elle a refusé ta demande, n'est-ce pas ?

Rock arbora un air compatissant en prenant place en face de lui. Il regarda la carafe de cognac presque pleine qui se trouvait à côté de lui et se servit un verre.

— Au moins, tu ne cherches pas à noyer ton chagrin.

— Je ne peux pas me le permettre, grommela Miles.

Rock haussa un sourcil, et Miles comprit que sa déception était trop visible. Il n'était pas de bon ton d'être trop morose. Mais, ce que son cousin ne saisissait pas, c'était qu'il n'était pas seulement question de ses problèmes d'argent. Pas complètement, car il avait toujours eu du mal à maintenir à flot le domaine de ses ancêtres. Il n'y avait rien de nouveau de ce côté-là.

C'était à cause de Dorothea. Elle lui avait fait comprendre qu'il n'y avait aucun espoir qu'elle réfléchît à nouveau à sa demande. Il ne s'était pas rendu compte à quel point il avait commencé à s'imaginer marié à elle jusqu'à ce qu'il lui fît sa demande et qu'il essuyât un refus. Elle était la première femme qu'il rencontrait et qui n'attendait pas d'être guidée pour chaque petite décision. Si quelque chose devait être fait, elle s'en chargeait elle-même. C'était ce qui ressortait de leurs conversations. Pour lui, il était devenu naturel d'être l'homme fort de sa famille, mais il aurait été tellement agréable d'avoir quelqu'un de capable à ses côtés ! Quelqu'un qui serait un partenaire.

Cette perte le décevait autant que le désir qu'il tentait en vain d'étouffer, celui de la prendre dans ses bras et de l'embrasser jusqu'à en perdre la raison.

— Elle a refusé ma demande, confirma enfin Miles.

— Si tu t'inquiètes pour ton domaine, tu sais que je suis là pour toi. Nous sommes une famille.

Rock but une gorgée de son verre sans le quitter des yeux.

Miles secoua la tête.

— Tu sais que je ne pourrais pas l'accepter. Mais il faut que j'aille discuter avec Albert de l'accueil de ma mère. Je vais devoir le supplier, dit-il, puis il se passa les mains sur le visage. Cela ne devrait pas être si difficile pour lui de vouloir s'occuper de la mère de sa propre femme.

— Il le fera. Il te suffit de lui dire que lord Throckmorton se demandera très bruyamment en ville pourquoi lady Isabelle Shaw est obligée de vivre dans l'inconfort, alors que son gendre pourrait facilement l'accueillir dans sa maison.

Miles éclata de rire. Albert était excessivement soucieux de son image, et il n'aimerait sûrement pas cela.

— Allons tuer quelques pigeons. Il n'y a rien de tel que de tirer sur quelque chose pour se remonter le moral.

— Ou de frapper quelque chose, ajouta Miles avec un petit sourire.

En général, Rock ne s'en tirait pas très bien lorsqu'ils se rencontraient à la salle de boxe.

— Non, tu peux aller frapper quelqu'un d'autre, je te remercie. Prends tes pistolets, et allons chez Manton. Il va t'arriver quelque chose qui te sortira de ton endettement. J'en suis certain.

Miles répondit par un grognement. Il était plus aisé de suivre Rock que de lui expliquer que même s'il parvenait à échapper à la pauvreté, il n'était pas certain que quoi que ce fût pût le délivrer de son chagrin d'amour.

MILES N'EUT PAS le courage de croiser quelqu'un d'autre avant le lendemain. Enfin, il se risqua à sortir et se rendre chez Mary, où le majordome l'informa que sa sœur était sortie. Cependant, il trouva son beau-frère d'humeur affable lorsqu'on le fit entrer dans le bureau.

— Miles, le salua Albert en se levant pour lui serrer la main. Comment se déroule ta cour auprès de lady Dorothea ?

La question prit Miles totalement au dépourvu, et il eut la désagréable sensation de la recevoir comme une flèche en plein cœur. Il devina que Mary avait partagé avec lui ses réflexions concernant la cour qu'il faisait à lady Dorothea, car Miles ne lui avait rien dit à ce sujet, si ce n'était pour justifier sa requête d'emprunter la calèche d'Albert, une fois de plus. Mary l'avait également vu danser avec la jeune femme à deux reprises, et l'œil perspicace de sa sœur n'en avait rien raté. Il n'aurait pas imaginé que la rumeur parviendrait aux oreilles de son beau-frère, et encore moins que l'homme lui poserait la question d'une manière aussi directe.

— Je crains que tu ne sois pas mal informé. Je ne courtise pas lady Dorothea. Je crois qu'elle a des vues sur…

Il faillit dire *quelqu'un de plus haut placé que moi*, mais il jugeait injuste de la présenter sous un jour aussi froid et calculateur.

— Sur quelqu'un d'autre, termina-t-il sans conviction.

Albert sembla prendre cette déception à cœur. Après un instant de stupeur, il s'exclama qu'il comprenait. Puis, il exprima ses regrets, et il finit par dire :

— Dommage, dommage. Allez, assieds-toi. Cela fait une éternité que tu n'es pas venu me rendre visite.

Son beau-frère poursuivit sur ce ton jovial, même après avoir appris l'échec de Miles dans la conquête de lady Dorothea. Comme ils n'avaient jamais été très proches, il avait du mal à comprendre ce qui arrivait à Albert. Il ne pouvait s'agir que d'une bonne nouvelle sans rapport avec les soucis de Miles.

— Tu m'as l'air d'être de bonne humeur, dit-il enfin en s'asseyant. Que se passe-t-il ?

Albert s'assit à son tour et croisa une jambe sur l'autre, incarnant l'image même de la satisfaction.

— On m'a demandé de siéger à la Chambre des communes, et j'ai suffisamment de partisans pour croire que je l'emporterai. Comme c'est l'ambition de ma vie, je ne peux m'empêcher de penser que c'est grâce aux relations que j'ai nouées au Parlement, ainsi qu'aux conseils que je prodigue et que plusieurs députés se sont empressés de suivre.

— Je dois te féliciter. C'est effectivement une bonne nouvelle.

Miles écouta son beau-frère lui expliquer dans quelles circonstances son nom avait été proposé, tandis qu'il réfléchissait à la manière d'orienter la conversation vers ce qu'il était venu dire. Il craignait que ce ne fût pas facile.

Lorsqu'une occasion se présenta, il comprit qu'il n'avait d'autre possibilité que d'aller droit au but.

— J'ai bien peur que ma visite n'ait rien d'anodin. Je suis venu te dire que j'ai subi une infortune sur mon domaine.

— Une infortune ? De quelle nature ?

Albert semblait méfiant, comme s'il craignait que Miles ne lui demandât quelque chose, ce qui était évidemment le cas.

— Le toit, ou du moins une grande partie du toit de ma maison, a été détruit par les éléments et, pour l'instant, je crains que la maison ne soit plus tout à fait habitable. En tout cas, il est bien loin d'être confortable d'y vivre. Je suis venu te demander si tu aurais la bonté d'accueillir lady Isabelle ici à Londres jusqu'à ce que je règle la situation et que je trouve le moyen de remédier au problème.

— Tu souhaites remédier au problème de ton domaine, mais comment ?

C'était bien le genre d'Albert d'ignorer sa question.

— Je n'en suis pas encore sûr. Je travaille à une solution. Mais je crains que ma mère, *notre* mère, à Mary et moi, ne se retrouve dans une situation assez inconfortable. Comme je ne peux pas l'accueillir moi-même, je suis venu te demander de l'autoriser à vivre ici jusqu'à ce qu'une solution soit trouvée.

Albert fronça les sourcils.

— C'est tout à fait regrettable, mais cette demande arrive à un moment inopportun. Je dois m'occuper de mes élections et je ne peux pas me laisser distraire par des considérations d'ordre domestique. Tu dois certainement comprendre l'importance de cette période.

— Je te comprends parfaitement, dit Miles, tâchant d'éliminer toute trace de sarcasme de sa voix.

Il marqua une pause, le temps de rassembler ses arguments.

— Mais que penseraient tes électeurs s'ils apprenaient que ta propre belle-mère vit dans une situation précaire alors que tu ne fais rien pour l'aider ? Penses-tu qu'ils seraient enclins à élire un homme pour s'occuper de son district alors qu'il a permis une telle négligence dans sa propre famille ?

La voix de Miles contenait un soupçon de dureté. Il était venu préparé. Il n'avait rien contre son beau-frère, mais il ferait tout pour protéger sa mère, et il savait que sa sœur était du même avis.

— Es-tu en train de me menacer ? s'enquit Albert, dont le visage devenait rouge.

— Bien sûr que non, Albert. Je te souhaite beaucoup de succès dans ton élection. Comment pourrait-il en être autrement quand le bonheur de ma sœur est en jeu ? répondit-il aussitôt. Mais d'autres, comme mon cousin lord Throckmorton, seront certainement informés de la situation. Lui et nos amis communs sont très attachés à lady Isabelle, et je ne saurais être tenu pour responsable des remarques qu'ils pourraient faire en public.

Sa menace sembla fonctionner, car, bien sûr, c'était de cela qu'il s'agissait. Il n'atteindrait pas son beau-frère d'une autre manière.

— Je vois ce que tu veux dire, lui répondit Albert. Très bien. Je vais dire à Mary d'envoyer chercher lady Isabelle, et elle pourra séjourner ici le temps que tu règles les problèmes de ton domaine. Cependant, il faudrait faire vite. Tu représentes une option relativement attrayante pour de nombreuses femmes sur le marché du mariage, et tu devrais aisément trouver quelqu'un à épouser qui dispose d'une dot suffisante pour remettre ton domaine en état. Je ne peux laisser aucune distraction entraver ma carrière politique. Je compte sur toi.

— Et tu fais bien, répondit Miles en se levant. Je te remercie de ta compréhension et j'apprécie les efforts que tu fournis pour prendre soin de notre mère. Je ne voudrais pas empiéter davantage sur ton temps, alors je te souhaite une bonne journée.

— Bien sûr.

Albert se leva à son tour et ils se serrèrent la main. Miles s'en alla, soulagé au moins de cette inquiétude immédiate. Sa mère n'aurait plus à subir les fuites des plafonds et les moisissures des murs.

Il n'avait pas aimé pousser Albert dans ses retranchements de cette manière, mais il était suffisamment désespéré pour le faire et ne pensait pas juste de contraindre sa sœur à porter tout le fardeau d'essayer de le convaincre d'agir de manière honorable.

Une semaine entière s'écoula avant que Miles ne revît Dorothea. Il ne l'avait pas vraiment cherchée, car il savait qu'il devrait fortifier son cœur pour ce premier aperçu. Lorsque leurs chemins se croisèrent enfin, ce fut dans un lieu qu'il n'avait pas imaginé, le bazar du Panthéon. Il avait baissé sa garde, se disant qu'on ne la trouverait pas dans un endroit comme celui-ci, si peuplé de gens ordinaires.

Il était venu pour tenter de se distraire l'esprit et se perdre dans l'observation de ce groupe hétéroclite de personnes et des accessoires que l'on pouvait se procurer pour quelques shillings. Alors qu'il se frayait gentiment un chemin à travers la foule de gens penchés au-dessus des tables et examinant les articles proposés, lady Sophia se retourna et l'aperçut, ce qui le fit s'arrêter net et tourner les yeux vers la silhouette à côté d'elle, le cœur battant la chamade.

Les yeux de la jeune femme s'illuminèrent lorsqu'elle lui sourit, et elle donna un coup de coude à sa sœur, qui discutait avec Mlle Kensington. Dorothea se retourna avec un regard surpris, puis se détourna tout aussi rapidement. Quand il arriva devant elles quelques instants plus tard, elle se tourna à nouveau pour lui faire face. Elle lui fit la révérence, le visage rougi.

— Bonjour, Lady Dorothea.

Miles s'inclina, regrettant que leur entrevue ne pût se dérouler avec la même aisance qu'auparavant. S'il ne l'avait pas trouvée très avenante lors de leur première rencontre, il se sentait aujourd'hui totalement rejeté.

— Lady Sophia, ajouta-t-il en s'inclinant devant sa sœur.

Celle-ci sourit et baissa les yeux. Enfin, il salua Mlle Kensington.

Elle lui rendit son salut et annonça :

— Malheureusement, j'étais en train de faire mes adieux à lady Dorothea et lady Sophia. J'ai déjà un rendez-vous avec ma marraine et je ne peux pas m'attarder.

Mlle Kensington tendit son paquet à sa femme de chambre.

— Je vous verrai tous les deux ce soir, dit-elle en faisant un petit signe de tête à Miles avant de les quitter.

Il resta debout, presque immobile, incapable de bouger, mais ne sachant que dire.

— Monsieur Shaw, quel plaisir de vous voir, déclara lady Dorothea d'une voix éteinte.

Il aurait voulu savoir si elle trouvait cette rencontre aussi difficile que lui. Si c'était le cas, cela lui permettrait de retrouver l'espoir.

— Effectivement, c'est un plaisir, confirma-t-il.

Mais le plaisir dont il parlait s'apparentait davantage à de la torture. Au cours de la semaine qui s'était écoulée, même si elle avait été ponctuée de deux soirées privées où il avait dansé avec de très jolies jeunes femmes, il n'avait pas réussi à convaincre son cœur que sa demande en mariage n'avait été que purement pragmatique. Il avait essayé, assurément. Mais sa réticence à s'engager dans une autre cour, en dépit de sa situation désespérée, lui avait prouvé le contraire.

Ils auraient pu rester ainsi, figés et gênés, sans l'aide inattendue de lady Sophia.

— Voudriez-vous marcher avec nous ? Ou...

Elle s'interrompit et regarda sa sœur, comme si elle espérait qu'elle lui viendrait en aide. Dorothea garda le silence.

— Ou peut-être avez-vous d'autres choses à faire ?

Si Miles avait cherché une excuse parfaite pour échapper à leur compagnie et panser ses plaies en privé, c'était cela. De plus, ce serait l'occasion d'envoyer un message clair à Dorothea : si elle ne souhaitait pas l'épouser, elle ne pourrait pas l'avoir du tout. C'était elle qui perdrait quelque chose. Il trouverait quelqu'un d'autre qui le jugeait digne.

Car, en dépit de sa relative pauvreté, Miles n'avait jamais douté de sa propre valeur. Il n'avait jamais pensé qu'elle venait de sa richesse ou de sa position. Ce serait gratifiant de lui faire passer ce message en espérant que la prochaine fois que leurs chemins se croiseraient, il escorterait une très belle femme qui l'aimerait.

Cependant, il y avait un petit quelque chose dans la façon dont Dorothea le regardait, comme si elle s'attendait à ce qu'il refusât. Il crut y lire du regret. Voir cette émotion plus vulnérable le poussa à secouer la tête et à sourire à lady Sophia.

— Si ma compagnie vous convient, je suis heureux de vous la proposer.

Il sut qu'il avait pris la bonne décision lorsqu'il vit un petit sourire se dessiner sur le visage de Dorothea. Même si elle ne souhaitait pas l'épouser, il semblait qu'elle ne désirait pas pour autant rompre complètement leurs liens.

Lady Sophia hocha la tête une fois.

— Si vous voulez bien m'excuser, je voudrais regarder les rubans là-bas, car il me semble en avoir repéré un bleu dans la nuance qu'il me faut.

Elle n'attendit pas de réponse et se glissa parmi la foule de femmes autour d'une table où étaient exposés les rubans. Miles et Dorothea se regardèrent.

— Je ne m'attendais pas à vous voir ici, dit Miles.

Dorothea leva les yeux vers lui, puis les posa sur sa cravate, où ils restèrent fixés. Elle était bien loin de la femme hautaine qu'il avait rencontrée le premier soir.

— Et vous ne seriez pas venu si vous aviez su que vous me trouveriez ici, je suppose.

Miles balaya la foule du regard. Si les gens circulaient autour d'eux, l'ambiance était suffisamment bruyante pour qu'il pensât pouvoir prendre le risque de dire ce qu'il avait vraiment sur le cœur. Après tout, il était certain d'avoir perçu un soupçon de regret lorsqu'elle avait rejeté sa demande.

— Je ne suis pas aussi mercenaire que vous le pensez, affirma Miles, qui se pencha légèrement pour continuer d'une voix douce, s'assurant qu'on ne l'entendît pas. Je suis déçu. Je le reconnais sans mal. Mais je souhaite être un ami. Je vous aime beaucoup, voyez-vous.

À sa grande surprise, il vit les yeux de Dorothea s'emplir de larmes. Elle souffla et détourna le regard. Après avoir cillé et maîtrisé son expression d'une manière qu'il commençait à reconnaître comme une tentative désespérée de masquer sa vulnérabilité, elle se retourna vers lui.

— Je suis sensible à votre amitié, monsieur Shaw, et je dois vous dire que je suis heureuse de ne pas la perdre tout à fait.

— Alors, appelez-moi Miles, je vous en prie, dit-il, lui offrant son premier sourire de la journée.

C'était sans doute le premier qu'il faisait depuis une semaine, et ses muscles inactifs lui donnaient l'impression que ses joues allaient se fissurer. En guise de réponse, Dorothea lui adressa un signe de tête à peine perceptible.

Lady Sophia revint avec son précieux ruban.

— J'ai trouvé précisément celui qu'il me fallait, et il ne coûtait que deux shillings ! Pouvez-vous le croire ?

— C'est une bonne affaire, confirma Dorothea.

Elle inspira profondément, comme si elle avait oublié de respirer auparavant.

— Est-ce tout ce dont tu avais besoin ?

Sa sœur acquiesça.

— Et il y a de plus en plus de monde ici. Je sais que tu vas me trouver idiote, mais...

— Tu es prête à retourner à la calèche, conclut Dorothea pour elle avec un sourire compréhensif, puis elle jeta un coup d'œil à Miles.

Il leur offrit un bras à chacun.

— Permettez-moi de vous escorter. Je veillerai à ce que personne n'écrase un seul pli de vos robes.

— Voilà une promesse impossible à tenir, mais noble, dit Dorothea en souriant d'une manière plus proche de la femme qu'il avait appris à connaître avant de précipiter sa demande en mariage.

Il était soulagé de voir qu'elle n'était pas entièrement perdue pour lui, mais c'était aussi une douce torture. Le fait qu'il eût besoin d'une femme riche était indiscutable. Son désir de la conquérir dans des conditions loyales et ouvertes ne l'était pas moins. Mais avec Dorothea si proche, il n'était pas certain d'avoir le cœur à faire la cour à une autre.

— Impossible, dites-vous ? Ah, mais, my lady, je suis un homme ambitieux, répondit-il en riant, avant de s'interrompre.

Vraiment, Miles ? Ambitieux ? Il eut envie de gémir pour ce mauvais choix de mots, mais il esquissa un autre sourire et chercha un autre sujet de conversation, qu'il ne tarda pas à trouver. Après tout, c'était ce qu'il faisait de mieux. Il charmait et divertissait les membres de la bonne société.

C'était ce que faisaient les gentlemen pauvres lorsqu'ils vivaient en marge de ladite société.

CHAPITRE 14

Après avoir quitté le bazar, Sophia se contenta de regarder par la vitre de la calèche et de garder son opinion pour elle, laissant Dorothea dans un silence bienvenu pour réfléchir à ce qui venait de se passer. Elle avait revu Miles pour la première fois depuis qu'elle l'avait rejeté. Elle était toujours persuadée d'avoir fait ce qu'il fallait... ou presque. Cela ne changeait rien au fait que l'avoir vu la rendait plus heureuse qu'elle ne l'avait été depuis une semaine. Oui, il était d'une solidité rassurante au milieu d'une masse de gens où l'on pouvait facilement se faire écraser. Oui, il sentait divinement bon. Il n'était pas trop parfumé, juste propre et attirant. Et, oui, le fait qu'il lui eût offert son amitié lui mettait du baume au cœur. Elle avait cru qu'il était trop tard pour cela.

Il n'en restait pas moins qu'il n'était pas un bon parti. Absolument *rien* ne pourrait changer cela. Elle n'avait pas été élevée toute sa vie en tant que fille d'un comte pour se marier avec un simple M. Shaw (qui, en réalité, n'était pas très simple) qui n'avait aucun lien avec la noblesse. Avec son père disparu et sa mère dépendante d'elle pour tout, elle était en quelque sorte le chef de famille. Elle avait besoin d'un mari capable d'assumer ce rôle.

Dorothea avait obtenu un sursis pour donner une réponse à lord Hastings, car celui-ci lui avait fait savoir qu'il devait se rendre dans l'une de ses propriétés. Il serait de retour d'ici une quinzaine de jours, impatient de connaître sa réponse, qu'il espérait favorable. Avec un homme comme lord Hastings à ses côtés, elle pourrait prendre sa place dans la société et aider ses sœurs à trouver de bons époux. C'était l'étape la plus logique à franchir pour une femme de son rang.

Ainsi, elle pourrait profiter de son amitié pour Miles sans culpabiliser. Et elle récompenserait sa fidélité une fois mariée en continuant à l'inviter à ses soirées, élevant par là même sa position dans son orbite. C'était le moins qu'elle pouvait faire.

Ce qu'elle ne pouvait pas faire, c'était l'épouser.

Il était fort regrettable que son cœur n'obéît pas aux injonctions de son esprit, car, lorsqu'elle était près de lui, il papillonnait sottement et se mettait à battre à tout rompre. Elle avait failli fondre en larmes lorsqu'il avait dit qu'il l'aimait beaucoup. Y avait-il jamais eu chose plus ridicule ?

— J'étais ravie que M. Shaw soit arrivé quand il l'a fait, dit Sophia. Le bazar commençait à être trop fréquenté à mon goût.

— Et au mien, acquiesça Dorothea.

Elle se demandait s'il serait présent au bal des Grenville. Anne Kensington lui avait dit avoir également reçu une invitation, et elle était heureuse de pouvoir en profiter avec elle. Elle était ce qui se rapprochait le plus d'une amie pour elle. À bien des égards, elle pensait comme Dorothea. Et comme c'était la deuxième saison d'Anne, elle connaissait plus de monde qu'elle.

Entre-temps, il y avait toujours Almack, et sa quête d'un homme qui serait son égal en tous points, au cas où elle déciderait que lord Hastings ne lui conviendrait pas. Ses choix s'avéraient étonnamment limités. Outre lord Hastings, elle avait été écartée par lord Peregrine, avait été brièvement évaluée par lord Throckmorton, et, supposait-elle, il ne l'avait pas jugée digne d'intérêt, car il ne l'avait pas invitée, et elle avait dansé une ou deux fois avec Sir Barrett. Pour ce qui était du reste de la bonne société, elle n'avait pas encore noué de liens significatifs avec un seul gentleman convenable. C'était comme si elle était invisible pour eux.

C'était la troisième fois qu'elle se rendait chez Almack, et elle n'y avait jamais vu Miles ; elle ne pouvait que présumer que son statut n'était pas assez élevé pour qu'on lui accordât un bon d'entrée. Sans doute était-ce pour le mieux. Au moins, elle savait qu'elle ne serait pas distraite dans sa quête matrimoniale lors de ses soirées chez Almack.

Le mercredi soir, à l'heure de forte affluence, pas trop tôt, mais bien avant la fermeture à vingt-trois heures prévue pour les retardataires, Dorothea fit franchir à sa sœur et à sa mère les vénérables portes de l'établissement. Elle jeta rapidement un coup d'œil autour d'elle et repéra les visages qui lui étaient familiers. Les Milton étaient présents, de même que les Berkley, et elle était maintenant en bons termes avec quatre des patronnesses. Quelques-uns des gentlemen qui lui avaient été présentés et sur lesquels on pouvait compter pour l'inviter à danser étaient également là. Même Maryann Stanley avait reçu un coupon, montrant ainsi que ce n'était pas seulement sa richesse qui jouait en sa faveur.

Dorothea jeta un regard nonchalant sur l'entourage de l'héritière et inspira brièvement ; son cœur s'emballa dès que cette vision s'imposa à son esprit. Ce n'était pas possible ! *Miles était là !* Il se tenait dans le cercle de soupirants de Maryann, à côté de M. Weatherby et de M. Pollard. Dorothea détourna rapidement le visage avant qu'il ne pût la voir. C'était terrible de se faire surprendre en train de regarder quelqu'un.

Près d'elle, Sophia et lady Poole étaient en pleine conversation avec lady Milton. Anne Kensington, qui se trouvait à côté de sa marraine, l'aperçut et s'avança pour la saluer.

— Tu es enfin là ! lui dit-elle, souriant d'un air conspirateur.

Elles se tutoyaient à présent, car elles s'étaient rapprochées au fil de leurs différentes rencontres.

Dorothea passa son bras dans celui d'Anne, ravie d'avoir une excuse pour échapper à lady Milton. Pour des raisons qu'elle ignorait, elle voulait à tout prix se cacher de Miles.

— Eh oui, enfin. Tu ne peux pas croire que j'aurais manqué une soirée chez Almack !

Elle jeta un regard rapide à Miles, puis se détourna, déterminée.

— Je sais. C'est à cause de cette rencontre que tu dois absolument faire pour ta toute première saison, la taquina Anne.

Elle connaissait la position de Dorothea sur le sujet et avait paru la comprendre, même si elle-même affirmait n'être pas pressée de trouver quelqu'un. C'était d'ailleurs leur seul point de divergence.

Elles discutèrent des personnes qui étaient déjà arrivées et de celles qui allaient sans doute venir, et Dorothea se félicita de n'avoir pas regardé une seule fois dans la direction de Miles Shaw.

— As-tu entendu dire que lord Throckmorton est devenu le comte de Pembroke ? murmura Anne en l'attirant plus près d'elle.

Elle jeta un regard vers Maryann, et Dorothea comprit pourquoi. C'était là que se trouvaient les amis de Miles. Elle se serait probablement étonnée de l'absence de lord Throckmorton si Miles n'avait pas été là pour la distraire.

— Vraiment ? C'est une chance pour lui, déclara Dorothea.

Elle aurait aimé pouvoir s'intéresser davantage à la question et réfléchir à son potentiel en tant que prétendant, mais la nouvelle lui paraissait bien fade.

— Son grand-père est décédé il y a deux jours, c'est la raison de son absence, ajouta Anne. Il est en deuil maintenant, ce qui l'exclut de la sphère des célibataires à marier pour cette saison.

— Sais-tu s'il était proche de son grand-père? s'enquit Dorothea, cherchant à comprendre où en était son cœur.

Non, elle ne ressentait rien pour lord Throckmorton. Elle se moquait qu'il la courtisât ou non, même s'il était beau et qu'il avait toutes les qualités requises.

— Je l'ignore. J'espère que cette perte ne lui pèsera pas trop. Et, bien sûr, tu sais ce que cela signifie ?

Anne attendit que Dorothea secouât la tête et croisât son regard, croyant qu'il allait s'illuminer.

Elle fronça les sourcils.

— Tu ne sais pas ? J'étais sûre du contraire, car il me semble que M. Shaw et toi êtes des amis proches. Cela signifie qu'il est maintenant le prochain héritier du comté s'il arrivait quelque chose à son cousin.

Le choc était trop grand pour que Dorothea puisse le digérer.

— Mais... que veux-tu dire ? M. Shaw ? Miles Shaw ?

Anne s'écarta pour la regarder.

— Bien sûr ! Ne savais-tu donc pas que lui et lord Throckmorton, c'est-à-dire lord Pembroke, étaient cousins ?

Dorothea déglutit, la gorge sèche.

— Je l'ignorais. Il n'en a jamais parlé.

Cela n'aurait pas dû être un tel choc qu'il lui tût cette information, mais elle avait cru qu'ils étaient plus proches. C'était... décevant de savoir que ce n'était pas le cas.

— En es-tu bien sûre ? s'enquit-elle.

— Tout à fait. Je crois savoir qu'il déteste se vanter de ses relations, et qu'il ne fait pas grand cas de la pairie.

Anne l'entraîna à l'écart d'une femme qui s'était rapprochée, vraisemblablement sans autre raison que celle d'écouter ce qu'elles disaient.

— Ma marraine m'a tout raconté, dit Anne qui se pencha pour lui chuchoter à l'oreille. Apparemment, sa mère et elle étaient très proches lorsqu'elles étaient plus jeunes. La mère de M. Shaw était la fille du comte de Pembroke et elle a épousé par amour un homme pauvre. Son père lui a coupé les vivres et l'a laissée sans un sou. Peux-tu imaginer une telle chose ?

Dorothea avait du mal à trouver les mots justes, et elle se contenta de secouer la tête en se penchant pour écouter. Anne poursuivit.

— C'est terrible. C'était le sujet de conversation en ville. Lady Isabelle Shaw a disparu de la société. Aux dires de tous, lord Throckmorton aurait pu snober Miles à Harrow lorsqu'il a découvert leur lien de parenté. Mais, au contraire, ils sont devenus inséparables. Tu as dû remarquer qu'ils étaient toujours en compagnie l'un de l'autre.

— Je ne les ai jamais vus ensemble, répondit Dorothea d'une voix à peine plus audible qu'un murmure.

Elle regarda Miles. Il était le petit-fils d'un comte. Comment avait-elle pu l'ignorer ? Ainsi, leurs positions n'étaient pas si différentes que cela. C'était sans doute la raison pour laquelle il semblait avoir une telle aisance en société et qu'il paraissait connaître tout le monde. Mais pourquoi ne pas le lui avoir dit s'il était si déterminé à gagner son cœur ?

Cela aurait-il fait une différence ? se demanda-t-elle.

Savoir que cela aurait été le cas la remplissait de honte, car Miles n'était plus un pair sans visage ou l'héritier d'un titre qu'elle cherchait à conquérir. C'était un gentleman qu'elle estimait, bien qu'elle ne l'eût pas considéré comme un mari acceptable. Elle se souvint qu'il était encore pauvre. Mais elle avait de plus en plus de mal à se rappeler les exigences et les restrictions qu'elle s'était imposées pour déterminer ce qu'elle jugeait comme convenable.

À ce moment-là, Miles regarda dans leur direction. Elle ne put le quitter des yeux lorsqu'il s'approcha d'elles. Avait-il ri d'elle lorsqu'elle l'avait rejeté en raison de son statut prétendument inférieur ?

— Bonsoir, Lady Dorothea, mademoiselle Kensington. J'espère convaincre chacune d'entre vous de danser avec moi, si je le peux.

Dorothea retint son souffle. Enfin, ils allaient pouvoir parler de cette étonnante évolution et de ce qu'il en pensait. Elle serait peut-être tentée de lui dire ce qu'elle en pensait, elle aussi.

Miles détacha son regard pour le poser sur Anne.

— Mademoiselle Kensington, êtes-vous libre pour la prochaine série ?

Anne jeta rapidement un regard hésitant à Dorothea.

— Oui.

Elle posa sa main sur son bras et le laissa la guider jusqu'à l'endroit où quelques couples attendaient le début de la prochaine série.

Dorothea ressentit une douleur intense ; alors elle déglutit, retroussa les coins des lèvres et releva le menton. Elle afficha un sourire faussement radieux et chercha sa sœur du regard. Tout ce qu'il lui fallait, c'était un peu de temps pour se remettre, et tout irait bien. Il était naturel qu'il voulût danser avec Anne alors qu'elle avait refusé sa demande en mariage. Évidemment, il avait tout à fait le droit d'aller voir ailleurs.

Seulement, au sentiment de rejet suscité par le fait d'être négligée par Miles s'ajoutait le fait que lui promettre une danse plus tard semblait plus une tentative d'apaisement qu'un réel désir de danser avec elle.

Sophia était là. Elle allait la rejoindre et calmer ses nerfs grâce à la compagnie tranquille de sa sœur. *Ah !* Mais non. Quelqu'un la conduisait sur la piste. Sans nulle part où aller, le sourire de Dorothea faiblit, et elle eut la terrifiante sensation d'être exposée.

À quelques pas de là, chose assez surprenante, Maryann Stanley ne se trouvait pas sur la piste, et elle venait d'éconduire l'un de ses prétendants. Après une seconde d'hésitation, Dorothea alla la rejoindre.

Maryann s'éventait vigoureusement.

— Dorothea, vous ne dansez pas non plus ? J'ai décidé que je n'en ferais rien ce soir, mais maintenant que j'ai repoussé tous ces gentlemen, je commence déjà à le regretter.

Elle semblait attendre une réponse, que Dorothea lui fournit.

— Pourquoi ne dansez-vous pas ?

— Je voulais faire une petite expérience, pour voir lequel de mes prétendants serait le plus désemparé par mon refus. Mais mon stratagème est tombé à plat, s'exclama-t-elle en tapant doucement du pied et en riant. J'avais vraiment espéré que M. Shaw souhaiterait rester à mes côtés, mais il a emmené Anne Kensington sur la piste. Et elle est si simple !

Dorothea éprouva un vif déplaisir à voir Maryann aspirer à attirer l'attention de Miles et elle n'appréciait pas non plus la façon dédaigneuse dont elle parlait d'Anne. Elle ne pouvait formuler aucune objection sur le premier sujet, mais elle aborda le second.

— Je regrette, mais vous ne devriez pas dire de telles choses en ma présence. Je suis attachée à Anne, et je ne souhaite pas entendre parler d'elle en mal.

Maryann passa son bras dans celui de Dorothea.

— Oh non, je ne voulais rien dire par là. Mais avez-vous entendu la nouvelle à propos de M. Shaw ? Le petit-fils d'un comte ! Je n'aurais jamais imaginé une telle chose. Je m'étais appliquée à le dissuader de s'intéresser à moi, mais maintenant vous pouvez être certaine que je ne ferai plus rien de tel.

— Pourquoi l'aviez-vous découragé ? s'enquit Dorothea alors qu'un drôle de bourdonnement commençait à se faire entendre dans sa tête.

— Eh bien, cet homme n'a pas un sou en poche. Mon père m'a avertie à son sujet.

Maryann orienta le regard de Dorothea vers un homme au teint hâlé qui se trouvait à l'autre bout de la pièce. Il semblait être en pleine conversation avec une femme séduisante, bien loin de sa première jeunesse. Il avait le regard rivé en dessous de son visage.

— Mon père est venu ce soir, car il ne fait pas confiance à ma tante Florence pour me trouver un mari convenable. Il déteste ces rassemblements.

— Vous avez dit une fois que votre père connaissait le mien, remarqua Dorothea.

Elle n'avait pas osé le lui demander auparavant, et elle se disait que c'était à cause d'une étrange peur de ce qu'elle pourrait découvrir. Ce soir, elle se sentait téméraire.

— À quel titre ?

— Oh, vous savez comment sont les gentlemen, répondit-elle.

Les yeux de Maryann parcoururent la salle, comme si elle cherchait une compagnie plus intéressante que Dorothea.

— Vous savez quelles sortes de choses les passionnent. Je crois qu'ils fréquentaient les cercles de jeu ensemble, tout comme des établissements courus des femmes de mauvaise réputation. Ils étaient plutôt appréciés là-bas, tous les deux, je vous l'assure.

Dorothea écarquilla les yeux, et elle ne put d'empêcher de rougir.

— Maryann, je suis surprise que vous soyez au fait de telles choses, et encore plus que vous en parliez. Et il s'agit également de votre père.

Maryann lui jeta un regard étonné.

— Oh ! Êtes-vous choquée ? Je n'aurais pas cru que vous étiez une telle... Que vous étiez si particulière. Ce n'était assurément pas le cas de votre père.

Elle laissa retomber son éventail contre son flanc et regarda Dorothea, comme si elle s'apprêtait à expliquer quelque chose à un enfant.

— Eh bien, c'est ainsi qu'agit toute la bonne société, même si je suppose que vous faites preuve de sagesse en prétendant ne rien savoir. Nous devons feindre l'ignorance jusqu'au mariage. Cependant, ajouta-t-elle avec un rictus, une fois mariées, nous pouvons non seulement admettre que nous savons des choses, mais nous sommes également plus libres de nos fréquentations.

Son sourire entendu ne laissait aucun doute à Dorothea sur ce qu'elle voulait dire.

Elle avait entendu parler d'occasions où même les femmes se montraient infidèles à leurs vœux, mais elle fut choquée de voir quelqu'un le faire si ouvertement. Et cela venant d'une fille qui n'était pas plus âgée qu'elle. L'infidélité de son père était aussi le plus grand reproche qu'elle avait eu à faire au défunt comte.

Elle savait qu'elle n'aurait pas dû se montrer aussi transparente, mais elle ne put s'empêcher de demander :

— Et vous, avez-vous connu mon père ?

Maryann lui envoya un regard grivois.

— Bien sûr que oui. Il n'hésitait pas à flirter avec moi, même s'il était comte et mon père un simple gentleman. Papa m'invitait à ses dîners quand cela lui convenait, car il disait que je rendais les choses bien plus intéressantes pour ses hôtes. Je suppose qu'il ne m'a pas éduquée de la manière habituelle, mais je m'en moque.

Elle haussa les épaules.

— Mon père est accepté partout dans la société, et il ne cherche pas à marcher dans le droit chemin, comme il l'appelle.

Dorothea commençait à se sentir nauséeuse.

— Je ne peux pas écouter cela. Veuillez m'excuser, dit-elle en se détournant.

— Quoi ? murmura Maryann d'un ton tranchant, qui arrêta Dorothea dans son élan.

Au mépris du bon sens, elle se retourna.

— Vous voulez me juger, mais vous feriez mieux d'y réfléchir à deux fois. Peu importe que vous soyez la fille d'un pair si votre propre père ne vous a pas amenée dans la société. Lord Poole ne devait pas se soucier de la place que vous y occuperiez s'il ne se donnait pas la peine de vous faire venir à Londres. Mais il passait de nombreuses soirées chez nous quand il était ici.

Dorothea se retourna et s'éloigna, la déception et la douleur lui laissant un goût amer dans la bouche. Il serait impossible de partir aussi tôt de chez Almack sans faire naître des conjectures, même si elle ne pensait qu'à rejoindre le sanctuaire de sa chambre à coucher. Mais Sophia était sur la piste, et sa mère était toujours en conversation avec lady Milton. Et Miles, bien sûr, dansait avec Anne.

Elle trouva un siège près du mur et se tint parfaitement droite, les mains posées sur ses genoux dans une position faussement décontractée. Elle ne pouvait peut-être pas effacer la rougeur de ses joues, mais elle était *capable* de se retenir de pleurer ou de donner à Maryann la satisfaction de croire qu'elle avait un quelconque pouvoir en s'enfuyant de la pièce.

Le reste de la série fut la période la plus pénible jamais vécue par Dorothea. Quelques gentlemen passèrent, mais aucun ne la connaissait ni ne sembla la regarder. De jeunes ladies marchant bras dessus bras dessous lui lancèrent un regard de pitié. Être assise toute seule était le comble de la misère.

Ce que Maryann avait dit à propos de son père était vrai. Il n'avait pas dû tenir à elle. Au fond de son cœur, elle le savait.

Elle déglutit et releva légèrement le menton. Miles et Anne discutaient ensemble entre les danses et semblaient tout à fait à l'aise, comme s'ils étaient faits l'un pour l'autre. La jeune femme ne manquerait pas de tomber sous son charme. Qui ne l'aurait pas fait ? Et même si Miles ne finissait pas par voir en Anne la femme de valeur qu'elle était, Maryann avait maintenant jeté son dévolu sur lui. Dorothea saisissait que, pour un homme au sang chaud, il serait difficile de résister à une femme comme Maryann si elle décidait de porter toute son attention sur lui. Il y avait en elle une plénitude à laquelle les hommes devaient être particulièrement sensibles. Et, bien sûr, sa victime ne découvrirait sa véritable nature, ou ne soupçonnerait qu'elle se jouait peut-être d'elle qu'une fois qu'il serait trop tard.

Si seulement Dorothea pouvait avertir Miles à ce sujet ! Elle lui jeta un regard alors qu'il ramenait Anne sur la piste pour une deuxième danse. Non. C'était impossible. Elle avait perdu l'occasion de le faire. Elle avait perdu toute prétention à quelque chose de plus intime que des relations amicales lorsqu'elle avait refusé sa demande en mariage.

Elle commençait à avoir de plus en plus de mal à se rappeler pourquoi elle l'avait fait.

CHAPITRE 15

Quand Miles voulut inviter Dorothea à danser, il ne la trouva plus. Il avait eu l'intention de le faire juste après avoir demandé à Mlle Kensington, et la seule raison pour laquelle il ne lui avait pas proposé en premier était de sauver sa fierté. Mais lorsqu'il raccompagna sa partenaire auprès de lady Berkley, elle lui présenta une jeune fille qui n'avait dansé qu'une seule fois, et bien sûr, Miles dut agir avec honneur et l'inviter à son tour. Il avait déjà promis les deux danses suivantes ; ainsi, lorsqu'il fut prêt à demander à Dorothea, lady Sophia et elle étaient parties.

Miles fit venir un fiacre pour le ramener à l'hôtel. Il aurait été stupide de marcher, car certaines parties du trajet menant à son logement étaient la cible de bandits de grand chemin. Il s'enfonça dans la banquette et pensa à Dorothea tandis que la calèche le conduisait sur la route cahoteuse. Il avait vu son regard bouleversé lorsqu'il s'était tourné vers Mlle Kensington en premier, et c'était ce qu'il n'arrivait pas à chasser de son esprit.

C'était également ainsi qu'il savait qu'il avait toujours des sentiments pour elle. Il ne pouvait pas encore dire si c'était de l'amour. Comment aurait-il pu le faire, alors qu'elle se montrait si réservée avec lui ? Ce qu'il éprouvait n'était fondé que sur ce qu'il soupçonnait, et il n'avait rien d'autre à se mettre sous la dent. Peut-être cela venait-il également du désir de la voir sortir de sa coquille, et de savoir qu'elle l'avait fait grâce à ses encouragements.

Cependant, il avait beau essayer de se convaincre que ses sentiments n'étaient pas si profonds, il ne cessa de se retourner dans son lit cette nuit-là à cause de son regard bouleversé. Devrait-il essayer à nouveau ?

Non !

Miles ne pouvait plus rester au lit, alors il se leva et fit les cent pas. Non. Il était déterminé. Ses intentions n'étaient pas totalement pures à son égard, car il avait toujours besoin de sa dot. Peu lui importait qu'elle eût été fière. Il s'était montré avide. Il ne tenterait pas de la conquérir à nouveau tant qu'il ne pourrait le faire grâce à ses propres qualités. Et cela signifiait « jamais ».

Le lendemain, Miles rendit visite à Rock dans ses anciens quartiers, car il ne s'installerait pas dans la maison londonienne de leur grand-père avant la lecture du testament.

Son cousin était assis dans son bureau, inhabituellement morose, en train de passer en revue différents documents. Il leva les yeux lorsque son domestique annonça Miles, puis il s'approcha pour lui serrer la main. Il portait la couleur noire d'un deuil profond et son accueil était plus sobre que Miles ne l'avait jamais vu.

— Quand a lieu la lecture du testament ? s'enquit Miles.

— Mardi prochain. Je suppose que tu n'as pas été convoqué, répondit Rock, le regardant avec curiosité. Ni ta mère... Je me posais la question.

Miles rit doucement.

— Non. Mais, d'un autre côté, je ne m'y attendais pas, alors je n'ai pas été déçu.

— Assieds-toi, lui proposa Rock, lui montrant un fauteuil en cuir rembourré.

Sa maison londonienne était infiniment plus agréable que le Limmer. Il servit deux verres de cognac et en tendit un à Miles.

— Tu vas me trouver naïf, mais tu vois, *moi*, je suis surpris. J'avais toujours espéré qu'il se souviendrait de ta mère à la toute fin.

— Ma mère porte le deuil. Elle m'a écrit pour me le dire, mais je ne jouerai pas les hypocrites en le portant moi-même. Je n'ai jamais rencontré cet homme bien qu'il ait été de ma famille.

— En plus, ajouta Rock avec ironie, comment pourrais-tu courtiser une héritière si tu ne peux pas danser avec elle ?

— Précisément, dit Miles qui leva son verre.

Il afficha un sourire amer. Le poids de l'obligation d'épouser une femme pour sa richesse lui semblait de plus en plus lourd à porter. De plus, après en avoir trouvé une qu'il appréciait, n'importe qui d'autre constituerait un piètre substitut. Continuer sur cette voie ferait de lui un véritable mercenaire. Il repoussa ses idées noires.

— Alors, que vas-tu faire maintenant ? s'enquit Miles.

— Je suppose que ce sera une bonne excuse pour ne pas avoir à danser à chaque assemblée. Mais je ne me vois pas non plus rester à l'écart des clubs à cause du deuil, répondit Rock, qui reposa son verre sur la table ronde cirée à côté de lui. Toutefois, ce vieil homme me manquera. Je suis navré de le dire. Je n'aime pas vraiment en parler avec toi, étant donné que tu n'avais pas du tout la même relation avec lui.

Il jeta un coup d'œil à Miles.

— Je présume que ce n'est pas un sujet très plaisant à aborder, dit Miles. Mais tu avais ton grand-père, notre grand-père si tu veux, alors que j'ai pu grandir avec mon père, ce qui n'a pas été le cas pour toi. Je suppose que tout s'arrange à la fin, quoiqu'il eût été agréable de rencontrer au moins une fois mon grand-père.

— Je crois qu'il aimait ta mère, et qu'il s'est senti trahi, dit Rock. À mon avis, il a été tellement choqué qu'elle aille à l'encontre de sa volonté qu'il a décidé qu'elle n'existait plus pour lui. Si elle avait été un fils, il aurait pu le priver d'une partie de son héritage sans toucher au comté.

— Et si ma mère avait été un fils, je ne serais pas là, et tu serais sans doute avocat.

— Donc, je suppose qu'à la fin, c'est mieux pour nous deux, constata Rock en buvant une nouvelle gorgée de son verre. Et lady Dorothea ?

Miles inspira et croisa les bras.

— Je l'ai vue hier soir chez Almack. J'ai invité son amie à danser sous son nez. Mlle Kensington, raconta-t-il avant de faire la grimace. Ensuite, lady Dorothea est partie avant que je puisse l'inviter.

— Par dépit, tu crois ? lui demanda Rock. Après tout, elle t'a rejeté.

— Il y avait peut-être un peu de cela, admit Miles. Peut-être ai-je simplement voulu lui montrer ce qu'elle manquait en n'ayant plus toute mon attention comme avant. Si cela était possible, je ne serais pas mécontent d'avoir l'esprit libéré d'elle. Comme je suppose que ce ne sera pas le cas, je ne serais pas contre avoir une petite fortune. Je suppose que tu ne sais pas comment gagner de l'argent à la Bourse ?

— Je t'en supplie, ne va pas jouer ta fortune inexistante, dit Rock. J'ai une véritable aversion pour la prison de Newgate et je n'aimerais pas avoir à me salir les mains pour y entrer et payer ta caution.

— Oh, ce n'était qu'une idée ! répondit Miles.

Cette semaine-là, il s'abstint de se rendre dans les endroits où il pensait que Dorothea pourrait aller, afin de l'éloigner de son esprit et de lui permettre de trouver le mari riche et haut placé qu'elle désirait manifestement. Il avait grandi en sachant que sa mère avait été complètement exclue de la vie de son propre père, mais ce n'est que lorsqu'elle fut exclue de son testament qu'il commença à comprendre la situation de Dorothea.

Sa mère avait du mal à supporter une vie de pauvreté relative. Fille d'un comte, elle était en marge de la société, mais elle ne pouvait pas la fréquenter sans que sa pauvreté ne fût évidente aux yeux de tous. Les gentlemen pouvaient s'en tirer avec un manteau taillé dans un tissu moins noble, ou des bottes qui n'avaient pas tout à fait l'éclat de celles dont le valet était un maître en la matière. Mais une lady devait avoir des robes pour toutes les occasions. S'il faisait réellement la cour à lady Dorothea et tentait de vaincre sa résistance pour qu'elle acceptât sa demande, il la condamnerait à une telle vie.

On disait d'elle qu'elle disposait d'une dot convenable, mais elle n'était pas dotée d'une richesse personnelle. Cela pourrait suffire à remettre en état son domaine, mais pas à lui assurer une vie confortable. Il ne pouvait pas lui faire cela. Il ne le ferait pas.

Un jour, dans une tentative pour se distraire, il se rendit à un spectacle ambulant à Peckham. En dehors du coût du trajet en fiacre pour s'y rendre, il ne serait pas tenté de dépenser plus de quelques pièces. Et cela le sortirait résolument de son cadre habituel pour qu'il essayât de libérer son esprit du cycle sans fin du désir de faire la cour à Dorothea, et des raisons de ne pas le faire. Le théâtre itinérant en lui-même parvint à le distraire, et lorsque le spectacle fut terminé, il se promena près de certains des étals qui avaient été installés. La visite ne fit que l'attrister et il décida qu'il valait mieux rentrer à l'hôtel plutôt que de continuer.

Une foule surgit de nulle part dans le carrefour devant lui, et semblait se réjouir d'une bagarre au centre. Sans autre raison que la simple curiosité, Miles s'avança et se pencha pour regarder. Il était assez grand pour apercevoir le centre, une fois qu'il se fut frayé un chemin. Le combat paraissait loin d'être équilibré, car d'un côté se trouvait un gamin des rues qui se battait sans aucune discipline, mais avec une incroyable hargne, et de l'autre, le fils d'un gentleman. Même si ses vêtements ne l'avaient pas identifié comme tel, son comportement et sa façon de parler le trahissaient.

— Je vais t'apprendre ! s'écria-t-il avant de recevoir un coup dans l'œil qui le fit chanceler.

Il possédait davantage de bravoure que de compétence, et Miles l'admira pour cela. Il jeta un coup d'œil à la foule, cherchant les amis du garçon qui devaient l'encourager sur le côté. Mais il ne voyait personne. C'était inhabituel.

Le gamin des rues le frappa à nouveau, et le garçon tomba sur le derrière. C'était suffisant. Miles devait intervenir. Ce jouvenceau allait se faire tuer si personne ne l'arrêtait. Il s'avança, et c'est à ce moment-là qu'il aperçut son visage.

C'était le frère de Dorothea.

— Poussez-vous de là ! cria Miles, se faufilant dans la foule à temps pour attraper le gamin des rues par la taille, juste au moment où il s'apprêtait à asséner un coup de pied dans l'estomac du comte, qui était maintenant à terre.

— Lâchez-moi !

Le gamin était aussi vicieux qu'un rat ; Miles le posa à terre et le saisit par une épaule, bloquant aisément le poing qui tentait d'atteindre son abdomen dès qu'il le libéra.

— Oh, non ! Ne fais pas ça. Je ne suis pas un enfant que tu

pourras facilement assommer. J'ai eu ma part de combats, et j'en ai gagné beaucoup aussi.

Il s'abaissa pour regarder le gamin dans les yeux.

— Si je te relâche, tu t'en iras ?

Il lui jeta un regard noir, puis hocha la tête. Miles le laissa partir et le garçon s'enfuit en courant. Il se tourna vers la foule qui s'était rassemblée, remarquant tardivement à quel point les visiteurs de la foire n'avaient aucune élégance.

— Ce spectacle est terminé. Je vous propose à tous d'aller regarder les divertissements qui vous sont proposés.

Il alla aider lord Poole à se relever alors qu'un policier en uniforme arrivait sur les lieux, grommelant à propos du trouble de l'ordre public.

— Je suis responsable de ce jeune homme, et je vais m'occuper de lui à partir de maintenant, annonça Miles d'un ton ferme, agrippant le coude de lord Poole.

Il fallut un petit effort supplémentaire et une pièce de monnaie remise en toute discrétion au policier pour le convaincre de le laisser partir avec son protégé.

Lord Poole cracha sur le côté, puis s'essuya d'un revers de la main.

— Vous n'aviez pas besoin de vous impliquer. Je n'ai pas demandé d'aide.

Miles ne s'offusqua pas de son ton hargneux, d'autant plus qu'il entendait des larmes sous la voix du garçon qui se retenait vaillamment.

— C'est exact, my lord. Vous faisiez de l'excellent travail par vous-même. Cependant, je ne crois pas que Dorothea aimerait vous voir rentrer à la maison, plein de sang, meurtri, et avec votre beau costume en lambeaux.

— Vous connaissez Dorry? répondit-il, surpris, sa voix paraissant soudain beaucoup plus jeune.

Le garçon regarda Miles de plus près avec le seul œil qui était complètement ouvert.

— Ah, oui. Vous étiez chez nous, même si je ne me souviens pas de votre nom. Je vous présente mes excuses.

— Ne vous inquiétez pas, lui répondit Miles, tenté de sourire en se rappelant les paroles arrogantes du garçon lorsqu'il s'était trouvé dans le salon du comte.

Ils avancèrent et Miles lui tendit son mouchoir.

— Comment se fait-il que vous soyez ici seul ?

Lord Poole lui jeta un regard noir.

— Au cas où vous ne l'auriez pas remarqué, je ne suis pas exactement un gamin. Je suis assez vieux pour faire tout ce qui me plaît.

Miles secoua la tête en lui adressant un sourire patient.

— Non, ce n'était pas ce que je voulais dire. Où sont vos amis ? Il n'est pas commun pour un jeune homme d'un certain... milieu, d'errer sans amis dans un endroit comme celui-ci.

— Oh ! Je suis venu ici avec Arthur. Ce n'est pas vraiment l'un de mes amis, mais nous nous sommes rencontrés au combat de coqs la semaine dernière. Il m'a invité à faire un tour avec l'un de ses amis qui sait comment se faufiler dans la Ménagerie royale, et j'étais impatient de voir à quoi ressemblait l'intérieur. Mais nous n'avons pas pu entrer, et il a affirmé qu'il y avait une femme qui portait une vraie barbe au spectacle ambulant de Peckham, alors j'ai décidé de venir avec lui. Cependant, nous n'avons pas pu voir la dame.

Le jeune comte, malgré une voix nasillarde, commençait à se montrer plus enjoué. Miles tenta de le faire parler de la bagarre.

— Alors, comment avez-vous fini par vous battre contre ce... je suppose que vous ne combattiez pas Arthur ?

— Non, répondit lord Poole, dont l'expression reflétait le dégoût. Il m'a présenté à ce rustre qui a dit s'appeler Rufus. Et

Arthur ne me l'a présenté que pour qu'il pût me faire les poches, sachant que j'étais un novice. Je le sais. Mais je l'ai senti faire, et quand j'ai baissé la main, je n'avais plus ma pièce. Alors je l'ai défié de se battre pour pouvoir la récupérer.

Miles assimila cela avec un air de réflexion sérieuse.

— Seulement, vous savez qu'il a grandi en se battant dans les rues. Ce sont des combats bien moins loyaux que ce que l'on peut voir à Eton. Je suis surpris qu'il n'ait pas sorti un couteau.

— Oh, il l'a fait. Il a aussi visé directement ma gorge, raconta le comte. Mais je le lui ai pris et je l'ai jeté. Je lui ai dit qu'il devait se battre à la loyale.

— Bien joué, le complimenta Miles, partagé entre l'admiration pour le courage du garçon et l'horreur de ce qui avait failli arriver au frère de Dorothea.

Elle ne s'en remettrait jamais si elle le perdait. De plus, Miles ignorait qui hériterait si quelque chose devait arriver à lord Poole, et il ne pouvait pas être certain que ses sœurs et elle seraient prises en charge.

Cela l'incita à se demander s'il ne s'agissait pas d'une attaque planifiée, mais il écarta cette idée de son esprit. C'était une possibilité, mais il était plus logique qu'il n'eût été question que de prendre pour cible un garçon qui, malgré son courage, était un peu innocent, et de le dépouiller de sa bourse.

— Pourquoi ne hélerais-je pas un fiacre pour vous ramener chez vous ? proposa-t-il. Il y en a un qui vient d'arriver et dont les passagers descendent.

— Je n'ai pas besoin que vous me rameniez à la maison, protesta lord Poole. Je peux me débrouiller seul.

— Et si je vous disais que j'avais l'intention de rendre visite à votre sœur et que, puisque nous allons dans la même direction, je vous propose de vous emmener ? lui demanda Miles, haussant les sourcils.

— Je me demanderais pourquoi vous n'avez pas votre

propre attelage, et pourquoi vous avez besoin d'un fiacre, répliqua le gamin.

Satané garçon !

— Et vous seriez bien avisé de vous interroger sur le sujet, mais vous pourriez parfaire vos manières en gardant de telles pensées pour vous et en me remerciant simplement pour ce geste.

Miles le guida vers le véhicule et négocia le prix de la course.

— Montez.

Lord Poole s'enfonça dans le siège et appuya sa tête contre la paroi de la calèche.

— Merci. Je n'avais plus d'argent.

Miles dissimula son sourire. Le comte était aussi fier que sa sœur. Il appréciait ce garçon.

— Mais si vous rendez visite à ma sœur, vous allez devoir faire mieux que de louer des fiacres.

Lord Poole croisa les bras et ferma l'autre œil.

Il *avait* apprécié le garçon.

— C'est vrai. Vous m'avez prévenu que si j'aspirais à obtenir la main de l'une de vos sœurs, vous ne vous montreriez pas déraisonnable. Mais je suppose que louer des fiacres dépasse ce que l'on pourrait considérer comme raisonnable. Miles s'appuya dans l'autre coin du véhicule, se sentant soudain fatigué lui aussi.

— Vous supposez bien, monsieur… Rappelez-moi votre nom ? demanda lord Poole, les yeux toujours fermés.

— M. Shaw. Mais vous pouvez m'appeler Miles si vous le souhaitez.

— Miles. Vous pouvez m'appeler Evo quand nous sommes seuls, et Poole lorsque nous avons de la compagnie.

À ces mots, Miles posa un regard surpris sur le comte, et vit que son unique œil valide était de nouveau ouvert, et braqué sur lui.

— Vous m'avez sauvé, là-bas, et vous n'avez pas fait tout une histoire pour m'expliquer que je devrais vous en être reconnaissant. Vous ne m'avez pas non plus fait la morale.

Miles tourna la tête, et, cette fois, il souriait. Ils roulèrent pendant un certain temps, et il se demanda si Evo se rendait compte comme lui du temps qu'il lui aurait fallu pour rentrer chez lui si quelqu'un ne l'avait pas pris en pitié. Cependant, Miles apprenait à connaître le frère de Dorothea, et si quelqu'un était capable de tirer le meilleur parti de toutes les situations, c'était bien lui. Il aurait sans doute charmé, argumenté ou suscité la pitié : n'importe quoi pour se faire raccompagner.

Une fois arrivés à Grosvenor Square, Miles accepta l'invitation d'Evo et le suivit dans la maison. Il n'avait pas prévu de rendre visite à Dorothea, il ne l'avait dit que pour convaincre le garçon d'accepter son offre. À présent qu'il était ici, il ne pouvait résister à l'envie de la voir. Il attendit dans l'entrée le temps que le majordome pût le présenter de la manière appropriée. Mais, finalement, Dorothea, lady Sophia et l'une des jeunes sœurs sortirent du salon en les entendant arriver.

— Evo ! Tu as failli me faire mourir de peur ! s'exclama Dorothea.

Puis elle leva soudain les yeux et vit Miles. Tout son sang sembla quitter son visage.

— Oh !

Les deux autres sœurs se chargèrent de la réprimande lorsque Dorothea s'arrêta, troublée. Mais elle ne resta silencieuse qu'un instant avant de reporter son attention sur son frère et de le gronder à son tour.

— Je sais que tu te crois assez âgé, mais tu ne peux pas continuer à quitter la maison sans dire à personne où tu vas, affirma-t-elle.

Elle jeta un regard à Miles et fronça les sourcils.

— Avez-vous... avez-vous quelque chose à voir avec sa sortie ?

Il secoua la tête et fit signe à Evo de parler. Le garçon s'était attiré des ennuis, et il pouvait s'en sortir tout seul. De toute manière, il était plus capable que Miles de couvrir ses traces.

— Vous ne devriez pas être sans cesse aux petits soins pour moi, répliqua Evo, se soustrayant aux soins de lady Sophia, mais pas méchamment. Vous me traitez comme si j'étais toujours un petit garçon.

— Comment as-tu eu cet œil au beurre noir ? lui demanda Dorothea, jetant un nouveau regard à Miles.

Une fois encore, il ne dit rien. Il ne souhaitait pas s'aliéner Evo en semant la zizanie, mais il imaginait sans peine les palpitations de Dorothea si elle apprenait tout.

Lady Sophia s'avança.

— Viens avec moi. Je vais te nettoyer. Camilla, veux-tu bien m'aider ? demanda-t-elle à leur jeune sœur.

Miles était maintenant convaincu d'avoir une alliée en la personne de lady Sophia, car elle s'arrangeait toujours pour les rapprocher, sa sœur et lui. Quel dommage qu'elle n'eût déployé ces efforts qu'une fois qu'il avait décidé de ne plus courtiser Dorothea ! Car il avait décidé de renoncer définitivement. Ce ne serait pas bien.

Ou, du moins, il essayait de ne pas la courtiser.

Lorsque le vestibule fut calme, Dorothea le regarda un moment. Elle portait une robe couleur feuille d'automne avec des reflets dorés. Elle paraissait encore secouée et il brûlait d'envie de la prendre dans ses bras.

— Aimeriez-vous entrer dans le salon un moment ? Je suis sûre que ma mère ou une de mes sœurs ne tarderont pas à nous rejoindre.

Il n'y avait donc personne pour le moment. Miles n'appréciait pas la façon dont son cœur accélérait à nouveau par anticipation, mais il était impuissant à résister à l'invitation.

— Avec plaisir.

Il la suivit à l'intérieur et elle s'assit à un bout du canapé avant de lui faire signe en silence de prendre place à l'autre bout. Elle paraissait s'être radoucie à son égard, pour lui permettre de s'asseoir si près. C'était nouveau. Plus intime.

— J'ai croisé votre frère tout à fait par hasard, expliqua-t-il. Il se trouvait au spectacle ambulant de Peckham et il a eu une altercation. Je me suis donc interposé et je l'ai invité à rentrer chez lui avec moi.

Elle écouta l'explication puis adressa un regard inquiet à Miles.

— J'ignore ce qu'il serait advenu de lui si vous n'aviez pas été là.

— Je suis ravi de l'avoir été.

Il n'allait pas lui fournir trop de détails sur ce qui s'était passé. Cela l'effraierait.

— Mais je dois reconnaître que votre frère semble avoir une façon remarquable de retomber sur ses pieds.

À ces mots, elle afficha un sourire, mais qui n'atteignait pas ses yeux. Elle le regarda, l'air sombre.

— Je suis navrée pour votre perte.

Miles avait du mal à suivre, mais, tout à coup, il comprit ce qu'elle voulait dire.

— Ah. Mon grand-père.

— Je vois que vous avez décidé de ne pas porter le deuil, remarqua-t-elle d'un ton curieux, mais sans jugement.

— Je ne suis pas un tel hypocrite.

Il s'adossa et passa un bras sur le dossier du canapé. Elle était encore assez loin pour qu'il ne l'importunât pas par ce geste.

— Mon grand-père a rejeté ma mère lorsqu'elle a épousé

mon père, et il n'a jamais manifesté la moindre envie de me rencontrer. Je refuse de porter le deuil d'un tel homme.

Il jeta un regard à Dorothea, se demandant si elle comprendrait. Espérant qu'elle le ferait.

Elle acquiesça.

— Lord Pembroke est donc votre cousin. Pourquoi ne me l'avoir jamais dit ?

Surpris, il haussa un sourcil.

— J'ignorais que vous connaissiez Rock. Enfin… lord Pembroke.

— Non. Je parle de tout cela, précisa-t-elle en agitant la main. Je parle du fait que vous êtes le petit-fils d'un comte. J'ai l'impression que c'est le genre de sujet dont on parle à ses… amis.

Un sourire étira les lèvres de Miles, et il soutint le regard de Dorothea pendant un long moment. Elle le considérait comme un ami. Elle éprouvait des sentiments pour lui, il le savait maintenant. Il savait aussi qu'il l'aimait bien trop pour les exploiter.

— Mais, ce n'est pas le cas. Les amis ne se soucient guère de leur rang ou de leur titre lorsqu'il est question d'une personne qui leur est chère.

Dorothea rougit et baissa les yeux sur ses mains, rougissante.

— Vous avez raison.

Miles laissa échapper un petit rire.

— Je le pense. Je préférerais que vous m'appréciiez pour qui je suis plutôt que pour mes liens de parenté.

— Je…

Il ne sut pas ce qu'elle allait répondre. La porte s'ouvrit, et l'une des sœurs Rowlandson, la plus jeune peut-être, mais pas lady Matilda, entra.

— Dorry, as-tu entendu… ?

Elle s'interrompit net en posant les yeux sur Miles, avant de reporter le regard sur sa sœur lorsque ce dernier se leva.

— Voici M. Shaw. Et voici lady Joanna, dit Dorothea en montrant sa sœur.

— Enchanté.

Il s'inclina sur la main de la jeune fille. Elle lui fit la révérence, et un léger sourire lui scella les lèvres.

— Resterez-vous pour le thé, monsieur Shaw? s'enquit Dorothea.

Bien que la tentation de dire oui fût grande, Miles savait que ce ne serait pas judicieux. Plus il restait près de Dorothea... *Dorry, elle avait un surnom...* plus il était tenté de rester. Et il avait pris la décision de la laisser tranquille. Les sentiments qu'il éprouvait pour elle étaient trop profonds pour qu'il reprenne sa *cour* alors qu'il ne pouvait en aucun cas subvenir aux besoins d'une épouse. S'il se mariait, la femme devrait s'engager en toute connaissance de cause. Et il devrait commencer à la courtiser en toute honnêteté.

— Je crains de ne pouvoir rester, même si j'en ai envie. Je vais prendre congé de vous, à présent, répondit Miles.

Cela lui coûtait. Plus il passait du temps en compagnie de Dorothea, moins il était convaincu d'être capable de résister à la tentation de la courtiser. Par conséquent, il devait réfréner ce penchant.

— Je vais vous raccompagner, alors, proposa Dorothea.

Elle le ramena à la porte d'entrée, où se trouvait son majordome.

— Merci de nous avoir ramené Evo.

— Je vous en prie.

Avec un rapide coup d'œil au majordome, il s'inclina, lui fit ses adieux, et s'en alla. Il ferait tout ce qu'il pourrait pour la tenir à distance. Mais il le ferait sans la blesser en lui faisant croire qu'elle n'avait aucune importance à ses yeux.

CHAPITRE 16

Miles se rendit à la maison de sa sœur dès qu'il apprit que lady Isabelle était arrivée à Londres. Après avoir remis son chapeau et sa canne au majordome, il lui précisa qu'il s'annoncerait lui-même, puis ouvrit la porte du salon où sa mère et sa sœur étaient assises devant des tasses de thé fraîchement versé. Les deux femmes ne se ressemblaient pas, car sa mère lui avait transmis ses cheveux noirs et sa sœur avait hérité de la couleur de leur père. Sa mère était encore jeune et jolie aux yeux de Miles, et bien qu'elle dût être fatiguée, elle tourna vers lui son regard vif.

— Mère.

Il s'approcha d'elle et la serra dans ses bras, s'autorisant seulement à ce moment-là à admettre à quel point il s'était inquiété pour elle au manoir. Il l'avait imaginée malade à cause du froid et de l'humidité, ou pire, écrasée par le plafond qui s'écroulait sur elle.

— Comment vas-tu, Miles ?

Elle leva une main qu'elle posa sur sa joue et l'y laissa, scrutant les yeux de son fils comme pour y voir la vérité.

— Je vais bien, maintenant que tu es là. Bonjour, Mary.

Il se dégagea de l'étreinte de sa mère et alla embrasser la joue de sa sœur.

— Veux-tu du thé ? lui demanda Mary, le servant sans attendre sa réponse.

Elle savait qu'il en voudrait, évidemment.

— Quand es-tu arrivée à Londres ? s'enquit-il, tendant la main vers la tasse de thé avec un signe de tête pour la remercier. Ton message ne le disait pas.

— Je suis arrivée hier soir, mais nous pensions toutes les deux que tu serais occupé ailleurs. En général, les gentlemen ne restent pas à la maison le soir.

Sa mère lui adressa un sourire par-dessus sa tasse de thé, et il le lui rendit avant de se pencher pour prendre un petit gâteau.

Lady Isabelle était plus éloignée de la vérité qu'elle ne le pensait. La veille, il était resté chez lui, dans une volonté manifeste d'éviter la tentation. C'était la soirée hebdomadaire chez Almack et il craignait, s'il y assistait, d'inviter lady Dorothea à danser. Il avait peur d'essayer de la faire rire, et de la rapprocher de lui dès qu'elle passerait son bras dans le sien. Mais il avait déjà décidé qu'il ne devait rien faire de tel.

— La question qu'Albert et moi nous posons tous les deux, et pour des raisons différentes, ajouta Mary d'un ton ironique, avec une subtilité que Miles devinait, est de savoir ce que tu vas faire maintenant.

Il lui jeta un coup d'œil, puis but quelques gorgées de son thé pour gagner du temps. Elle poursuivit sans attendre une réponse.

— Maman et moi essayions de trouver une solution, mais nous ne pouvons pas faire grand-chose sans ton avis sur la question.

Miles reposa sa tasse de thé et se frotta le menton. Il repéra sur son pantalon une touffe de poils de chat appartenant à l'un des animaux que Mary gardait et il la retira.

— À dire vrai, je n'en sais rien.

Il jeta un regard à sa sœur, puis à sa mère. Leur famille était proche. Ils avaient dû l'être pour survivre aux années qui avaient suivi la mort de son père. Suffisamment proche pour qu'il admît qu'il était à court d'idées.

— J'ai envisagé de nombreuses possibilités pour sauver le patrimoine, mais aucune ne semble suffisante. Je n'ai pas de solution toute prête.

— Et qu'en est-il de tes projets d'union profitable ? lui demanda sa sœur, échangeant un coup d'œil avec leur mère.

Elles en avaient discuté avant son arrivée.

— Je n'ai trouvé personne que je souhaite épouser à l'heure actuelle.

C'était un pur mensonge, mais il aimait mieux cela plutôt que de se mettre à nu, même devant les deux personnes qu'il aimait le plus au monde, avec Rock. Cela touchait de trop près une plaie qu'il tentait de panser.

Mary et sa mère échangèrent un nouveau regard. Il eut la quasi-certitude que lady Dorothea avait été au centre de leur conversation. Il leur fut reconnaissant de ne pas le dire.

— Je te fais confiance pour trouver une solution, dit sa mère, qui termina son thé avant de croiser les mains sur ses genoux. Tu as toujours été un jeune homme plein de ressources.

Miles regarda la robe de sa mère : il voyait qu'elle avait été rafraîchie, mais elle la portait bien. Il s'en voulait de ne pas pouvoir lui offrir mieux.

— Quels sont tes projets pour aujourd'hui ? Je me tiens tout disposé à t'escorter où que tu veuilles aller. Cela fait bien trop d'années que tu n'es pas venue à Londres.

— Nous avions pensé rendre visite à lady Berkley, lui annonça Mary qui lança un coup d'œil à lady Isabelle. Mère lui a écrit pour lui dire qu'elle serait à Londres, et cette dernière a exprimé le désir de la voir dès que possible.

— Eh bien, allons-y alors.

Miles prononça ces mots sur un ton faussement bravache, car il se placerait dans la même sphère que Dorothea. Elle vivait non loin de là, et la dernière fois qu'il l'avait rencontrée par ici, il avait fini par la demander en mariage.

Serait-elle là aujourd'hui ? À quelle fréquence les dames rendaient-elles des visites de courtoisie aux mêmes personnes ? Pour lui, cela n'avait pas d'importance qu'elle fût là, puisqu'il lui suffisait d'être poli. Et si elle n'était pas là, il apprécierait de voir sa mère de retour dans la société londonienne, fréquentant les gens avec lesquels elle avait grandi plutôt que d'être coincée dans une maison moisie, seule à la campagne.

En chemin vers la maison de lady Berkley, ils discutèrent de la progression du cardage de la laine et des locataires qui allaient rester même si leurs maisons n'avaient pas encore été rénovées pour mieux conserver la chaleur. Les femmes de la famille s'étaient toujours intéressées aux locataires et aux habitants du village. La propriété était suffisamment modeste pour qu'ils pussent s'impliquer personnellement dans leurs vies.

Lorsqu'ils arrivèrent chez lady Berkley, le majordome les conduisit au salon, qui était moins bondé que la dernière fois qu'il était venu. Il fut choqué, même s'il s'y attendait à moitié, par la présence de Dorothea. Elle était assise en compagnie de Mlle Kensington, tandis que sa mère et sa sœur occupaient deux fauteuils de l'autre côté du canapé. Mlle Kensington se pencha pour lui dire quelque chose, puis elle traversa le salon et ouvrit la porte.

Miles détourna les yeux de Dorothea. À en croire la manière dont son pouls s'accélérait, il commençait à craindre de ne pas pouvoir si facilement la chasser de son esprit. Lorsqu'il regarda lady Poole, il remarqua Evo qui se tenait auprès de sa mère. Il fut surpris de le voir, et il se demanda s'il était contraint d'être présent, ou s'il était venu de son plein gré. Il avait l'air de s'ennuyer, mais quand il croisa le regard de Miles, il se redressa et hocha la tête.

Lady Berkley saisit les deux bras de sa mère et la tint à distance pour l'examiner. Ensuite, elle l'embrassa sur les joues, s'exclamant que lady Isabelle avait fière allure. Cette dernière rougit et retourna le compliment à son amie. Elles se mirent à discuter avant même d'être assises, et Mary prit le bras de son frère, l'entraînant vers Dorothea. Les deux femmes ne se connaissaient pas : il supposa donc que son but était de le faire approcher suffisamment pour qu'il fût obligé de la saluer. Alors, Mary apprendrait où reposait son cœur.

Elle était douée pour obtenir ce qu'elle voulait. À cet instant, c'était aussi ce que lui désirait, même si ce n'était pas très sage de sa part.

— Bonjour, Lady Dorothea, la salua-t-il.

Il s'inclina, puis fit de même avec sa mère, sa sœur et son frère.

— Puis-je vous présenter ma sœur, Mme Mary Penworth ?

Mary fit la révérence, et Dorothea l'observa avec intérêt.

— Je suis heureuse de rencontrer la sœur de M. Shaw. Et, dit-elle en fronçant les sourcils, regardant Miles, est-ce votre mère qui parle à lady Berkley ? Vous lui ressemblez beaucoup.

— Il s'agit de lady Isabelle Shaw, qui est effectivement ma mère.

Miles la regarda : elle souriait et discutait avec lady Berkley comme si elles ne s'étaient jamais quittées. Il était fier de sa noble allure et de sa gentillesse, et il se réjouissait de la présenter à Dorothea.

— Je vous présenterai dès qu'elles feront une pause dans leur discussion.

— Je n'ai pas l'impression que cela arrivera de sitôt, remarqua Dorothea qui les observait avec un sourire. On dirait que ce sont de vieilles amies.

— C'est le cas.

Miles lança un coup d'œil à sa sœur, qui se montrait étonnamment réservée. Elle était généralement loquace, mais aujourd'hui, elle semblait vouloir le laisser faire toute la conversation. Il devina que c'était parce qu'elle croyait toujours qu'il courtisait Dorothea. Il lui faudrait la détromper, même s'il n'aimait guère parler de ses espoirs déçus.

— Pouvons-nous nous asseoir ici ?

Il posa ses mains sur le dossier d'un des fauteuils et fit un geste vers l'autre à côté de lui, heureux malgré lui d'être en présence de la jeune femme.

Elle acquiesça et leur fit signe de prendre place, sans qu'il y eût la moindre réserve dans son attitude. Peut-être était-elle parfaitement satisfaite de leur amitié maintenant que le sujet du mariage avait été rapidement écarté. Cette pensée assombrissait le bonheur de Miles.

— Mlle Kensington était assise ici, ajouta Dorothea, mais vous venez de la manquer. Elle est allée demander qu'on nous apporte du thé.

Il y avait encore une place sur le canapé à côté d'elle, et Evo contourna le fauteuil de sa mère pour s'y asseoir. Miles se demanda à nouveau ce qui l'avait amené ici, mais il n'allait pas poser la question. La foule dans le salon de lady Berkley avait commencé à se raréfier, et les seuls autres invités présents étaient installés par groupes de deux ou trois, plongés dans leurs propres discussions.

Le silence retomba entre eux, et Miles s'efforça de le combler.

— Comment allez-vous ?

Il ne pouvait pas se trouver près d'elle sans avoir envie de savoir ce qu'elle pensait, de la voir s'animer.

— Eh bien, je... commença-t-elle avant de chercher de l'aide du regard auprès de sa mère et de sa sœur. Nous allons tous bien.

Lady Poole demeurait silencieuse, et lady Sophia ne croisait le regard de personne, semblant garder les yeux rivés en permanence sur ses mains. Evo s'éclaircit la gorge.

— Dorothea se porte *particulièrement* bien, pourrait-on dire, car elle a reçu une demande en mariage de lord Hastings.

Evo s'adossa au canapé et posa le bras sur le dossier en souriant à sa sœur.

C'était donc pour cela que son frère était venu se mêler à la conversation. Pour causer des problèmes.

— Chaque jour, nous nous attendons à ce que l'annonce paraisse dans la *Gazette*.

Miles eut l'impression qu'on lui avait roulé dessus et il sentit le regard perçant de Mary sur lui. Il agrippa les accoudoirs du fauteuil tandis que ses yeux oscillaient entre Evo et Dorothea. Les joues de cette dernière se teintèrent d'un rouge plus ardent qu'il ne l'avait jamais vu.

— Evo, c'est un sujet de conversation des plus inappropriés ! protesta-t-elle d'une voix étranglée. Je n'ai pas accepté cette demande, pas plus que je ne t'ai donné la permission d'en parler !

— Eh bien, ce n'est rien de moins que la vérité. Je t'ai entendu le dire à maman, répliqua-t-il, arborant un large sourire. Ce sera bientôt de notoriété publique.

— Ça suffit, Poole, intervint Miles.

Il ne pouvait pas plus tolérer le malaise de la jeune femme qu'il ne pouvait supporter les nouvelles qu'il venait d'entendre. Il avait parlé d'un ton agréable, mais ferme.

Dorothea le regarda avec surprise. Elle ignorait sans doute que son frère l'avait autorisé à s'adresser à lui de façon intime. Ou peut-être était-elle choquée qu'il eût réprimandé son frère comme s'il s'agissait d'un parent. Mais en toute honnêteté, ce garçon allait devoir apprendre à mieux se tenir sinon quelqu'un de la bonne société se chargerait de le lui enseigner. Et, cette fois-là, ce pourrait être avec des pistolets à l'aube.

— Quelle importance si j'en parle ? insista Evo. Ce n'est pas comme si je le disais à un parfait étranger. Miles est venu chez nous assez souvent.

Dorothea, les yeux écarquillés, regardait tour à tour son frère et Miles. Celui-ci remarqua sa gêne et son désespoir.

— Nous allons avoir une discussion de gentleman à gentleman, affirma Miles qui se leva, attendant qu'Evo fasse de même. Venez.

Evo croisa les bras et regarda Miles d'un air belliqueux. Il était certainement en train de chercher à savoir qui allait l'y obliger, si cela arrivait. Ses sœurs, sa mère ? Miles lui-même ?

— Et si je n'en avais pas envie? demanda-t-il, inclinant le menton d'un air de défi.

— Je pense que vous préféreriez entendre ce que j'ai à vous dire en privé, répliqua Miles d'un ton tout aussi agréable. Mais je n'hésiterai pas à le faire ici, devant tout le monde.

Evo se leva et le suivit jusqu'à la partie du salon située près de la bibliothèque et des grandes fenêtres. Il n'y avait aucun invité assis de ce côté de la pièce, et Miles fit mine de vouloir montrer à Evo l'un des livres de l'étagère. S'il le pouvait, il épargnerait tout embarras à ce garçon.

— Il n'est pas digne d'un gentleman de torturer sa sœur, et je crois que vous le savez, lui dit Miles, abandonnant son ton agréable pour soutenir fermement le regard d'Evo. Par conséquent, vous devez avoir une raison pour avoir décidé de le faire.

Everard rougit et regarda autour de lui, et Miles repéra un léger tremblement dans ses bras. Cela lui donnait de l'espoir. Le garçon était troublé. En colère, peut-être. Mais il n'était pas totalement perdu pour eux. Evo jeta un coup d'œil à ses sœurs et à sa mère, qui avaient repris la conversation avec Mary.

— Dorry ne cesse de me réprimander dès qu'elle estime que je n'agis pas tout à fait comme elle croit qu'un comte devrait le faire. C'est intolérable. Ce n'est pas *elle*, le chef de famille... c'est *moi*. Mais je n'ai pas d'espace pour respirer dans cette maison de femmes, aucune liberté.

Il leva les yeux vers Miles, retrouvant un peu de son entêtement.

— Je ne fais que rendre la monnaie de sa pièce à Dorry, pour qu'elle me laisse tranquille.

Miles tourna les yeux vers Dorothea, qui les regardait discrètement. Elle détourna aussitôt son regard et se concentra sur Mary, puis sur Mlle Kensington, qui était revenue.

— Je pense que vous savez déjà que votre sœur veut ce qu'il y a de mieux pour vous, alors je n'insisterai pas sur ce point.

Miles s'arrêta, frappé par son désir de protéger Dorothea. De prendre soin d'elle.

Il l'aimait. Savoir qu'il ne pouvait pas l'épouser était comme un lourd poids dans son cœur. Mais il ferait tout ce qui était en son pouvoir pour lui faciliter la vie. Il posa une main sur la bibliothèque et baissa les yeux sur Evo.

— Cependant, permettez-moi de vous rappeler qu'un gentleman ne cherche pas à embarrasser une lady. Il doit être au-dessus de tout reproche et éviter toute forme de vulgarité. Un gentleman ne fait pas de provocation et ne fait pas preuve de mauvaises manières, même s'il se sent très irrité. Au contraire, il se montre encore plus strictement poli lorsqu'il est agacé. Encore plus lorsqu'il s'agit d'un pair.

Miles étudia les expressions qui se succédaient sur le visage d'Evo, espérant que quelques paroles qu'il avait dites l'avaient atteint.

— Mon père, le comte, n'était pas ainsi. Il ne se souciait pas le moins du monde des femmes de la maison. Pourquoi devrais-je être différent ?

Même si le ton d'Evo était encore revêche, quelque chose dans sa question fit penser à Miles qu'il tentait de trouver lui-même la réponse.

— Souhaitez-vous lui ressembler ? s'enquit Miles d'une voix douce.

Evo haussa les épaules. Comme il ne répondait pas, Miles poursuivit.

— Réfléchissez-y, car c'est un choix lourd de conséquences. Vous avez toute la vie devant vous, et votre manière de traiter les autres influera sur la qualité de votre existence. Et sur sa durée, ajouta-t-il d'un ton ironique. Entre-temps, si j'entends à nouveau que vous mettez lady Dorothea dans l'embarras en public, je crains de devoir vous donner une leçon que vous n'oublierez pas de sitôt.

Evo lui jeta un regard intéressé, intrigué par ses paroles, et son visage s'éclaira considérablement.

— Vous feriez cela ? Pourriez-vous m'apprendre à boxer ?

— Ce n'était pas exactement le genre de leçon que j'avais à l'esprit, répondit sèchement Miles. Mais, oui, je peux vous apprendre à boxer si vous le souhaitez. Et je le ferai si vous vous comportez bien, et que vous traitez vos sœurs et votre mère avec le respect qu'elles méritent. Sommes-nous d'accord ?

Il tendit la main.

Evo acquiesça et la serra.

— Totalement. Vous n'avez pas à craindre que je sorte à nouveau du rang.

Il se tourna et repartit vers ses sœurs.

Miles le suivit, impressionné par la rapidité du changement d'humeur du garçon. Si cela donnait une quelconque indication sur le cœur qui sommeillait en lui, Evo ferait un excellent comte. Il avait un cœur et une conscience qui se cachaient derrière les manifestations temporaires de mauvaises manières. Et, plus encore, il ne semblait pas avoir de rancune. Miles n'était pas certain de pouvoir se targuer d'avoir fait preuve d'une telle humilité à l'âge du garçon.

Tandis que Miles regagnait son siège, le regard de Dorothea passa entre lui et Evo avec curiosité. Il lui adressa un petit sourire au moment même où lady Berkley amenait sa mère dans leur cercle. Tous se levèrent pour les présentations.

— Lady Isabelle, permettez-moi de vous présenter à la famille du comte de Poole. Voici Lord Poole, dit-elle en souriant. Lady Poole est la veuve du défunt comte, et voici sa fille aînée, lady Dorothea, ainsi que sa deuxième fille, lady Sophia.

Se tournant ensuite vers la famille de lord Poole, elle ajouta :

— Et voici lady Isabelle Shaw, qui est, je suis sûre que vous ne serez pas surpris de l'apprendre, la mère de M. Shaw et de Mme Penworth.

Ils échangèrent des salutations, et Miles scruta attentivement sa mère pour savoir ce qu'elle pensait de Dorothea. Ce fut sur elle que les yeux de lady Isabelle s'attardèrent le plus longuement, et il fut alors certain que Mary avait parlé d'elle.

— Anne, je veux bien que tu serves le thé, si cela ne t'ennuie pas, dit lady Berkley à Mlle Kensington.

Cette dernière et Mary avaient entamé une conversation, et la sœur de Miles la suivit jusqu'à la table où se trouvait le service à thé. Lady Berkley fit signe à lady Poole de s'asseoir à côté de son fils, tandis qu'elle se joignait à lady Sophia et à sa mère.

La mère de Miles sourit à Dorothea et s'assit en face d'elles.

— Je connaissais un peu votre père, même si je n'ai jamais rencontré votre mère avant aujourd'hui.

Dorothea se tourna sur son siège pour mieux faire face à lady Isabelle.

— Resterez-vous pour le reste de la saison, my lady ?

Lady Poole parut hésiter et jeta un coup d'œil à Miles.

— Je n'en suis pas sûre. Seulement si Albert, le mari de ma fille, juge opportun que je reste.

— Oh ! s'exclama Dorothea, adressant un regard confus à Miles. Mais si cela ne lui sied pas, vous pourrez séjourner avec Miles... enfin, avec M. Shaw.

Elle avait la voix haut perchée, comme si elle énonçait une évidence et attendait seulement qu'elle fût confirmée.

Miles remua sur son siège. C'était le moins qu'il aurait dû être capable de faire, de subvenir aux besoins de sa mère. Il était très mal à l'aise que ce ne fût pas le cas. Il ne put se résoudre à répondre à Dorothea, et ce fut sa mère qui secoua la tête.

— Je crains que cela ne soit pas possible. Miles loue une chambre dans un hôtel réservé aux gentlemen.

Dorothea ne fit aucune remarque cette fois-ci, mais son visage révéla à Miles tout ce qu'il avait besoin de savoir. Qu'il ne pût se permettre de louer qu'une chambre, et non une maison dans un quartier même peu en vogue, montrait, s'il en était besoin, l'étendue de sa pauvreté.

— C'est dommage, répondit Dorothea, se tournant à nouveau vers lady Isabelle. Il est donc heureux que vous puissiez retourner chez vous dans le Lancashire. J'imagine que votre maison doit y être plutôt confortable. M. Shaw m'a dit qu'elle était douillette.

Elle le regarda avec un sourire.

— Du moins, vous avez dit quelque chose dans ce sens.

Miles était figé. Que pouvait-il dire ? Il ne l'avait jamais délibérément dupée au sujet de sa maison ou de son état. À vrai dire, il n'était même pas conscient de l'étendue des dégâts lorsqu'il en avait parlé. Mais cette conversation se rapprochait dangereusement de la vérité qu'il désirait à tout prix faire éclater, mais qu'il n'osait pas révéler.

— Douillette, répéta sa mère qui le regarda, surprise, avant de rire. Je suppose qu'elle était effectivement douillette. En tout cas, je l'ai toujours aimée, surtout durant les années où j'y ai vécu avec le père de Miles. Mais je crains qu'elle ne le soit pas vraiment en ce moment, car nous avons essuyé un revers. Presque tout le toit s'est effondré, et l'eau de pluie se déverse sur des murs déjà humides.

Elle échangea avec Miles un regard qui se termina par un faible sourire.

— Nous avons bien du mal à trouver un moyen de la réparer, n'est-ce pas ?

Il dévisageait sa mère, tentant de masquer la sensation d'horreur qui l'habitait. Cherchait-elle à lui faire honte en décrivant si ouvertement leur situation ?

— Nous... je...

Il tourna les yeux vers Dorothea, qui le regardait à présent avec attention, les lèvres entrouvertes par la surprise et les yeux brillants.

— Vraiment ? s'enquit-elle, lui adressant la question d'une voix aussi polie que froide. Avez-vous du mal à trouver les fonds ? Vous avez toujours la possibilité d'épouser une héritière. Cela résoudrait tous vos problèmes à la fois.

— Oh, ma chère, dit sa mère, posant un regard consterné sur Dorothea. Je crains d'être restée trop longtemps en dehors de la société et d'avoir parlé trop honnêtement de notre situation, ce qui n'est pas une chose à faire. J'espère que vous me pardonnerez, Lady Dorothea.

— Soyez rassurée à ce sujet.

Dorothea se tourna vers sa mère, l'expression maîtrisée, mais le regard abasourdi.

— Je ne dirai pas un mot de votre situation. Pour rien au monde je ne voudrais vous mettre dans l'embarras, vous ou M. Shaw.

Le cœur de Miles se serra. Tous les progrès qu'il aurait pu croire avoir faits dans le cœur de la jeune femme, en dépit de sa situation désavantageuse, avaient été anéantis par cette révélation. Elle allait aussitôt comprendre qu'il l'avait demandée en mariage par désespoir et non pas, comme il l'aurait voulu, parce qu'il l'aimait, comme il en était maintenant sûr.

— Mary, voudrais-tu m'accorder un moment avec Miles ?

Lady Isabelle était de nouveau assise dans le salon de Mary, et si Miles avait tenté de s'esquiver après la visite à lady Berkley pour réfléchir à la désastreuse révélation en présence de Dorothea, sa mère l'avait gentiment ramené chez Mary, en lui indiquant qu'elle souhaitait s'entretenir avec lui.

Mary murmura son accord et quitta la pièce, et Miles s'assit en face de sa mère. Il ne savait pas ce qu'elle allait dire, mais il était convaincu que ce serait quelque chose de direct et qu'il aurait sans doute envie d'éluder toutes les questions qu'elle pourrait lui poser. Il se prépara à ce qui allait arriver.

Elle soupira et leva les yeux sur lui, et les lignes douces de son visage lui montraient sa compassion.

— Miles... cette lady Dorothea. Tu me pardonneras de te demander une telle chose directement, mais votre amitié ne se résume pas à cela, n'est-ce pas ?

Sa détermination s'envola en fumée dès qu'elle prononça le nom de Dorothea. Il savait que sa mère n'insisterait jamais pour qu'il se confiât, et tout adulte qu'il était, il ressentit une soudaine envie de parler ouvertement. Il n'était pas parvenu à penser à grand-chose d'autre.

— Je lui ai demandé de m'épouser.

— Et elle... ? demanda lady Isabelle, laissant sa question en suspens.

— Elle a refusé ma demande. Elle n'a pas donné de raison,

mais je sais qu'elle désire épouser un homme plus riche et plus important que moi.

— Et pourtant, je crois qu'elle a des sentiments pour toi, observa sa mère d'une voix chargée de tendresse. Cela ne fait aucun doute, sinon ma révélation ne l'aurait pas dérangée comme elle l'a manifestement fait.

— Il fut un temps où j'ai cru qu'elle éprouvait quelque chose pour moi.

Miles tourna le regard vers les fenêtres en baie ronde du salon. C'était une pièce gaie, même lorsque le soleil se cachait derrière les nuages, mais il n'en tirait aucun réconfort.

— Bien sûr, elle croyait que ma seule motivation pour la demander en mariage était sa richesse, mais ce n'était pas vrai. Maintenant, elle en est convaincue.

— Bien évidemment que ce n'était pas vrai, le consola sa mère. Je ne crois pas que tu pourrais demander en mariage une femme pour laquelle tu n'aurais pas développé une profonde tendresse. Tu ressembles beaucoup à ton père.

C'est de l'amour, songea Miles à cet instant. *C'est une femme dont je suis tombé amoureux.*

À la mort de son père, il avait ressenti un profond chagrin. Il ne pouvait pas le comparer à la douleur de voir Dorothea sortir de sa vie. Mais c'était tout de même dévastateur de la perdre. Le genre de chose dont on ne se remettait pas facilement.

— Je ne regrette pas un seul jour de ma vie avec ton père, dit lady Isabelle, le tirant de sa rêverie.

Son ton incita Miles à la regarder. Il avait déjà entendu ces mots, mais c'était la première fois qu'il les lui entendait dire en y ajoutant ce qui ressemblait à une mise en garde.

— Je ne regrette rien, mais je suis une femme qui peut être heureuse avec des choses simples. Je suis heureuse dans une maison où il y a du pain sur la table, et où il y a de l'amour. C'est tout ce dont j'ai besoin. Je ne peux pas dire que toutes les femmes de la bonne société pourraient être aussi satisfaites, même s'il y a de l'amour. Si tu veux un mariage vraiment heureux, tu devras rechercher une femme capable de se contenter de peu de choses. Cela, en plus de toutes les autres qualités.

Miles ne répondit pas tout de suite. C'était difficile pour lui de l'entendre, mais elle avait raison.

— Tu es sage, mère, et je serais un idiot de ne pas tenir compte de tes paroles, dit-il, puis il secoua la tête. Je ne courtiserai plus lady Dorothea, car je crains qu'elle ne puisse se contenter du peu que j'aurai à lui offrir.

Sa mère émit un petit bruit pour lui montrer sa compassion. Après quelques secondes, elle poursuivit :

— Il reste l'amitié. Cela peut sembler un mauvais substitut aujourd'hui, mais l'amitié a toujours de la valeur.

Après une légère pause, Miles secoua la tête.

— Je ne crois pas qu'elle veuille même cela, venant de moi.

— Je vois, répondit sa mère d'une voix douce. Je suis désolée mon fils.

Lady Isabelle ne chercha pas à formuler des platitudes, et il lui en fut reconnaissant. Elle ne pouvait rien dire pour améliorer la situation. Par conséquent, plus vite il ferait la paix avec cet état de fait, plus vite il pourrait aller de l'avant.

CHAPITRE 17

Deux jours plus tard, Dorothea était toujours furieuse en songeant à la duplicité de Miles Shaw. Elle ne savait plus très bien comment elle avait terminé sa conversation avec sa mère. Heureusement, elle avait été écourtée par lady Poole, qui avait estimé qu'ils étaient restés assez longtemps. Pour une fois, Dorothea avait été d'accord avec sa mère.

Miles lui avait menti en disant qu'il ne cherchait pas une femme riche, elle en était sûre. C'était une chose que d'être dans une situation financière précaire, comme il l'avait laissé entendre. Lorsque l'on était démuni, il était normal de continuer de se battre toute sa vie pour essayer de changer son statut. Toutefois, un homme qui aurait des scrupules n'irait pas jusqu'à mener une cour à son terme uniquement pour en tirer un bénéfice financier.

Mais c'était une tout autre chose que de voir son toit s'effondrer sur sa mère, créant une situation qui ne pouvait être résolue qu'avec un apport urgent de fonds, le genre de somme qu'un gentleman ne pouvait obtenir que par le biais du mariage. Bien sûr, elle éprouvait de la compassion pour lady Isabelle, qui semblait être une femme charmante et honorable. Même si elle était plus franche que Dorothea ne l'aurait cru, c'était une lady à tous points de vue.

Lady Isabelle n'avait pas perdu l'élégance de sa jeunesse au cours de ses années de pauvreté, même si sa situation financière se manifestait dans d'autres aspects de sa personne, comme sa robe démodée. Lady Berkley ne semblait pas prêter attention à la différence de richesse ; tous les membres de la bonne société n'étaient donc pas aussi particuliers que Dorothea avait été amenée à le croire. Elle avait compris, à travers les choses que son père disait et ne disait pas, que la perfection était de rigueur.

Il n'en restait pas moins que Miles l'avait courtisée pour s'emparer de sa dot. Sa demande en mariage n'avait pas été faite par passion et par amour comme elle l'avait cru, une demande venant du cœur qui l'avait empêchée de se rappeler pourquoi elle avait refusé dans les jours qui avaient suivi. Il ne lui avait pas demandé de l'épouser contre sa volonté et sa raison, après s'être fait un point d'honneur de ne pas se marier avec une femme pour sa dot. Non. Il la courtisait avec un seul but en tête : sa valeur financière.

Ooooh. Elle serra les poings. L'envie de lui passer un savon était si forte qu'elle avait failli écrire pour le convoquer de manière à le faire sans tarder. Elle s'en était abstenue, bien sûr, mais ce désir avait été presque irrépressible.

À la place, dans les jours qui avaient suivi la révélation dans le salon de lady Berkley, Dorothea l'avait cherché dans tous les endroits où elle imaginait pouvoir le trouver, dans le seul but de lui dire le fond de sa pensée. L'occasion ne s'était pas présentée en dépit de ses efforts, la plongeant dans un état de mécontentement constant.

Les preuves s'accumulaient contre lui, et chaque élément dont elle se souvenait était répertorié pour étayer ces arguments. Elle attendait avec impatience le moment où elle pourrait lui dire exactement ce qu'elle pensait de lui, afin de le faire sortir de son esprit et de ne plus jamais penser à lui.

Elle était assise à son bureau dans le salon, triant la correspondance et les invitations. Il en arrivait maintenant tant chaque jour qu'elle devait choisir, et souvent envoyer un mot d'excuse. Dorothea avait rétabli certaines relations avec les auteurs de ces lettres adressées à son défunt père, ce qui avait permis de remettre sa famille en selle par le biais de ces anciens liens. Elle était parvenue à les conserver, car elle pouvait affirmer avec une certaine honnêteté que son père avait parlé d'eux de son vivant. Oh, ce n'était peut-être pas tout à fait honnête, mais il avait gardé leurs lettres, n'est-ce pas ?

Quant aux lettres parfumées, elle les avait brûlées. Cela ne servait à rien de se torturer ou de déshonorer sa mère en les gardant. Et lorsqu'on lui montrait ces femmes à l'opéra, elle savait qu'elle devait les éviter à tout prix. Sans surprise, aucune d'elles n'avait cherché à se présenter. Dorothea était ravie que sa popularité ne semblât pas avoir baissé, en dépit du net refroidissement des relations entre Maryann et elle. Elle était occupée à saluer des connaissances presque partout où elle allait. La seule déception qui entachait cette réjouissante montée en popularité était que sa mère et Sophia étaient trop réservées pour en faire autant.

Quelqu'un frappa à la porte d'entrée, et le bruit résonna dans le vestibule. Surprise, Dorothea s'arrêta, une invitation à la main. Ce n'était pas l'heure des visites matinales, et ils n'attendaient personne. Lorsqu'elle entendit une voix masculine grave provenant de l'entrée, son cœur s'emballa et elle se leva d'un bond ; elle en eut le tournis et blêmit. L'invitation glissa entre ses doigts figés.

Était-ce... ? Elle ne résista pas à l'envie de sortir du salon pour confirmer ses soupçons. Dorothea ouvrit la porte, et eut le souffle coupé. *Miles.*

Il s'immobilisa et la salua avec un regard hésitant, un petit sillon entre les yeux. *C'est un regard coupable*, songea-t-elle.

— Bonjour, my lady.

Au moins, il n'essayait pas de l'appeler par son prénom, après ce qu'il avait fait. Eh bien ! C'était aussi bien qu'il s'abstînt. Son sang bouillonnait du désir d'évacuer son spleen, surtout après des jours passés à alimenter le feu de sa colère sans qu'elle pût se déverser.

— Que me vaut le plaisir de cette visite ? lui demanda-t-elle de son ton le plus hautain, se félicitant de la stabilité de sa voix.

— Je suis ici pour voir votre frère, répondit-il, jetant un regard vers le couloir où se trouvait la cage d'escalier. Nous avons prévu de retrouver mon cousin et d'aller aux courses.

Il n'est même pas venu avec l'intention de me demander pardon ?

Dès qu'elle l'avait aperçu, Dorothea avait été impatiente d'entendre ses excuses, pour pouvoir les lui renvoyer à la figure. Mais, apparemment, il n'avait aucune intention de présenter ses excuses. Non ! Il était là pour une sortie de loisirs.

Turton sembla sentir l'air crépiter entre eux et murmura :

— Je vais aller informer my lord de votre visite.

Elle acquiesça et reporta ses yeux sur Miles. Ils écoutèrent les pas du majordome dans le couloir jusqu'à ce qu'il gravît les escaliers.

— Monsieur Shaw, je souhaiterais vous voir dans le salon, dit-elle d'un ton courtois. Cela ne prendra qu'une minute de votre temps ; ensuite, vous pourrez aller aux courses.

Ou au club. Ou à la pointe nord de l'Écosse. Partout sauf ici.

Dorothea s'engouffra dans le salon, sûre que Miles la suivrait. Alors qu'elle se dirigeait vers le centre de la pièce, la colère qui l'habitait le disputait à la curiosité de savoir pourquoi il emmenait Evo avec lord Pembroke. Pour le moment, il ne lui servait à rien d'être curieuse, car malgré elle, elle lui était reconnaissante de prendre son frère en main. C'était l'occasion pour le jeune garçon de fréquenter le cousin de Miles, un comte qu'il pourrait admirer, et qui n'avait nul besoin de se marier pour l'argent. De plus, après que son frère fut venu s'excuser pour son comportement à la résidence de lady Berkley, elle avait dû s'efforcer de raviver sa colère à l'égard de M. Shaw à cause de sa conduite indigne. Des excuses aussi inhabituelles que celles-ci ne pouvaient être dues qu'à son influence.

Cependant, cela n'avait rien changé. Elle avait eu entièrement confiance en lui pour se conduire de manière honorable, c'était pourquoi elle avait été si blessée en découvrant sa véritable situation. Apprendre qu'il n'était pas sincère était difficile à pardonner.

Arrivée au milieu du salon, elle se retourna.

— Fermez la porte, s'il vous plaît. Ce que je souhaite vous dire est d'ordre privé.

Miles fit ce qu'elle lui demandait et avança dans la pièce pour se placer devant elle. Il avait une attitude morose, différente de celle du gentleman charmant et taquin qu'elle connaissait. Dorothea ne lui proposa pas de s'asseoir, car elle n'avait pas l'intention de le laisser s'attarder. D'ailleurs, elle-même était trop agitée pour rester en place.

— M'avez-vous ou non demandée en mariage parce que vous aviez besoin de ma dot, monsieur Shaw ?

Elle avait les poings serrés le long du corps, de peur de croiser les bras, chose qu'une lady ne faisait pas en public.

Miles détourna le regard un bref instant avant de le reporter sur elle.

— Oui, mais...

— Merci, s'exclama-t-elle vivement, l'interrompant. C'est

tout ce que j'ai besoin de savoir. Bien que vous ayez laissé entendre que vous souhaitiez un mariage fondé sur des sentiments plus tendres, vous avez, en fin de compte, agi sur des motifs très mercantiles. Vous avez prouvé que vous étiez exactement comme tous les autres gentlemen de la bonne société, et je me félicite de n'avoir pas été assez naïve pour me laisser abuser. Mais, j'étais naïve malgré tout, n'est-ce pas ? Vous avez dû le sentir, et vous vous êtes attaqué à moi pour cette raison.

Il s'avança en tendant les mains.

— Dorothea, permettez-moi...

Elle ne voulait pas l'entendre.

— Pourtant, vous n'avez pas vraiment évoqué de sentiments amoureux en me demandant en mariage, n'est-ce pas ? Je suppose que j'ai imaginé cela toute seule.

À la grande horreur de Dorothea, des larmes roulèrent sur ses joues. Elle tourna sur elle-même et les essuya.

— Non, s'il vous plaît... non.

Sa voix exprimait une profonde douleur quand Miles s'approcha d'elle et l'entoura de ses bras, puis la fit doucement tourner. D'une main, il essuya les larmes sur ses joues, puis il se pencha en avant jusqu'à poser son front contre le sien.

Dorothea était incapable de bouger pendant que ses doigts caressaient doucement son visage. Puis l'autre bras de Miles l'entoura, la rapprochant de lui. Être tendrement enlacée était une chose dont elle n'avait que rêvé. Personne... *personne* ne l'avait jamais étreinte de cette manière. Jamais elle n'aurait cru possible qu'un homme démontrât autant d'affection.

Le temps s'étira, rythmé par le seul bruit de leur respiration. Elle avait le tournis à force de rester immobile, mais elle était tout simplement incapable de bouger. Puis il la berça d'avant en arrière, murmurant quelque chose que ses sens étaient trop troublés pour comprendre. Il se pencha et déposa un baiser à l'endroit où sa joue rejoignait sa tempe, et elle n'osa pas reprendre son souffle.

— *Je t'aime*, chuchota-t-il.

Les yeux de Dorothea s'ouvrirent brusquement. Après un moment de stupeur, elle s'écarta légèrement pour le regarder alors que son rêve s'arrêtait brutalement. Elle lut la confusion sur le visage de Miles, mais elle savait qu'il ne fallait pas s'y fier.

Il ment ! Il ne l'aimait pas. Il n'avait fait que feindre, et feignait encore. Dorothea s'arracha à son étreinte et se redressa pour le regarder, le souffle court. Elle s'était fait berner et avait baissé sa garde. Cela ne se reproduirait plus… elle s'en assurerait.

— Je ne veux plus jamais vous revoir.

Les dents serrées, elle insista sur chaque mot et le regarda les encaisser comme autant de coups.

Puis elle tourna les talons et se précipita vers la porte, au moment même où Evo la franchissait avec un large sourire. Il la regarda avec étonnement lorsqu'elle passa devant lui.

Miles regarda Dorothea s'enfuir avec l'impression d'avoir reçu un coup de poing. Il venait de lui dire qu'il l'aimait. Elle était la première femme à lui arracher un tel aveu. Et cela n'avait fait qu'empirer les choses, car elle ne l'avait pas cru. Il eut soudain l'impression que tout l'air était chassé de ses poumons, et ses épaules s'affaissèrent.

— Qu'avez-vous dit à ma sœur pour qu'elle s'enfuie ainsi de cette pièce ?

Evo s'approcha de lui, et si sa question était empreinte de curiosité, le comte n'avait plus son habituel sourire, qu'il traduisît une insouciance générale ou une pure espièglerie. Il fixa Miles du regard, attendant sa réponse.

Celui-ci se faisait déjà l'effet d'un mufle. Il avait serré Dorothea dans ses bras et l'avait embrassée pour effacer ses larmes. Il l'avait fait pour essayer de lui dire qu'il était désolé, qu'il n'avait pas eu l'intention de faire d'elle l'objet de sa quête de richesse. Mais il avait respiré le parfum de ses cheveux, l'avait étreinte, et cela l'avait suffisamment enivré pour qu'il lui avouât qu'il l'aimait. Quel imbécile il était !

— Je crois que vous devrez demander à votre sœur ce qui s'est passé, si elle est disposée à vous répondre, répondit enfin Miles d'une voix étouffée. Je n'ai pas le loisir de discuter de ce qui s'est passé entre nous sans son autorisation.

Il mourait d'envie de quitter les lieux, mais il tint bon. Il avait promis à Everard que Rock et lui l'emmèneraient aux courses. Peu importait que la sœur d'Evo le vouât aux gémonies ; il s'était engagé à aider le garçon, et il le ferait.

Voyant qu'il restait immobile et n'avait pas l'air convaincu, Miles soupira et lui fit face.

— Je peux vous assurer que je n'ai pas blessé votre sœur intentionnellement.

Evo l'étudia d'un œil critique, comprenant enfin.

— Vous l'appréciez.

— C'est vrai, admit Miles. Mais comme vous ne le savez que trop bien, car vous me l'avez dit vous-même, je ne suis pas un candidat convenable pour sa main.

Redevenant lui-même, maintenant qu'il avait résolu le mystère des pleurs de sa sœur, qu'il voyait sans doute pour la première fois de sa vie, Evo répondit :

— Ah, eh bien, il ne vous reste plus qu'à renoncer à elle, alors ! Dorry peut parfois se montrer pénible, vous savez, et il est fort probable que vous soyez mieux sans elle.

— Vraiment ? Vous avez sans doute raison, dans ce cas.

Miles fit appel à tout son sang-froid pour cesser de ruminer l'entrevue qu'il venait d'avoir avec Dorothea et pour se lancer dans une discussion sur les subtilités du sport hippique avec un enfant de treize ans qui allait assister pour la première fois à une course de chevaux. Il était heureux que Rock se joignît à eux, car il pourrait entretenir sa part de la conversation.

La journée se déroula d'une manière plus agréable que Miles ne l'avait craint, car il parvint à faire abstraction du sujet qui affleurait à chaque instant dans son esprit et à se laisser emporter par l'enthousiasme d'une course de chevaux, ce qui était toujours intéressant. Rock et lui permirent à Evo de parier sur les vainqueurs, ce qui leur valut de perdre une fortune colossale… imaginaire, bien sûr. Ensuite, ils passèrent en revue les différents aliments et boissons proposés et choisirent à manger dans les étals situés à proximité. Rock conduisit son phaéton jusqu'à la maison d'Evo sur Grosvenor Square et l'y déposa avant de repartir avec Miles.

— Dis-moi pourquoi voulais-tu prendre ce garçon sous ton aile ? s'enquit son cousin sur le ton de la conversation tandis qu'ils faisaient route vers le club, où ils avaient prévu de dîner tôt.

— Il a besoin d'une figure paternelle, et, à défaut, d'un frère aîné, répondit rapidement Miles.

Sans les bavardages d'Evo, son moral avait recommencé à baisser.

— Et tu aimerais toujours épouser sa sœur, je suppose, répliqua Rock.

Il conduisit l'attelage dans les allées proches de sa maison. Ils se rendraient à pied au club.

— Si la chose était possible, tel serait mon désir, admit Miles.

Il descendit du phaéton lorsqu'ils arrivèrent aux écuries.

— Hélas, elle ne veut plus jamais me revoir.

Rock confia les rênes à un palefrenier et contourna le véhicule pour regarder Miles.

— Elle te l'a dit ?

— Aujourd'hui, dans son salon, juste avant que son frère ne nous rejoigne, dit-il, prenant le bras de Rock tandis qu'ils se mettaient en route vers le club. Peu importe donc que je veuille l'épouser ou non. Il est difficile d'amener à l'autel une femme qui ne veut pas vous voir.

— Je suis désolé, cousin.

Rock chemina à ses côtés, l'air pensif. Le ciel s'était assombri, et la chaleur de la journée commençait à se dissiper.

— Je suppose que tu ne seras pas de très bonne compagnie ce soir.

Miles lui adressa un sourire de guingois.

— Je suppose que non.

— Alors je ne te retiendrai pas, le rassura Rock.

Il leva le nez vers le ciel en bâillant bruyamment, avant d'ajouter d'une voix faussement austère :

— Mais escorte-moi là-bas pour que je trouve quelqu'un dont j'apprécierai davantage la compagnie.

Miles esquissa un nouveau sourire à cette plaisanterie.

— Tu peux compter sur moi.

Il tint parole alors même que Rock protestait en riant qu'il n'avait fait que plaisanter. Dès que Miles constata que son cousin avait autour de lui tous les amis dont il avait besoin pour passer une bonne soirée, il leur souhaita une bonne nuit. Il rejoignit sa chambre au Limmer, retira ses gants et les déposa sur la table avant d'allumer une bougie. Il déboutonna son manteau avant de s'asseoir.

Je ne veux plus jamais vous revoir.

Il n'avait aucune raison de croire qu'elle ne le pensait pas. Il n'y avait qu'une seule chose qu'il pouvait vraiment lui offrir : son cœur. Et il ne s'était pas montré honnête à cet égard, car un homme amoureux ne mentait pas à l'objet de son affection. Il lui fallait penser à la façon dont il allait procéder face à l'état désastreux de sa maison et de son domaine, mais aucune idée ne lui venait qui n'impliquait pas le mariage, et il était prêt à y renoncer à tout jamais. S'il ne pouvait pas épouser Dorothea, il n'avait aucune envie de se marier.

CHAPITRE 18

L'invitation de ce soir-là dans le confortable salon de Mme Matheson promettait de réunir l'élite de la bonne société pour une soirée musicale. Il ne serait pas question pour les jeunes filles de bonne famille de déployer leurs talents afin d'attirer les foules. La célèbre soprano, Mme Elizabeth Billington, avait été invitée à chanter, et elle était la principale attraction.

En temps normal, Dorothea aurait apprécié un tel événement. Même si elle n'y assistait pas pour la musique, elle irait pour voir *le beau monde* et se montrer comme en faisant partie. Les gens l'avaient toujours davantage amusée que l'opéra. Cependant, ce soir-là, elle s'était habillée pour la soirée musicale avec moins d'engouement que jamais. Toute l'ambition ou l'ardeur qu'elle avait pu ressentir en entamant sa saison s'était dissipée jusqu'à ce qu'il n'y eût presque plus aucun enthousiasme. Elle était venue à Londres dans l'espoir de faire un mariage de prestige, elle s'y attendait, mais elle se rendait compte peu à peu qu'elle avait aussi secrètement espéré ressentir des émotions plus affectueuses. Qui plus est, elle s'était complètement trompée sur la question.

Lorsqu'ils arrivèrent chez les Matheson, lady Poole salua l'hôtesse puis se dirigea vers le coin salon pour choisir un endroit confortable où s'asseoir. Sophia remarqua l'air mécontent de Dorothea.

— Maman n'est pas à l'aise dans la foule. Tu le sais bien. Je ne peux pas la laisser seule.

Serrant la main de sa sœur, Sophia suivit leur mère et s'assit à côté d'elle.

Elle le savait, sa mère essayait de se faire aussi petite que possible lorsqu'elle se trouvait dans une pièce remplie de gens. Cependant, cela impliquait que la responsabilité de garantir la position de leur famille dans la société incombait à Dorothea. Pourquoi fallait-il qu'elle fût la seule à faire un effort pour se faire remarquer par les gens en vue ? C'était pour le bien de toute la famille, pour que ses sœurs pussent elles aussi trouver un bon mari.

Quant à son frère... Eh bien, Evo trouverait sûrement sa voie sans son aide. D'une part, il était comte, et il profiterait un jour de toute la liberté dont un gentleman disposait. Il n'en faudrait pas plus pour qu'il prît sa place dans la société. De plus, Evo avait une aptitude naturelle à se faire des amis, même s'il était tout aussi doué pour s'attirer des ennuis. Elle admettait sans mal qu'il s'en sortirait même sans son aide, si seulement elle parvenait à l'empêcher d'avoir de graves ennuis.

Mais qu'en était-il de ses sœurs ? Sophia était trop timide pour parler à qui que ce fût. Il était fort probable qu'elle resterait célibataire, car elle était à peine capable de saluer un gentleman, et encore moins de dire « oui » à une belle demande en mariage. Ou peut-être qu'un soupirant cherchant une femme timide et docile la courtiserait avec suffisamment de persévérance pour la conquérir, mais serait-il gentil avec elle ?

Et il y avait aussi Camilla, qui n'avait aucun don naturel pour attirer un prétendant. Dorothea se contentait de juger la question d'une manière impartiale. Elle ne voulait pas paraître cruelle envers sa sœur, mais il fallait bien admettre que la conversation de Camilla n'était pas stimulante, et que son physique était tout juste au-dessus de la moyenne. Joanna, craignait-elle, n'apprendrait jamais à manier l'un des arts typiquement féminins et finirait probablement par devenir un bas-bleu[1]. Ou plutôt, une vieille fille folle de chevaux, parce qu'elle n'aimait pas lire. Et Tilly était aussi silencieuse que sa mère. Dorothea s'inquiétait du fait qu'elle n'eût rien d'autre qu'un joli visage pour se distinguer.

Sans son aide pour trouver de bons partis pour chacune d'entre elles, elle avait peur que ses sœurs fussent condamnées à une vie de célibataire ou à des mariages malheureux. Après tout, qui avait guidé sa mère dans son mariage ? Personne ! Elle n'avait pas de famille à proprement parler et, bien qu'elle eût eu un comte pour mari, elle avait été plutôt malheureuse. Dorothea ne supportait pas l'idée de voir ses sœurs dans la même situation.

Cette crainte silencieuse avait motivé sa quête depuis le tout début, mais la douleur qu'elle ressentait dans son propre cœur la gênait dans ses efforts pour atteindre son but de faire un bon mariage. De plus, chaque fois qu'elle pensait à Miles, elle était plongée dans une humeur mélancolique qui balayait toute velléité de romance. La seule raison pour laquelle elle avait décidé de venir était qu'elle croyait peu probable qu'il soit invité à cette soirée musicale.

Dorothea n'eut pas eu à suivre immédiatement sa mère et sa sœur, car elle aperçut Anne, qui lui fit un petit signe de la main. Elle s'approcha d'elle, ravie de voir un visage amical.

Anne, particulièrement bien informée, ne tarda pas à lui donner les dernières nouvelles.

— Sais-tu que Maryann Stanley a reçu une demande de la part du duc de Worley ?

— Le duc de Worley ? répéta Dorothea.

Elle fronça les sourcils, fouillant dans son esprit jusqu'à ce qu'elle trouvât le bon visage.

— Mais, n'est-il pas presque sénile ? demanda-t-elle à voix basse.

Dorothea, elle, n'envisageait pas d'épouser un homme qui serait plus âgé que lord Hastings. Elle ne pouvait imaginer se marier avec quelqu'un qui aurait l'âge de son grand-père. Anne ne répondit pas, mais, avec un petit signe du menton, elle murmura :

— Mlle Stanley est ici.

En effet, Maryann était entrée et regardait autour d'elle, comme si elle s'attendait à recevoir les acclamations qui devaient lui être adressées pour avoir fait une si brillante conquête. En tant que duchesse, elle aurait la préséance partout et mènerait certainement la société.

— J'ai du mal à y croire, murmura Dorothea en retour. Qu'elle accepte de l'épouser alors qu'il n'est pas en mesure de faire un mari agréable, qu'elle le fasse juste pour s'assurer un statut…

Elle s'interrompit un instant avant de reprendre.

— Et qu'il la demande en mariage alors qu'il y a peu de chances qu'elle soit fidèle.

Dorothea s'arrêta, submergée par d'autres pensées qu'elle n'arrivait à formuler. Elle critiquait une autre femme parce qu'elle tentait de faire la même chose qu'elle. Un duc avait demandé la main de Maryann, qui n'avait aucun titre dans sa lignée. Finalement, toute cette affaire semblait bien moins admirable que déplorable. La demande de Miles, aussi malhonnête fût-elle, semblait avoir davantage de valeur. La sienne, au moins, avait été formulée avec un certain degré d'émotion.

Anne se tourna vers elle avec un regard vif.

— Tu ne penses donc pas qu'elle sera fidèle ?

— Oh…

Elle n'aurait pas dû dire cela à voix haute. Dorothea se refusait à répandre des commérages, même si elle n'appréciait pas Maryann.

— Je te prie de ne pas faire attention à moi. J'ignore totalement ce qu'elle va faire. Il est vrai que nous nous sommes un peu rapprochées, mais j'ai rapidement découvert que nous n'avions pas grand-chose en commun et nous avons pris des chemins séparés.

Maryann posa les yeux sur Dorothea et Anne, et après un instant de réflexion, elle s'approcha d'elles.

— Quel plaisir de vous voir ce soir, Dorothea ! Et vous, mademoiselle Kensington. Je suis sûre que vous avez entendu la bonne nouvelle à mon sujet. Je serai la prochaine duchesse de Worley.

— Nous avons entendu, répondit Dorothea, tâchant de lui adresser un véritable sourire. Je vous présente mes félicitations et mes vœux de bonheur pour votre mariage.

— En tant que personne d'un rang supérieur au vôtre, poursuivit Maryann d'un ton mielleux, je me ferai un plaisir de vous apporter toute l'aide dont vous pourriez avoir besoin pour trouver un mari qui vous convienne. J'ai cru comprendre que cela prenait un peu plus de temps que vous l'auriez espéré ?

Dorothea se contentant de lui répondre par un sourire neutre, elle se tourna vers Anne.

— Et vous, mademoiselle Kensington, vous pouvez compter sur moi aussi.

— Vous êtes trop aimable, répondit Anne avec un hochement de tête gracieux.

Puis elle resta silencieuse jusqu'à ce que Maryann, constatant qu'elle ne recevrait plus de compliments, partît à la recherche d'un public plus dévot.

Anne adressa à Dorothea un regard amusé.

— Ah, ma chère. Tu es surprise, mais c'est ainsi que fonctionne la société. Les gentlemen s'efforcent de trouver une femme qui aura fière allure à leur bras. Les dames cherchent un homme dont le titre leur donnera du prestige. Tout cela est bien fatigant, et c'est pourquoi je ne souhaite pas me marier.

Dorothea lui jeta un regard incertain. Elle ne pouvait pas contester ce qu'Anne avait dit, et elle ne souhaitait pas non plus lui dire à quel point elle avait failli mettre le doigt sur sa propre situation.

— Mme Billington vient s'installer. Et si nous allions nous asseoir ?

Dorothea n'avait jamais été aussi heureuse de passer une soirée pendant laquelle on devait écouter plutôt que faire la conversation. Elle était si perturbée par la prise de conscience de son changement progressif de priorités, et de ce que cela pouvait signifier pour son avenir, qu'elle n'aurait pas pu prononcer deux mots intéressants même si elle l'avait tenté.

Le lendemain, Dorothea alla prendre place dans le salon avant l'heure des visites. Elle y venait toujours de bonne heure pour s'assurer que tout était en ordre et pour avoir le temps de se ressaisir avant d'avoir de la compagnie. Sophia et elle avaient pris l'habitude de rester à la maison trois jours par semaine et de rendre des visites les trois autres jours. Le dimanche était le jour où elles se rendaient à l'église Saint-Georges de Hanover Square pour écouter le sermon. L'idée de recevoir des visiteurs matinaux ne la rendait plus nerveuse, et leur salon était toujours rempli d'un nombre respectable de personnes.

Quelqu'un frappa à la porte d'entrée. *Bonté divine !* Les visites démarraient tôt ce matin-là, et elle n'avait pas encore parlé à la cuisinière. Dorothea se redressa avec impatience lorsque le majordome ouvrit la porte.

— Lady Isabelle Shaw souhaite vous voir, my lady.

Le cœur de Dorothea se mit à battre la chamade. Miles s'était-il confié à sa mère au sujet de sa demande en mariage, et de son refus ? Elle espérait qu'il n'en était rien. Elle n'aimerait pas que lady Isabelle pensât du mal d'elle pour avoir rejeté son fils, et ce serait sûrement le cas si elle était au courant.

Elle se leva lorsque l'autre femme passa la porte, se réjouissant pour une fois de l'absence de ponctualité de sa mère. Elle souhaitait que leur entrevue fût privée, sans pouvoir en préciser la raison.

— Voulez-vous vous asseoir, my lady ?

— Merci.

Lady Isabelle s'avança pour prendre place sur le fauteuil le plus proche de Dorothea. Ses cheveux noirs étaient parsemés de gris sur les tempes, mais elle avait l'air jeune, encore plus que la dernière fois qu'elles s'étaient vues. Elle avait dû se remettre de son voyage fatigant et des difficultés rencontrées chez elles.

Lady Isabelle l'observa avec un sourire bienveillant pendant un bref instant, puis croisa les mains sur ses genoux.

— Vous devez vous demander ce qui m'a poussée à vous rendre visite alors que nous nous connaissons si peu.

— Je dois avouer que cette idée m'a traversé l'esprit, répondit Dorothea avec un sourire qui s'acheva en rire nerveux. Mais je tiens à vous rassurer, votre visite n'a rien d'importun.

À ce moment précis, la façon dont lady Isabelle la considérait ressemblait tellement à celle de Miles que Dorothea déglutit difficilement. Son cœur allait devoir cesser de faire comme s'il lui manquait. Il était plus sage de rester en colère et de mettre un terme à toute possibilité de relation. Et pourtant, à défaut de voir *son* visage, son cœur se réjouissait de voir une personne si proche de lui et avec laquelle il partageait une telle ressemblance. Le cœur était un organe insensé.

— Eh bien, je suis quelqu'un qui va généralement droit au but, alors je suis venue m'excuser auprès de vous, annonça lady Isabelle.

Elle leva la main lorsque Dorothea ouvrit la bouche pour lui dire que cela n'était pas nécessaire.

— S'il vous plaît. Permettez-moi de le faire. Je me doute que le fait de parler aussi ouvertement de notre situation a dû vous déplaire. Voyez-vous, j'ai pris l'habitude de fréquenter des gens plutôt modestes, avec lesquels il semblerait que le fait d'avoir quelques problèmes rapproche les gens, tandis que le fait que j'aie grandi en tant que fille d'un pair londonien crée souvent un fossé. Depuis mon mariage avec M. Shaw, j'ai découvert au fil des ans que j'étais plus heureuse avec les autres femmes du village lorsque je parlais simplement et sans prétention, expliqua-t-elle avec un doux rire. Apparemment, j'ai perdu l'art de dissimuler si nécessaire à la société londonienne.

— Je vous remercie pour votre discours franc.

Dorothea lui adressa un sourire fugace, puis elle fronça les sourcils en réfléchissant aux paroles de lady Isabelle.

Il ne lui était pas venu à l'esprit qu'il serait aussi nécessaire d'adapter son comportement pour nouer des amitiés avec des femmes d'origine modeste qu'avec celles issues d'autres origines. Que lady Isabelle le fasse en disait long sur elle. En vérité, Dorothea préférait prendre pour modèle une femme comme elle plutôt que comme Maryann Stanley. Elle décida de répondre à l'honnêteté par l'honnêteté.

— Je dois bien avouer que cela m'a un peu choquée. Mais ce que vous avez dit est tout à fait logique, et je ne peux que vous respecter pour avoir parlé aussi ouvertement.

Lady Isabelle baissa la tête, l'air presque timide.

— Je vais vous demander de m'accorder un peu plus de

liberté. Miles m'a parlé de votre... amitié, et de l'estime qu'il vous porte.

Lorsque Dorothea rougit, lady Isabelle leva la main.

— Pardonnez-moi une nouvelle fois pour ma franchise. Je ne veux pas être indiscrète, je vous rassure. J'espère simplement que ce que j'ai dit n'a pas creusé de fossé entre vous et Miles. Je n'aimerais pas penser que je l'ai rendu malheureux, lui ou l'une de ses amies.

Dorothea était mal à l'aise, mais elle savait que les paroles de lady Isabelle étaient empreintes de gentillesse. Plus que tout, elle était frappée par le fait que, si Miles avait parlé de leur amitié à sa propre mère, au moins une partie de ce qu'il ressentait pour elle devait être vraie.

— Je vous rassure, vous n'avez rien à craindre, dit-elle doucement. Je suis sûre que M. Shaw et moi nous reverrons bientôt. Lorsque nous le ferons, je l'assurerai de mon amitié indéfectible.

— Je suis heureuse de l'entendre, répondit lady Isabelle.

Elle se détourna ensuite de Dorothea quand la porte du salon s'ouvrit.

Enfin, lady Poole, Camilla et Sophia entrèrent. Celle-ci jeta un regard surpris à sa sœur aînée. Elles n'avaient pas entendu arriver lady Poole. Mais Dorothea était ravie d'avoir eu cette conversation avec la mère de Miles. Elle avait apaisé quelque chose dans son cœur, une chose qu'elle ne s'était que vaguement autorisée à reconnaître jusqu'à présent.

Elle s'était montrée tout aussi ambitieuse que Miles. Seulement, son but avait été de trouver un homme titré. Ce qu'elle avait condamné chez lui, elle-même s'en était rendue coupable. Pourtant, il tenait suffisamment à elle pour en parler avec sa mère, et il avait dit qu'il l'estimait. Pour la première fois depuis des jours, au lieu de vouloir l'éviter, elle n'aurait pas été opposée à une rencontre fortuite.

Lady Isabelle resta pour prendre une tasse de thé, conversant avec aisance avec ses sœurs et faisant sortir sa mère de sa réserve comme Dorothea l'avait rarement vu. Lorsqu'elle partit, aucun coup ne fut frappé pour annoncer un autre visiteur, et dans le calme du salon, Sophia adressa un sourire radieux à sœur.

— Elle est très gentille. Comme son fils.

Dorothea acquiesça, toujours perdue dans ses pensées. Lady Poole posa deux scones sur son assiette et tendit la main vers la théière. Camilla se pencha pour la lui prendre et remplit sa tasse pendant que Sophia ajustait le coussin dans son dos. Leur mère se rassit et prit une bouchée de scone, et Dorothea ne put s'empêcher de la regarder, surprise. Depuis toujours, sa mère était fragile et mangeait à peine ce qu'il y avait dans son assiette, sans parler de se resservir.

— Lady Isabelle est vraiment gentille, dit-elle. Elle a beau avoir basculé dans la pauvreté à la suite de son mariage, elle n'en reste pas moins une lady à part entière. Je serais ravie de mieux la connaître.

Lady Poole sourit à Dorothea, qui se contenta de la regarder fixement. Sa mère avait fait trois phrases… elle avait fait une remarque sur quelqu'un d'autre ! Et elle n'avait pas l'air mécontente. Quel vent de changement avait soufflé sur leur salon ?

Il fallut attendre plusieurs jours pour que Dorothea revît Miles, après avoir assisté à des événements de la société, aussi bien l'après-midi que le soir. Elle savait qu'ils ne s'étaient pas croisés sans se voir, car partout où elle allait, elle se surprenait à chercher cette chevelure familière, même si elle se tançait après coup d'avoir été aussi stupide.

Lorsqu'elle l'aperçut enfin, Dorothea se promenait dans

Hyde Park en compagnie de Sophia et de Camilla. Miles était dans une calèche avec l'un de ses amis, arrivant de la direction opposée, lorsqu'il les aperçut.

Il leva la main, comme par instinct, puis l'abaissa. Dorothea s'arrêta et le regarda délibérément. Elle s'autorisa à sourire, bien qu'elle tremblât à l'idée de lui parler à nouveau. Ses émotions semblaient déborder d'elle sans que rien ne pût les contenir dès qu'elle était en sa présence.

Il s'immobilisa en la voyant sourire, puis il posa la main sur le bras de son ami et se pencha pour lui parler. Celui-ci ralentit la calèche et Miles en descendit aisément avant de s'approcher d'elles à grands pas.

Il les salua toutes les trois en s'inclinant, son regard sérieux s'attardant sur Dorothea.

— C'est une belle journée, n'est-ce pas, mesdames ? Le premier jour où l'on pourrait presque avoir trop chaud en restant au soleil.

— C'est une belle journée, acquiesça Dorothea.

Elle jeta un coup d'œil à ses sœurs et se retourna pour se remettre en route, baissant la tête, se demandant s'il la suivrait. Ce qu'il fit.

Lady Sophia glissa son bras dans celui de Camilla, et Dorothea marcha à côté de Miles, ajustant son pas au sien. Ils commencèrent par échanger des banalités, avançant d'un pas si tranquille qu'ils prirent rapidement du retard, hors de portée de voix de ses sœurs.

— Saviez-vous que votre mère était venue me rendre visite ?

— J'ignorais qu'elle avait l'intention de le faire, mais je l'ai appris à son retour, lui dit-il, la regardant avec un sourire de travers. C'est elle qui m'a donné le courage de vous aborder aujourd'hui après que vous m'avez dit que vous ne souhaitiez plus jamais me revoir.

Il avait prononcé ces derniers mots avec un brin d'humour et de dérision envers lui-même.

Dorothea s'autorisa à sourire.

— Je demande pardon d'avoir manqué de retenue dans mon discours. J'étais en colère.

— Vous aviez tout à fait le droit de l'être, et je suis sincèrement désolé d'avoir contribué à la provoquer.

Miles réduisit la distance entre eux et lui offrit son bras. Elle y glissa la main et ils marchèrent tranquillement pendant un moment. Dorothea se détendit, soulagée d'avoir fait la paix avec Miles.

Miles se pencha pour qu'elle seule l'entendît.

— Je dois avouer que, si je n'ai pas aimé être le destinataire de vos paroles, même si je les méritais amplement, j'ai été heureux de voir cette passion. La société a parfois tendance à nous dépouiller de nos émotions les plus profondes, et je ne voudrais pas que cela vous arrivât.

Son cœur se mit à battre la chamade lorsqu'elle décida de lui parler de ce qu'elle avait appris. C'était une chose tout à fait nouvelle que de mettre son âme à nu devant quelqu'un d'autre, mais elle en ressentait fortement le désir, une sorte d'envie terrifiante et douce.

— Je me suis rendu compte que je vous ai accusé d'être intéressé, mais que je le suis tout autant. Vous êtes à la recherche d'une dot, et je suis à la recherche d'un titre. En réalité, c'est la même chose, et c'était injuste de ma part de vous accuser.

Il tourna la tête vers Dorothea et ses yeux vifs semblèrent voir en elle.

— C'est une chose qui m'a toujours intrigué. Vous avez un titre. Vous êtes la fille d'un comte, et rien ne changera cela. Pourquoi tenez-vous à ce point à trouver un gentleman qui en possède un aussi ?

— Parce que...

Dorothea peinait à formuler son raisonnement. Elle l'avait toujours pensé, elle l'avait toujours su, mais elle n'avait jamais eu à l'exprimer. Elle détourna le regard pour mieux réfléchir.

— Parce que je suis la sœur aînée, et que si je ne fais pas un bon mariage, je crains que mes sœurs ne soient perdues. Il est de ma responsabilité d'ouvrir la voie.

— Mais, comment ? Perdues de quelle manière ?

Il était réellement confus, alors elle tâcha de lui expliquer plus clairement.

— Ne voyez-vous pas ? Ma mère ne peut pas nous aider à trouver notre place dans la société. Elle est bien trop facilement intimidée pour le faire, ce qui signifie que nous devons prendre soin d'elle. *Je* dois m'occuper d'elle.

Elle regarda droit devant elle, puis baissa la voix, jusqu'à presque murmurer. Elle avait honte de ce qu'elle révélait au sujet de sa famille.

— Sophia est gentille, mais elle est aussi une douce rêveuse, il faut le reconnaître. Sans mon aide, elle a peu de chances de trouver un mari qui lui convienne, car elle finira par accepter d'épouser par pitié le premier venu ou par se refuser à tous par peur.

Camilla, je suis au regret de le dire, a un physique banal et une personnalité de bonne à tout faire. Je crains fort qu'elle ne soit destinée à devenir vieille fille. Joanna est jolie et pleine de vivacité, mais elle pourrait tout aussi bien porter des pantalons, car elle est déterminée à rejeter tout ce qui a trait au fait de devenir une lady. Quel gentleman accepterait de l'épouser dans ces conditions ?

Elle s'interrompit. Elle lui jeta un regard pour voir s'il avait compris, mais son expression était impénétrable. Puis elle poursuivit.

— Tilly est le portrait craché de ma mère, ce qui n'augure rien de bon pour son futur mari, car elle ne lèvera pas le petit doigt pour s'occuper de la maisonnée. C'est à lui qu'il reviendra de le faire, ou à leur fille aînée.

Quant à Everard ! Evo ne pense qu'à ses farces et à ses bêtises. Il finira par récupérer la totalité de la fortune familiale dès qu'il aura atteint sa majorité. J'essaie de les mettre tous sur la bonne voie, mais je crains d'avoir échoué.

Miles la fit s'arrêter et la regarda fixement, leurs visages à quelques centimètres l'un de l'autre. Il parla à voix très basse, et la tutoya à nouveau, emporté par l'émotion.

— Dorry, est-ce que tu t'entends ? Tu t'entends ?

Elle se figea. C'était la première fois qu'elle entendait un reproche dans la voix de Miles.

Il secoua la tête.

— Il y a tellement de failles dans ton raisonnement que je ne sais pas par où commencer.

— Que veux-tu dire ? s'enquit-elle, le tutoyant à son tour.

Elle se détestait de se montrer si vulnérable, si obtuse. Mais elle devait savoir ce qu'il voyait et qu'elle ignorait.

— Ce que je veux dire, c'est que tu te montres injuste dans ta manière de juger ta famille. Ils ne se résument pas à ce que tu vois, comme si ta perception ne leur laissait aucun espoir en dehors de ton jugement. Les gens sont complexes. Quant à toi... dit-il, secouant la tête en la regardant droit dans les yeux, tu prends trop sur toi. Cela ne se réduit pas à ce qui est bon pour toi *ou* pour eux. As-tu demandé à ta mère pourquoi elle a besoin de tant de soins ? As-tu confié des responsabilités à Sophia pour qu'elle se sente utile ? As-tu cherché les bons côtés de Camilla aussi minutieusement que tu as scruté ses défauts ?

Elle ne pouvait pas répondre ni détacher son regard de celui de Miles. Comme elle restait muette, il reprit d'une voix plus douce.

— Je ne vais pas continuer. Je crois que je me suis suffisamment expliqué.

Dorothea se sentait mal. Elle était dévastée par son sermon. Mais il soupira, se tourna pour se remettre en marche, et posa sa main sur celle de la jeune femme. Ce geste lui procura du réconfort… et le pardon, non pas pour ce qu'elle lui avait fait, mais pour les défauts qu'il avait réussi à mettre en évidence chez elle.

— Ta famille n'a besoin que d'*une* chose : que tu les aimes sans condition. Ils sauront prendre leur vie en main, et bien mieux que tu ne le pourras jamais, aussi talentueuse sois-tu.

Dorothea cligna rapidement des yeux, et lorsque, dans un effort pour la mettre de nouveau à l'aise, elle en était sûre, Miles se tourna pour lui montrer un phaéton haut perché, conduit beaucoup trop vite par un petit homme, et qui risquait de se renverser, elle eut du mal à lui répondre. À son grand soulagement, Sophia et Camilla se rendirent compte qu'elles étaient allées trop loin, et elles se tournèrent pour la retrouver.

— Avez-vous vu ce phaéton haut perché ? demanda Camilla. Je n'ai pas l'impression que les chevaux soient conscients que quelqu'un tient les rênes.

CHAPITRE 19

Miles repensait fréquemment à leur conversation dans le parc. Dorothea avait manqué d'entrain après qu'il l'avait prise à partie. Elle nourrissait de lourds préjugés, y compris à l'égard des membres de sa propre famille. Cela aurait dû le dissuader de l'aimer et le pousser à garder ses distances après l'avoir entendue, mais cela avait produit l'effet inverse. Elle avait involontairement révélé une grande partie d'elle-même dans cette confession : des craintes sur sa propre valeur et sur la capacité de sa famille à se faire accepter. C'était un domaine dans lequel il était en position de force. Il ne doutait jamais de sa propre valeur ni de celle de sa famille, et il mourait d'envie de l'aider à acquérir cette confiance.

Elle l'avait laissé la corriger. Plus encore, elle avait voulu qu'il comprît, et avait accepté ses reproches sans soulever la moindre objection. Une femme dénuée de profondeur n'aurait pas pu faire une telle chose. En la voyant se tourner vers lui pour être comprise, il était tombé encore plus profondément amoureux.

Mais alors que son affection pour elle ne cessait de croître, la réalité de sa situation était devenue un fardeau implacable. C'était devenu une responsabilité qu'il ne pouvait plus ignorer. Il était temps pour lui d'avancer dans ses projets de vie et de trouver une solution à ses difficultés.

Il ne pouvait pas épouser une autre femme alors que son cœur appartenait à Dorothea. Pourtant, Albert n'avait cessé de faire allusion aux difficultés d'accueillir sa belle-mère tout en essayant de remporter un siège aux élections. Il s'était contenté d'exprimer son inquiétude face à une situation qui lui déplaisait, mais Miles comprenait. Lady Isabelle n'était pas *sa* mère, et c'était à Miles de trouver un moyen de s'occuper d'elle.

Après avoir envisagé toutes les possibilités, il en était arrivé à la désagréable décision que son seul recours était de vendre la maison de ses ancêtres. C'était la dernière chose qu'il désirait faire, car il lui semblait qu'un gentleman sans terre n'était pas vraiment un gentleman, mais en l'absence de toute autre solution, c'était inévitable. Le domaine ne se vendrait pas à un prix très élevé en raison de l'état de la maison elle-même. Cependant, les terres valaient quelque chose, et la structure de la bâtisse en elle-même était solide. Un marchand désireux de jouer les propriétaires terriens se porterait sans doute acquéreur, mais pourquoi pas ? D'ici une ou deux générations, les fils de cet homme seraient considérés comme des gentlemen. La vie était ainsi faite.

Dès qu'il eut pris cette décision, aussi difficile fût-elle, Miles se sentit plus léger. Mieux valait agir que rester dans l'incertitude à se tordre les mains. Il s'empressa d'envoyer une lettre à son homme d'affaires dans le Lancashire, qui lui recommanda par retour de courrier de rencontrer son collègue londonien pour réduire les délais.

L'avocat estimait que la somme qui resterait après la vente du domaine suffirait à acquérir une maison vraiment douillette, environ quatre fois plus petite que celle qu'il possédait aujourd'hui, mais qui ne nécessiterait pas de réparations majeures. Ils trouveraient sans doute une demeure agréable dans le Lancashire, où sa mère serait entourée d'amis et de tout ce qui lui était familier. Elle lui avait avoué qu'elle ne se sentait plus à sa place dans la bonne société londonienne.

Et peut-être pourrait-il envisager de se servir du reste de la somme pour un projet commercial. Il rit intérieurement. *Le riche marchand devient un gentleman, et lui, le petit-fils d'un comte, devient un marchand.* Mais cela avait-il vraiment de l'importance par rapport au fait d'être solvable ? Non. Et même s'il lui était douloureux de dire adieu à une terre qui appartenait à la famille de son père depuis plusieurs générations, ce n'était pas la chose la plus importante dans la vie.

Rock lui avait demandé de le rejoindre chez White, et Miles l'attendait, assis à l'une des tables près du mur. Il se leva lorsque son cousin entra, et ils se serrèrent la main.

— As-tu réussi à survivre à la lecture du testament ? s'enquit Miles.

— C'était tolérable, répondit Rock qui s'assit et fit signe à l'une des serveuses de lui apporter un verre. C'était aussi agréable qu'une nuit chez Almack, coincé par une horde de mamans ambitieuses, mais il fallait le faire. J'ai maintenant la tâche peu enviable d'examiner un ensemble de documents datant d'au moins deux cents ans et d'en apprendre davantage sur les fonds qui m'appartiennent. De son vivant, notre grand-père n'a jamais été très généreux en matière d'informations sur sa propriété.

Rock s'adossa à son siège et laissa la serveuse remplir son verre.

— Je veux veiller à ce que les legs soient transmis correctement. Il n'y en a pas beaucoup. Même si je l'aimais, lord Pembroke était un pingre.

— Je suppose qu'il faut en passer par là, remarqua Miles.

Il prit son verre, en but une gorgée, puis le reposa et croisa les bras.

— J'ai décidé de vendre mon domaine.

En réaction à cette nouvelle, Rock se contenta de hausser les sourcils.

— Ainsi, il ne sera pas question pour toi de faire un mariage avantageux afin de sauver ton domaine ?

Miles secoua la tête.

— Mon cœur n'y est pas. Je suppose que je suis comme toi. Je ne suis pas prêt pour le mariage, constata-t-il, avec un rire amer.

Il espérait avoir réussi à détourner la conversation de ce qui était un sujet délicat, mais en cela, il se trompait. Rock se pencha et murmura, pour éviter que les autres tables n'entendent.

— Lady Dorothea ?

Miles jeta également un coup d'œil autour de lui par excès de prudence, mais personne n'était assez proche pour entendre ce qu'il disait.

— Je ne peux pas lui faire ma demande, même si je ne désire rien de mieux. Cela reviendrait à l'éloigner de cette vie qu'elle souhaite mener et, pour être honnête, de la vie qu'elle mérite en tant que fille d'un comte.

— Es-tu sûr que c'est réellement ce qu'elle veut ? Peut-être l'empêches-tu d'avoir la vie qu'elle désire en ne la demandant *pas* en mariage, protesta Rock d'un ton sérieux.

— C'est aussi ce que j'avais espéré. Je me refusais à croire que sa situation était similaire à celle de ma mère, mais celle-ci me l'a gentiment rappelé, dit-il avec une grimace. Son cœur appartenait tout entier à mon père, mais même avec leur affection, elle n'a pas eu une vie facile. Elle m'assure qu'elle n'éprouve aucun regret, mais je suis convaincu que je ne devrais pas tenter une telle chose avec Dorothea.

— Je suis désolé, dit Rock.

— Merci, répondit Miles avant d'avaler une grande gorgée. Il me reste encore quinze jours à passer à Londres, en attendant que mon banquier essaie de trouver un acheteur. Ensuite, je devrai me mettre en quête d'un logement convenable pour ma mère et moi. En attendant, je suppose que nous devrions trouver un moyen de nous divertir.

— Voilà un sujet sur lequel je peux t'aider, déclara Rock en levant son verre.

LORD HASTINGS AVAIT ENVOYÉ un message annonçant qu'il était de retour à Londres, et qu'il était impatient de voir Dorothea. Elle ne pouvait pas dire qu'elle ressentait la même chose. En fait, elle n'avait pratiquement pas pensé à lui depuis qu'il était parti, ce qui lui apportait sa réponse, si tant était qu'elle en eût besoin.

Sa conception de ce qu'impliquait un mariage avantageux avait évolué. Non, elle ne pouvait pas épouser lord Hastings, en dépit de son titre exemplaire et de son patrimoine. Et même si le fait que ses terres fussent situées dans les landes du Northumberland avait constitué un obstacle pour elle au départ, elle savait que même si son domaine avait été plus proche de Londres, elle devrait quand même décliner sa proposition. Même s'il avait été plus jeune, elle devrait refuser. Sa présence n'avait tout simplement aucun effet sur son cœur.

À deux heures et demie précises cet après-midi-là, il frappa à la porte d'entrée. Dorothea adressa un signe de tête à Sophia, qui s'éclipsa du salon en prévision de cette entrevue. Elle avait été prévenue de ce qui allait se passer et accordait à Dorothea l'intimité dont elle avait besoin. Lord Hastings fit son entrée dans la pièce et la jeune femme se leva pour l'accueillir, espérant qu'il en viendrait rapidement au fait, afin de pouvoir rapidement oublier cette entrevue inconfortable.

— Lady Dorothea, quel plaisir de vous revoir !

L'expression de lord Hastings traduisait un réel plaisir et elle fut saisie d'une minuscule pointe de culpabilité. De culpabilité, mais pas de doute.

— Bienvenue, my lord, le salua-t-elle, puis elle fit la révérence et montra les fauteuils derrière elle. Voulez-vous vous asseoir ?

— Avec plaisir.

Il prit place et se tourna vers elle dans un silence qu'elle jugea un peu inquiétant. Il ne s'attendait tout de même pas à ce qu'elle abordât le sujet, n'est-ce pas ?

Elle lui adressa un sourire crispé, les lèvres pincées, et il finit par ouvrir la bouche.

— Eh bien, eh bien. Je suppose que vous pouvez difficilement entamer cette conversation que nous devons avoir, n'est-ce pas ? Mais, comme vous l'avez certainement deviné, je suis venu en espérant entendre votre réponse à ma demande en mariage. Voudriez-vous faire de moi le plus heureux des hommes et accepter ma proposition ?

Le plus heureux des hommes ? D'où venait cette soudaine passion ? Elle se demanda si Miles se considérerait comme le plus heureux des hommes si elle acceptait sa demande en mariage. C'était possible, se dit Dorothea, mais il serait plus enclin à le lui montrer qu'à le lui dire. L'image de Miles qui la tenait dans ses bras et lui embrassait la tempe emplit son esprit. Elle la poussa à prononcer ses mots d'une manière peut-être moins bien maîtrisée qu'elle ne l'aurait fait en temps normal.

— Je vous remercie de m'avoir fait l'honneur de me faire cette demande et d'avoir bien voulu m'accorder le temps nécessaire pour y réfléchir, commença-t-elle, avant de faire une pause pour reprendre son souffle. Je crains de devoir refuser votre offre très flatteuse.

Lord Hastings croisa son regard et la surprise initiale se mua rapidement en désarroi face à son refus.

— Je croyais sincèrement que vous alliez accepter. Puis-je vous demander la raison de votre refus ?

Dorothea n'avait pas envisagé de devoir se justifier et pensait qu'il n'était pas juste qu'il le lui demandât.

— Je… Je ne voulais pas vous donner de faux encouragements. Seulement, j'ignorais mes sentiments plus tôt et j'ai eu besoin de temps pour approfondir la question. Je suis parvenue à la conclusion que nous ne serions pas compatibles.

En dépit de l'air dépité de lord Hastings, Dorothea ressentit un énorme soulagement dès que les mots furent prononcés. Miles ne renouvellerait peut-être pas sa demande, mais au moins, elle était certaine de ce qu'elle ressentait pour lord Hastings. Il n'était pas fait pour elle. Son absence totale de sentiments profonds ne l'autorisait pas à y réfléchir davantage.

Lord Hastings se pencha en avant, posant les coudes sur ses genoux, et il rapprocha ses doigts.

— Je ne vous cacherai pas ma déception. Êtes-vous certaine que votre réponse soit définitive ?

— Oui. Encore une fois, je suis navrée de ne pas pouvoir vous donner une réponse favorable.

Dorothea se leva, sachant qu'il serait alors obligé de mettre fin à cette entrevue. Il se leva à son tour, et hésita avant de s'incliner.

— Eh bien, je ne vous retiendrai pas, my lady. Permettez-moi de vous souhaiter un agréable après-midi.

Quelques minutes après que la porte se fut fermée derrière lord Hastings, la mère de Dorothea entra dans la pièce. Elle était encore troublée par cette entrevue, car il n'était jamais agréable de décevoir quelqu'un. Mais ce fut avec le cœur bien plus léger qu'elle accueillit sa mère.

— Lord Hastings avait demandé une entrevue, et il vient de partir.

Lady Poole prit place en face d'elle et la regarda dans les yeux. Il n'était pas courant que sa mère adoptât une position invitant à la confidence, et cela surprit Dorothea.

— Alors, dois-je te féliciter pour tes fiançailles à venir ?

— Non, car j'ai refusé sa demande.

Elle scruta le visage de sa mère pour voir comment elle réagirait à la nouvelle. Serait-elle déçue par Dorothea ? S'en souciait-elle ? Sa mère était si difficile à déchiffrer.

— Je me suis rendu compte que nous n'étions pas assortis.

Lady Poole inclina ses boucles blondes et argentées sur le côté. Son visage semblait plus charnu qu'auparavant, et Dorothea se demanda quand le changement avait eu lieu. D'une certaine manière, elle avait l'air plus jeune en étudiant sa fille.

— Je dois avouer que je suis heureuse de l'entendre, car je voyais bien que nous n'alliez pas ensemble.

Dorothea n'était pas habituée à une telle franchise de la part de sa mère, alors elle dut demander :

— Pour quelle raison ?

— J'ai bien vu qu'il n'avait pas touché ton cœur, et je ne voudrais pas te voir dans un mariage dénué de sentiments.

Ce discours honnête était si surprenant que Dorothea posa la question qui la préoccupait depuis toujours et qui avait un rapport avec le sujet en question.

— Mon père et toi avez-vous fait un mariage d'amour ?

Sa question paraissait plaintive et, dès qu'elle l'eut formulée, elle fut horrifiée par son impudence et par ce qu'elle révélait d'elle. Alors qu'elle s'était toujours targuée d'agir de manière rationnelle plutôt que de céder aux sentiments, elle était tout aussi émotive que n'importe qui d'autre.

Sa mère esquissa un sourire, mais il était peiné.

— J'avais développé une grande tendresse pour ton père, qui ne l'aurait pas fait ? Il était extrêmement aimable, m'accordait la plus grande attention et, comme tu le sais, il était d'un rang supérieur au mien. C'était un véritable coup de maître qu'il me choisisse parmi toutes les autres jeunes femmes, et je m'estimais chanceuse. Je me croyais très amoureuse.

Dorothea examina le visage de sa mère, pour comprendre.

— Tes paroles m'amènent à penser que cette impression n'a pas duré.

Sa mère croisa les doigts sur ses genoux et soupira.

— Non, cela n'a pas duré. Je n'ai jamais su ce que ton père avait vu en moi pour l'inciter à me demander en mariage, car il y avait beaucoup d'autres filles dont le physique était aussi séduisant que le mien et dont le rang était supérieur. Mais il m'a fait sa demande.

— Que s'est-il passé ? s'enquit Dorothea, à bout de souffle.

Elle ne se rappelait pas avoir déjà eu une telle conversation avec sa mère, aussi ouverte, bien que Sophia eût souvent parlé de toutes sortes de choses avec elle. Ce qui lui faisait penser que, si elles n'étaient pas proches, c'était peut-être Dorothea qui était en tort.

— Ton père a perdu tout intérêt pour moi dès notre retour de lune de miel. Il a accompli son devoir d'époux, mais sans jamais cesser de me rappeler la disparité de nos liens.

Dorothea se souvenait de nombreuses conversations où son père lui avait dit la même chose, l'exhortant à faire un choix judicieux lorsqu'il s'agirait de choisir un mari. Bien sûr, il avait prévu d'être là pour approuver celui qui finirait par gagner sa main.

— Comme tu peux l'imaginer, j'en ai été terriblement affectée, et mon unique réconfort m'est venu de cette grande famille que nous avions construite ensemble, expliqua-t-elle, puis elle détourna le regard vers l'autre bout de la pièce, comme si elle ne pouvait pas supporter de poser les yeux sur Dorothea. Ton père n'était pas précisément un homme fidèle, et dans ma jeunesse, j'avais au moins espéré pouvoir compter sur la fidélité dans mon mariage. Sans doute n'étais-je pas précisément au goût du jour à cet égard, car on apprend aux femmes de la bonne société à détourner le regard lorsque celui de leur mari commence à s'égarer.

— Je ne l'aurais pas non plus accepté aussi facilement.

Dorothea ressentit l'étrange envie d'étreindre sa mère, mais elle ne pouvait pas le faire. D'aussi loin que remontaient ses souvenirs, elles n'avaient jamais entretenu ce genre de relation. Son père n'avait pas arrangé les choses en affirmant, par exemple, qu'il était plus approprié que la gouvernante l'élève, puisque Mlle Cross était plus à même que sa mère d'enseigner les arts les plus nobles d'une lady.

— Je sais que tu as toujours été pressée de te marier, remarqua sa mère. Mais je t'exhorte à ne pas prendre de décision trop hâtive. Il n'y a rien de honteux à vivre une deuxième, voire une troisième saison. Prends ton temps pour choisir, ma chérie. Trouve un gentleman qui te rendra extrêmement heureuse.

Dorothea baissa les yeux, cillant pour chasser un sentimentalisme envahissant.

— Je vais prendre tout cela en considération.

Elle inspira et serra les mains. Elle mourait d'envie de demander à sa mère si la distance entre elles était de son fait. Était-ce sa faute ? Elle ouvrit la bouche pour poser la question, mais sa mère se leva.

— Nous n'avons pas encore pris le thé cet après-midi. Je vais sonner pour qu'on nous en apporte. Lady Poole se dirigea vers la cloche et attendit près de la porte l'arrivée de Mme Platt.

L'instant était passé.

CHAPITRE 20

Sophia avait exprimé le souhait de passer une journée tranquille à la maison et brodait gaiement tandis que Dorothea tenait devant elle un livre qu'elle ne lisait pas. Camilla avait décidé de rester dans la nursery avec Joanna et Tilly parce qu'elles fabriquaient des fleurs en *papier mâché* à coller sur un cadre et qu'elle espérait devenir plus habile dans cet art. Evo était Dieu savait où, et leur mère se reposait dans sa chambre.

Dorothea brûlait d'envie d'être dehors, là où elle pourrait se distraire de ses pensées. Tout ce à quoi elle avait pu penser, outre le souvenir doux-amer qui lui revenait sans crier gare d'avoir été étreinte par Miles, c'était la façon dont il l'avait corrigée. Cela, et la question de savoir si elle avait toujours eu tort au sujet de sa famille.

La révélation de sa mère l'avait fait réfléchir. Elle n'avait pas dû connaître beaucoup de moments heureux au cours de son mariage. Il n'était donc pas surprenant qu'elle présentât au monde, et même à ses enfants, l'apparence d'une femme broyée par la vie. Dorothea commençait à la regarder avec plus de compréhension et de compassion qu'auparavant.

Elle observait également Camilla d'un œil nouveau, et ce qu'elle constatait l'émerveillait. Sa sœur, comme elle en venait à le croire, n'était ni terne ni bornée. Bien au contraire ! Lorsqu'elle prenait la peine de parler, c'était pour dire quelque chose de perspicace ou d'humoristique, et très souvent les deux à la fois. Il suffisait de l'écouter.

Et, bien sûr, Sophia n'avait peut-être pas la volonté ou le courage de Dorothea, mais elle était loin d'avoir la tête vide. Simplement, ses points forts se situaient dans d'autres domaines. Dans sa gentillesse et l'attention qu'elle portait aux besoins des autres. Et elle avait su avant Dorothea à quel point il était préférable de faire un mariage d'amour. Comment avait-elle acquis une telle perspicacité ?

Miles avait fait basculer les priorités de Dorothea et remis en question sa façon de voir le monde. Puis, sans la moindre hésitation, il l'avait traitée de la même façon qu'avant, avec une affection intacte en dépit de ses défauts. Cela lui donnait envie de lui faire confiance quant aux secrets de son cœur. Il lui arrachait délicatement des confidences et les lui redonnait avec le lustre supplémentaire de la compréhension. Il lui devenait indispensable, et elle se demanda avec émerveillement si ce n'était pas là ce que l'on appelait l'amour.

Elle ne tarda pas à avoir sa réponse. Il était fort probable qu'elle l'aimât en retour. Pourtant, bien qu'il lui eût dit qu'il l'aimait, il n'était pas revenu, et il n'avait pas renouvelé sa demande en mariage. Elle se doutait bien que c'était parce qu'il n'osait pas. S'ils avaient fait la paix sur sa tromperie initiale quant à sa quête d'une épouse, ils n'étaient jamais revenus à des conversations plus affectueuses, qui auraient pu lui permettre de l'informer qu'elle n'était peut-être pas aussi opposée à l'idée de l'épouser qu'elle ne l'avait laissé le croire.

La situation de Miles n'avait pas changé. Certes, il était l'héritier présomptif d'un comté si quelque chose arrivait à lord Pembroke. Cependant, non seulement elle ne souhaitait pas qu'il arrivât quoi que ce fût à l'actuel comte, mais elle constatait que le fait qu'il fût lié de plus près à la noblesse ne faisait aucune différence à ses yeux. Ses difficultés financières n'avaient pas évolué, et elle commençait à penser qu'il ne serait peut-être pas si affreux de lui permettre de se servir de sa dot pour renverser le cours des choses, si celle-ci était suffisante. Dans le cas contraire, ne pourraient-ils pas se rapprocher d'une manière ou d'une autre ? Deux personnes capables de se parler ouvertement, de donner et de recevoir le pardon nécessaire à des êtres humains imparfaits. Deux personnes qui s'aimaient.

Parce qu'alors elle serait mariée avec lui. Elle pourrait ajouter la mère et la sœur de Miles à sa propre famille. Elle pourrait danser avec lui aussi souvent qu'elle le désirait, et rire avec lui. Elle pourrait apprendre de lui, et lui apprendre des choses en retour. Ils seraient amis.

Peut-être devrais-tu prendre les choses en main. Cette pensée tourna en boucle dans son esprit jusqu'à ce qu'elle l'envahît et qu'il lui fût difficile de l'ignorer. Bien sûr, elle ne pouvait pas lui avouer ce qu'elle ressentait pour lui… Les femmes ne faisaient pas ce genre de choses. C'était à l'homme de déclarer ses sentiments.

Mais il a dit qu'il t'aimait, et tu l'as rejeté.

La porte du salon s'ouvrit et Turton entra.

— M. Shaw est ici pour vous voir, my lady.

Le livre de Dorothea glissa de ses genoux et atterrit sur le sol avec un bruit sourd. Elle n'avait entendu personne à la porte. Elle lança un regard à Sophia, qui, apparemment, n'avait rien entendu non plus. Peut-être le majordome avait-il perçu un mouvement à l'extérieur et ouvert avant que Miles pût frapper. Toutes deux se levèrent.

— Bonjour, dit Miles en s'inclinant.

Il apportait l'odeur du printemps avec lui.

— Monsieur Shaw, si cela ne vous fait rien, je vais vous laisser discuter, annonça Sophia après l'avoir salué d'une révérence. J'ai une missive à rédiger.

Elle avait glissé sa broderie sous un coussin, et se rendit au bureau à l'autre bout du salon, où elle s'assit.

La gentillesse de ce geste se refléta dans les yeux de Miles, même si son regard avait quelque chose de troublant qui inquiéta Dorothea. Il s'assit à son invitation.

Elle se prépara à parler, le cœur battant à tout rompre à cause de ce qu'elle venait d'imaginer pouvoir lui dire, mais le moment venu, son courage l'abandonna. Le silence s'étira jusqu'à ce que Miles le brisât en s'éclaircissant la gorge.

— Je suis venu te dire que j'ai pris une décision à propos de mon domaine dans le Lancashire, commença-t-il avant de s'interrompre, les poings serrés, et il la regarda droit dans les yeux. J'ai résolu de le vendre, et de trouver une autre résidence pour ma mère. Il est très probable que je déménage là-bas pour l'aider à s'installer, et je devrai ensuite commencer à réfléchir à la suite.

Miles ne la quittait pas du regard, les yeux emplis d'émotion.

— Je ne pouvais pas quitter Londres sans te dire adieu.

Des petites taches se formèrent dans le champ de vision de Dorothea. Il s'en allait.

— Donc, tu déménages ? Ne vas-tu pas te marier comme tu le pensais ?

La sensation de vertige qui l'envahit s'amplifia lorsqu'elle comprit ce qu'elle venait de lui demander. Il la regarda résolument et, jetant un coup d'œil rapide à l'autre côté de la pièce où Sophia était assise, il se pencha pour murmurer :

— J'ai compris que je ne pouvais pas me marier si mon cœur n'était pas au rendez-vous. Et comme mon cœur a été conquis par une femme qu'il m'est impossible d'épouser, je crains qu'il me faille du temps pour envisager à nouveau de franchir un tel pas.

Il haussa un sourcil de manière significative, comme s'il souhaitait lui dire qui avait conquis son cœur.

— Oh, dit-elle doucement.

Elle se débattait avec la mélancolie qui menaçait de la noyer après son annonce. Peut-être *devrait-elle* dire quelque chose. Peut-être le ferait-elle.

À cette idée, son cœur s'emballa de nouveau, mais elle devait essayer. Elle ne pouvait pas le laisser partir dans lui dire qu'elle avait changé d'avis.

— Et tu n'envisagerais pas de te marier par amour ? s'enquit-elle d'une voix à peine audible.

Mais Miles avait les yeux rivés sur sa bouche, et elle savait qu'il entendait ce qu'elle disait.

Elle poursuivit, presque essoufflée :

— Par exemple, si une certaine femme savait que tu éprouvais des sentiments, mais que tu n'avais pas les moyens de lui offrir le style de vie auquel elle était habituée, et, dit-elle avant de se lécher les lèvres, si tu savais que cette femme n'était pas opposée à cette union en dépit de la disparité de vos situations, ne changerais-tu pas d'avis ?

Les joues de Dorothea étaient brûlantes. Elle tremblait devant l'audace de ses propres paroles. Jamais auparavant elle n'avait à ce point dépassé les limites de la bienséance. Pour l'amour du ciel ! Elle était pratiquement en train de lui demander sa main !

Miles semblait extrêmement peiné. Sa bouche se figea en une moue renfrognée, et il tendit la main vers elle jusqu'à ce qu'elle se posât sur celle de Dorothea. Il secoua la tête.

— Pour autant qu'une telle chose me tentât presque au-delà de ma capacité de résistance, je ne pourrais pas faire cela à cette femme. Il serait très injuste de lui demander de quitter la vie à laquelle elle s'est habituée et de la forcer à vivre dans la pauvreté. Ma mère me l'a rappelé avec force.

— Ah... fut tout ce qu'elle parvint à articuler.

Elle aurait voulu lui dire que cela n'aurait aucune importance, mais elle en avait déjà trop dit.

Son humiliation était maintenant complète. Elle avait demandé un gentleman en mariage, et il l'avait rejetée. Il n'y avait rien de plus à dire. Elle était incapable de lui répondre ou même de le regarder, et même si elle voulait supporter seule son humiliation, son cœur se serrait à la pensée qu'elle ne le reverrait probablement plus jamais. Après un long moment, pendant lequel elle garda les yeux baissés, il retira sa main.

— Je dois te quitter maintenant. Même si nos vies doivent prendre des chemins différents, je crois que je porterai toujours une partie de toi dans mon cœur, Dorry, murmura-t-il.

Elle hocha la tête, muette. Il n'y avait tout simplement plus rien à dire. Elle crut l'entendre lui dire adieu, mais elle ne leva pas la tête pour le regarder partir.

Lorsque la porte se referma derrière lui, Sophia se leva du bureau et s'approcha de sa sœur.

— Est-ce que tout va bien ?

Dorothea leva des yeux embués de larmes. Elle se mordit la lèvre et secoua la tête.

— Je crois que rien n'ira plus jamais bien.

Sophia s'assit aussitôt et l'entoura de ses bras, comme si c'était elle l'aînée, comme s'il était naturel qu'elle portât ses fardeaux. Dorothea enfouit son visage dans ses mains et sanglota au creux des bras de sa sœur. Elle la berça, lui murmurant des paroles rassurantes qui, d'une manière ou d'une autre, pénétrèrent à travers le chagrin, bien qu'elles fussent vides de sens.

— *Chut, chut.* Tout ira bien. Tout ira bien.

CHAPITRE 21

Avant la fin de la semaine, Miles accepta une offre pour son domaine qui dépassait ses espérances. Et, bien qu'il se sentît soulagé de pouvoir aller de l'avant dans ses projets, c'était comme s'il disait à nouveau adieu à son père. Son père qui avait aimé cette terre.

Rock avait tout mis en œuvre pour que leur quinzaine ensemble se passât dans la bonne humeur, insistant pour que Miles quittât le morne hôtel où il se précipitait chaque soir et s'installât dans sa maison londonienne de Mayfair. Mais son cousin avait refusé, arguant qu'avoir son propre logement, que ce fût une maison à Mayfair ou une chambre louée dans un quartier modeste de la ville, constituait le dernier rempart de sa dignité.

Rock l'avait traîné aux courses, dans tous les clubs de Londres dont ils étaient membres, dans les maisons de jeu respectables… et celles qui l'étaient moins. Ils avaient même participé à la course à cheval de trente-deux kilomètres requise pour devenir membre du Four-Horse Club, bien que Miles ne fût pas en mesure de s'acquitter des frais d'inscription. C'était uniquement pour voir s'ils étaient capables de finir dans le temps imparti.

Il était sensible aux efforts de son cousin, car cela lui évitait de ressasser sa dernière conversation avec Dorothea de façon larmoyante comme il avait pris l'habitude de le faire. Elle lui avait confié son cœur. Lui avait montré qui elle était vraiment. Elle l'avait tenté en se montrant vulnérable avec cette proposition, qui l'avait poussé à jurer de ne plus la revoir de peur de la prendre au mot.

La veille de son départ de Londres, il reçut une note de Rock lui demandant de venir le voir sans délai.

— J'ai reçu ta convocation, annonça Miles en entrant sans être annoncé dans le bureau de son cousin.

Il ôta ses gants et les jeta sur la table, puis retira son chapeau et se frotta la tête. Il faisait exceptionnellement chaud dehors.

— Donc, maintenant que tu es comte, tu as pris l'habitude d'aboyer des ordres en t'attendant à ce qu'on t'obéisse ? demanda-t-il en souriant.

— Seulement quand le sujet est d'une importance telle qu'il ne peut attendre, répliqua Rock. Veux-tu un verre ?

— Ce n'est pas de refus.

Miles accepta le verre qu'il lui servit, but, puis le posa sur la table à côté de lui. Rock le rejoignit et s'assit, une jambe croisée sur l'autre. Son genou bondissait de haut en bas, signe d'un enthousiasme si éloigné de la froideur habituelle de son cousin que Miles fronça les sourcils, surpris.

— Je suppose que tu ne sais pas pourquoi je t'ai fait venir ?

— Compte tenu du fait que tu es sur le point de bondir de ton siège, je ne peux que deviner que tu as enfin décidé de te marier, répondit Miles avant de boire une autre gorgée.

— Tu te trompes. Contrairement à toi, je n'ai pas trouvé la femme qu'il me faut.

Ce rappel lui parut désobligeant et Miles fronça à nouveau les sourcils, affichant cette fois son mécontentement.

— Contrairement à moi ? Il me semble avoir été très clair sur le fait que je n'épouserai pas Dorothea. Nos situations sont trop éloignées l'une de l'autre.

— Eh bien, c'est justement de cela que je voulais te parler, annonça Rock, dont le genou s'agitait toujours. Ta situation n'est pas aussi sombre que tu le penses.

Miles se figea et observa son cousin avec attention, sentant poindre une lueur d'espoir déraisonnable. Il l'étouffa aussitôt. Son chemin était déjà tout tracé.

— De quoi parles-tu ? J'ai reçu une belle somme pour mon domaine, mais cela signifie… eh bien…

Il ne tenait pas à préciser que cela impliquait une baisse de son statut, ainsi que la perte de la femme qu'il aimait.

— De quoi je parle ? répéta Rock en souriant. Tout simplement, mon illustre cousin, du fait que j'ai découvert au milieu d'une série de papiers datant de 1772 un document qui n'était pas censé s'y trouver. Il s'agit d'une lettre de feu le comte détaillant l'héritage qui devait revenir à ta mère et à sa descendance.

Il s'interrompit, puis éclata de rire avant d'ajouter :

— Je suis tellement content de moi ! Il était deux heures du matin, et j'étais sur le point de souffler la bougie quand je l'ai repéré.

Miles tentait de suivre ce que racontait son cousin, gardant le silence.

— L'avocat a détruit toutes les anciennes copies du testament de notre grand-père datant d'avant notre naissance, à toi et à moi ; il me l'a dit lui-même. Je ne pense pas qu'il était prévu que je voie ce document, mais il a été mélangé à d'autres documents. Bien entendu, le testament est clairement considéré comme obsolète et n'est plus valable, expliqua-t-il, les yeux pétillants. Cependant, il m'est très précieux, car j'ai ainsi pu connaître les intentions de mon grand-père à l'égard de lady Isabelle avant qu'elle ne le mécontente au point qu'il l'exclue de sa vie.

Miles continuait de l'étudier, s'efforçant de comprendre où son cousin voulait en venir.

— Mais, comme tu le dis, répondit-il lentement, le testament n'est plus valable. Par conséquent, nous n'avons aucune raison d'avoir cette conversation, et tu n'as aucune raison d'agiter ton genou comme si tu étais sur le point de traverser Hyde Park au galop.

Rock se leva brusquement de son fauteuil et s'avança vers le bureau, où il prit un document d'apparence officielle.

— Tu fais erreur, cousin. Je suis en droit de distribuer comme bon me semble certaines parties de la succession qui n'ont pas de lien avec le comté. Depuis que j'ai appris que cette propriété d'un modeste terrain de cinq hectares situé dans le comté du Herefordshire devait te revenir en tant qu'héritier légitime, j'ai demandé à mon notaire de te la restituer. Voici l'acte.

Il tendit à Miles un document scellé et plié, qu'il saisit, abasourdi. Il essayait, à travers le brouillard qui s'était installé dans son esprit, de comprendre les répercussions de ce que son cousin était en train de dire.

— Il y a une rente pour ta mère, et comme la taille de ton exploitation est assez importante, tu y trouveras non seulement une maison douairière, mais le domaine te rapportera un revenu non négligeable de trois mille livres par an. Si tu ne vois pas d'objection à passer par mon banquier, il attend ta visite.

Rock se rassit, les mains jointes, le sourire aux lèvres.

— Et le toit de cette maison est solide. Je l'ai fait inspecter.

Miles avait du mal à parler à cause de la boule qui s'était soudain formée dans sa gorge. Il leva les yeux vers son cousin.

— Tu ne devrais pas faire ça. Tu devrais garder toutes les propriétés du comte, et ne pas les diviser.

Il fronça les sourcils. Il devait essayer de le faire comprendre à son cousin, aussi tenté fût-il de simplement accepter ce don très généreux.

— Tu ne me feras pas changer d'avis à ce sujet, lui dit Rock plus sérieusement. Cette propriété a été acquise du vivant de mon grand-père. Elle n'a rien à voir avec les domaines qui lui ont été légués ni avec les biens attachés à mon titre. Mes futurs enfants ne souffriront en aucune façon de l'absence de cette propriété dans leur héritage.

Il s'adossa à son fauteuil et croisa les bras.

— Honnêtement, Miles, c'est le moins que je puisse faire. Contente-toi d'accepter.

Miles baissa les yeux sur le papier qu'il tenait entre les mains, brisa le sceau et en lut le contenu. Il avait du mal à assimiler la générosité de son cousin et à comprendre ce que cela signifiait pour sa vie. Il pourrait s'occuper de cette terre en étant riche plutôt qu'en étant démuni. Il conserverait le statut de gentleman. Il pourrait prendre soin de sa mère.

Il pourrait épouser Dorothea.

Tenant le papier à deux mains, Miles leva les yeux vers son cousin en secouant légèrement la tête.

— Je ne sais pas quoi dire.

Rock lui prit le bras, le fit lever de son fauteuil, et le traîna jusqu'à la porte.

— Je crois que tu es censé dire, « Lady Dorothea, me ferez-vous l'honneur... ? »

Il ouvrit la porte et poussa Miles dehors.

— Et ne reviens pas tant qu'elle n'a pas dit oui.

Le cœur de Miles s'emballa et il se dirigea précipitamment vers la porte, puis s'arrêta net.

— Attends ! Mon chapeau !

Rock gloussa et secoua la tête en retournant dans le bureau récupérer le chapeau de son cousin.

— Cela ne m'étonne pas de toi que tu gâches mes efforts !

— Merci, dit Miles en tendant la main.

Rock la lui serra, puis il lui serra le bras en croisant son regard. Il ne semblait pas y avoir autre chose à dire.

— Merci, répéta Miles.

— Vas-y, répondit Rock.

SI MILES ÉTAIT IMPATIENT de se rendre chez Dorothea, il savait qu'il devait faire les choses dans les règles. Et pour cela, il devait d'abord aller voir Mary et sa mère pour les informer de cet étonnant rebondissement. Il se réjouit de constater qu'Albert n'était pas à la maison et qu'ils pouvaient ainsi se retrouver dans l'intimité de la famille pour qu'il leur annonçât la nouvelle. Sa mère éclata en sanglots, et sa sœur, qui tenait lady Isabelle dans ses bras, pleura à chaudes larmes.

Mary leva les yeux vers lui.

— Oh, Miles ! C'est tout simplement la meilleure des nouvelles !

Il demeura avec elles jusqu'à ce qu'elles eussent fini de rire et d'essuyer leurs larmes puis il les quitta en les encourageant à se rendre chez la *modiste* pendant qu'il se mettait en route pour ses prochains arrêts. Il passa chez Weston pour un nouveau manteau, chez Hoby pour acheter de nouvelles bottes, et chez Tattersall pour acquérir deux chevaux qu'il serait fier de conduire. Il eut du mal à faire preuve de patience pendant le temps nécessaire pour faire expédier ces articles et attendre de les recevoir, mais tout devait être parfait. Dorothea le méritait bien. Il informa ensuite le Limmer qu'il prolongeait un peu son séjour.

Miles ne fut prêt qu'environ une semaine plus tard. Il grimpa dans son nouveau phaéton et dirigea sa rutilante paire de purs-sangs noirs vers la rue pavée menant à Grosvenor Square. Perché derrière lui, un petit homme râblé du nom de Harry jouait le rôle de tigre[1] ce jour-là, à l'essai.

Alors que Miles se rapprochait de la maison de Dorothea, il aperçut une silhouette qu'il ne connaissait que trop bien, qui marchait sur le trottoir. La dernière fois qu'il avait vu le comte, c'était lorsqu'il l'avait fait entrer dans le club de boxe avant que Dorothea et lui ne se séparent.

— Poole ! appela-t-il.

Le comte s'arrêta et le regarda, jaugeant sa nouvelle situation. Le manteau du jeune garçon commençait à être trop court au niveau des bras.

— C'est bien vous ? Je croyais que vous m'aviez oublié.

Miles entendit la peine qui se cachait derrière ces mots, et il était certain qu'Evo ne souhaitait pas qu'il la perçoive, aussi l'ignora-t-il.

— Montez, si vous le voulez bien. J'aimerais vous dire quelque chose.

Miles attendit qu'il grimpât à ses côtés. Avant d'agiter les rênes, il lui dit :

— Je vous prie d'accepter mes excuses pour ne pas vous avoir rendu visite plus tôt. J'ai été très occupé.

— Je vois cela, constata Evo.

Il pivota sur son siège pour regarder Harry, puis se retourna pour toucher le bois, comme sa sœur l'avait fait autrefois avec le phaéton d'Albert.

— Vous avez là un bel attelage. Et c'est le plus beau couple de purs-sangs que j'aie vu depuis longtemps.

— J'espérais vous l'entendre dire, car ils m'appartiennent, annonça Miles en agitant les rênes, et ils se remirent en route pour le court trajet qui restait à parcourir. Je viens d'avoir le bonheur d'apprendre que j'ai reçu un héritage inattendu.

— Vraiment? s'enquit Evo qui se tourna pour le regarder, les bras croisés. Ce genre de chose est rare ! Vous êtes chanceux.

— Je saurai à quel point je suis chanceux d'ici la fin de la journée, répondit-il, les yeux rivés sur sa destination.

Evo le fixa d'un regard curieux, mais Miles ne s'étendit pas sur le sujet.

— Cependant, vous avez raison, dit-il. Un soudain héritage demande soit un coup de chance presque extraordinaire, soit une âme extrêmement généreuse. Je n'entrerai pas dans les détails, mais je crois que, dans mon cas, c'étaient les deux.

— Je vous présente mes félicitations, alors, lui dit Evo, qui semblait sincèrement heureux pour lui. Si quelqu'un mérite une telle chance, c'est bien vous.

— Merci.

Ils arrivèrent à la maison de lord Poole, et Miles arrêta l'attelage devant.

— Avant que vous ne descendiez, j'espérais pouvoir emmener votre sœur faire une promenade dans ma nouvelle voiture. Ai-je votre approbation pour le faire ? s'enquit Miles, un léger sourire aux lèvres.

Evo parut confus.

— Vous me demandez si vous pouvez emmener Dorry se promener ? Bien sûr que vous pouvez, répondit-il.

Puis une lueur de compréhension passant dans ses yeux, et il éclata de rire.

— *Oh !* C'est parce que vous avez enfin un phaéton à vous !

— Précisément, confirma Miles avec un sourire.

— Eh bien, dit Evo, en reprenant son air jovial. Vous pouvez emmener ma sœur en promenade. *Si* elle en a envie.

— Je vous remercie. Auriez-vous la bonté de lui demander si elle est d'accord ?

Miles demanda à Harry de se poster près des chevaux pendant qu'il entrait avec Evo. Son cœur battait la chamade tandis qu'il gravissait les marches. Il était impatient de la voir.

— Lady Dorothea n'est pas à la maison.

Il n'entendit que la fin de la phrase en entrant dans la maison. Le majordome ajouta, en jetant un coup d'œil à Miles :

— Elle est partie en promenade avec un gentleman à Hyde Park.

Miles pinça les lèvres. Ce n'était pas ainsi qu'il avait imaginé la scène. Il avait imaginé que son visage s'illuminerait en le voyant, qu'il l'aiderait à monter dans la calèche et qu'ils partiraient ensemble avec... avec une demande en mariage qu'elle accepterait tout de suite. Il n'avait pas vraiment réfléchi à cette partie.

Il jeta un coup d'œil à Evo, ne sachant pas quoi faire.

— Eh bien, vous feriez mieux d'aller la chercher, n'est-ce pas ? suggéra le garçon.

Cela tira Miles de son indécision.

— Vous avez raison. Je ferais mieux de faire cela.

Il tourna les talons et descendit les marches en trottinant jusqu'à l'attelage où il grimpa et prit les rênes. Harry s'accrocha à l'arrière du phaéton et sauta au moment où Miles faisait avancer les chevaux en direction de Hyde Park.

Une fois de plus, le destin ne se montra pas tendre, car ils arrivèrent à l'heure mondaine, et Miles se retrouva coincé derrière une file de calèches qui avançaient à mesure que les gens profitaient de la vue et se saluaient mutuellement. Il serra les dents avec impatience.

Il lui sembla qu'une éternité s'écoulait avant que les attelages ne commencent à circuler, et enfin, il aperçut Dorothea. Elle était assise dans une calèche ouverte, et un homme conduisait devant. À côté d'elle se trouvait... Était-ce un gentleman ? Il tendit le cou pour voir derrière une autre silhouette à cheval qui lui bloquait la vue.

Non, c'était Mlle Kensington à côté d'elle.

Une vague de soulagement l'envahit. D'après ce qu'il voyait, il ne s'agissait pas d'un *tête-à-tête* avec un fichu prétendant. Il y avait peut-être encore de l'espoir pour lui. Il emmena son attelage à travers l'allée jusqu'à leur calèche.

Dorothea en pleine conversation avec Mlle Kensington, mais lorsqu'elle se tourna et le vit, les mots moururent sur ses lèvres. La jeune femme demanda au gentleman qui conduisait de s'arrêter.

— Comment allez-vous, monsieur Shaw ? s'enquit Mlle Kensington dès qu'il s'approcha.

Dorothea semblait trop abasourdie pour parler.

— Permettez-moi de vous présenter mon frère, M. Frank Kensington.

Il hocha la tête et tourna les yeux vers Dorothea.

— Quel magnifique couple de chevaux ! dit enfin Dorothea.

Elle observa les animaux, l'attelage, et même le tigre derrière lui.

— Je suis heureux que vous les approuviez, car je viens de les acheter, dit-il, et parlant d'un ton léger, il ajouta, et vous devez savoir que je tiens à obtenir votre approbation

Les sourcils de Dorothea se haussèrent presque jusqu'à la racine de ses cheveux, tant son regard était étonné de l'entendre exprimer publiquement son admiration. Mlle Kensington masqua son sourire derrière sa main gantée.

— Monsieur Kensington, mademoiselle Kensington, poursuivit Miles, j'espère que vous ne m'en voudrez pas si j'invite lady Dorothea à monter dans mon attelage. J'ai quelque chose de particulièrement important à lui communiquer. Je sais qu'il est tout à fait inhabituel d'interrompre votre sortie de cette manière, et j'espère que vous me pardonnerez ce manquement.

— Je vous en prie, dit Mlle Kensington. Il ne s'agit que d'une promenade d'agrément. Vous n'avez pas à craindre de nous avoir dérangés.

— Je suis ravi de l'entendre, affirma-t-il en souriant, reconnaissant que la jeune femme comprenne.

Il adressa également un signe de tête à son frère pour le remercier, puis se tourna vers son tigre.

— Harry, allez près de la tête des chevaux.

Le tigre obéit, Miles descendit et alla tendre la main à Dorothea pour qu'elle le rejoignît. Elle plaça sa main dans la sienne et le laissa l'aider, le regardant avec surprise. Mais il était complètement ravi de la situation. Il était impatient de tout lui raconter.

— Harry, je vous prie d'attendre ici. Je ferai le tour et je viendrai vous chercher lorsque j'aurai terminé.

— Oui, monsieur.

Dorothea assise à ses côtés, Miles dirigea son attelage, contournant aisément la foule à mesure qu'ils s'éloignaient. Il se concentra sur sa conduite tout en essayant de rassembler ses idées sur la façon dont il allait entamer cette conversation qu'il attendait depuis une éternité.

— Je te croyais parti, dit-elle au bout d'un moment, voyant qu'il ne disait rien.

Maintenant qu'ils étaient seuls, elle pouvait de nouveau le tutoyer.

— Non. Pas encore.

Il répondit en souriant intérieurement, sachant que sa façon d'énoncer l'évidence sans plus d'explications ne serait probablement pas bien perçue.

Dorothea patienta encore de longues minutes, mais il ne

disait toujours pas ce qu'il était venu lui annoncer. Elle se mit à le fixer, impatiente.

— C'est formidable que tu aies un véhicule, Miles.

— Il est beau, n'est-ce pas ?

Dorothea se tourna vers l'avant avec un rire frustré.

— J'imagine que tu n'as pas l'intention de me dire quelle est cette chose d'une grande importance que tu brûlais de m'annoncer. Ou comment il se fait que tu aies pu acquérir cette voiture, ou pourquoi tu es encore là ?

— J'ai bien l'intention de te le dire, mais j'attends d'arriver dans une partie du parc un peu moins peuplée qu'ici. Je n'aurais pas choisi Hyde Park pour notre conversation, ajouta-t-il en lui jetant un bref coup d'œil. Tu n'as rien à craindre de moi ou de mes intentions, bien sûr.

— Je le sais bien ! s'exclama-t-elle, exaspérée. Je sais quel genre d'homme tu es.

— Et pourtant, il fut un temps où tu n'en étais pas si sûre.

Il tourna le regard vers l'avant. Oh, il prenait plaisir à cette situation. Sachant qu'il était venu porteur de bonnes nouvelles. Sachant que son cœur appartenait à Dorothea... qu'il lui appartenait depuis leur rencontre. Espérant que ses sentiments à son égard n'avaient pas changé. Il la regarda, décidant de simplement lui poser la question.

— Ton cœur a-t-il évolué depuis le temps où tu me pensais indigne de confiance ?

Elle croisa son regard, puis se tourna à nouveau vers l'avant, en relevant son menton obstiné.

— Tu sais bien que c'est le cas. Notre dernière conversation n'a pu te laisser aucun doute à ce sujet.

Dorothea commençait à regretter d'avoir dit à Miles qu'elle l'accompagnerait. Le sourire qu'il lui adressa en retour lui paraissait bien trop arrogant à son goût. S'il n'en venait pas rapidement au fait, elle le sommerait de s'arrêter et retournerait à pied auprès d'Anne et de Frank. Elle se tourna pour le lui dire.

Miles pointa du doigt l'avenue qui bifurquait devant eux et s'y engagea.

— Je voulais t'emmener dans un endroit où je pourrais parler plus librement que là où tous les membres de la bonne société nous observent et spéculent sur nous deux. Cela devrait suffire, car la personne la plus proche est au moins à dix mètres de nous.

Dorothea regarda autour d'elle. Effectivement, un autre couple marchait à une dizaine de mètres, mais ils se dirigeaient vers une autre avenue et il n'y avait personne d'autre en vue. C'est alors qu'elle commença à se sentir nerveuse. Non pas à l'idée d'être seule avec lui, mais juste à cause de *lui*. Pourquoi était-il ici ? Allait-il lui briser le cœur à nouveau ? Elle ne le pensait pas, mais elle ne pouvait pas se permettre de laisser son cœur espérer.

Miles se tourna et ses genoux touchèrent ceux de Dorothea. Il posa un bras le long du dossier du siège, et laissa sa main gantée se poser près de son dos. Ce contact entre eux lui coupait le souffle ; Miles avait toujours eu cet effet sur elle. Elle ne pouvait plus bouger, jusqu'à ce qu'il la libérât de son sort.

— Dorothea, je veux t'épouser.

Il fouilla son regard, et elle tenta de reprendre son souffle avant de s'évanouir. Il lui demandait cela maintenant ? Il était impossible de lui répondre.

— Je crois que j'ai voulu t'épouser dès le premier instant où je t'ai rencontrée, et pas entièrement pour de *mauvaises raisons*. Car, même si j'avais besoin de ta dot, avant toi, je n'ai jamais rencontré de femme avec laquelle je voulais être jour après jour, chaque jour, pour le restant de mon existence.

Elle laissa échapper le peu de souffle qu'elle retenait et se tourna vers l'avant, haletante. Une multitude d'émotions se bousculaient en elle. Il disait ce qu'elle voulait entendre. Mais était-elle prête à tout abandonner pour lui ? Était-elle prête à croire que sa déclaration était sincère ? L'aimerait-il, et lui serait-il toujours fidèle ?

— Dorry, dis quelque chose. Mets fin à mes souffrances, l'implora Miles, levant une main pour incliner le visage de la jeune femme de façon qu'elle croisât son regard.

Il passa son pouce sur ses lèvres jusqu'à ce que son essoufflement se muât en une flamme de chaleur qui la transperça.

Il s'arrêta soudain.

— *Ah !* Mais je vais trop vite. J'aurais dû commencer par te dire que ma demande en mariage repose sur des intentions honnêtes, parce que je n'ai pas besoin de ta dot. Pas un seul penny, lui annonça-t-il, les yeux brillants de joie. J'ai reçu un héritage inattendu qui me permet de me présenter devant toi sur un pied d'égalité. Je veux t'épouser pour toi, Dorothea. Seulement pour toi. Pas pour ton titre, ou ta richesse, ou quoi que ce soit d'autre... à part toi.

Dorothea avait eu beau s'entraîner tout au long de sa vie à maîtriser parfaitement ses sentiments à tout moment, elle n'était pas prête à faire face à l'assaut lancé contre sa raison et ses émotions. Elle éclata alors d'un rire qui se changea en larmes. Elle couvrit ses yeux, mais il lui prit les mains et glissa ses doigts dans les siens.

— Nous pouvons donner la totalité de ta dot à l'église si tu le souhaites, et nous pourrons quand même vivre confortablement.

Les doutes de Miles semblèrent s'accroître devant le silence de Dorothea, car il poursuivit :

— Ne dis rien d'autre que *oui*.

Elle se tourna vers lui à ces mots, et ce furent ses genoux qui touchèrent ceux de Miles, cette fois. Un sourire se dessina sur ses lèvres et, même si des larmes étincelaient encore sur ses cils, scintillant dans le soleil qui descendait vers l'horizon, elle se pencha légèrement en avant.

Il parut comprendre. Miles semblait *toujours* comprendre ce qu'elle voulait. Il se pencha à son tour, juste assez pour que leurs lèvres se touchent presque... Et il attendit. Il n'y avait pas besoin de réfléchir davantage.

— Oui, murmura-t-elle.

Miles l'embrassa alors. Ce n'était pas le baiser délicat sur sa tempe ni le baiser sec qu'elle s'était toujours attendue à devoir subir de la part de son mari. Celui-ci était animé d'une passion contenue, comme si Miles attendait de le faire depuis des siècles et des siècles et qu'il ne s'était retenu que parce qu'il attendait qu'elle lui en donnât la permission.

Si la sensation de ses lèvres sur sa tempe l'avait déstabilisée, celle de ses lèvres sur les siennes fit basculer la terre sous ses pieds dans une spirale vertigineuse. Elle posa la main sur son torse pour se stabiliser et il y posa la sienne. Il la saisit, ne perdant pas de vue son intention de l'entraîner dans une vague de passion et de promesses de tout ce que serait sa vie en l'épousant.

Les chevaux s'avancèrent brusquement, obligeant Miles à rompre leur baiser. Il ne leur jeta qu'un bref coup d'œil, laissant les chevaux sentir ses mains sur les rênes avant de reporter toute son attention sur Dorothea. Des bruits de voix provenant d'un sentier qui coupait le leur mirent un terme à leur promesse chuchotée.

Il lui offrit un minuscule sourire, les yeux toujours rivés sur elle.

— Oui ? demanda-t-il d’une voix douce, laissant paraître une pointe de vulnérabilité.

Les lèvres de la jeune femme étaient sensibles, dans le meilleur sens du terme, à force d’avoir été embrassées ; elle sourit et hocha la tête.

— Oui.

ÉPILOGUE

L'été était arrivé puis reparti, et avec lui un mariage très applaudi à l'église Saint-Georges de Hanover Square, en présence d'Anne Kensington, de lady Berkley, de lord Pembroke et d'un nombre suffisant d'invités de la bonne société pour qu'un petit paragraphe fût publié dans la *Gazette*, marquant ainsi l'importance de la cérémonie. Dorothea se moquait de tout cela. Pour elle, seul comptait son vœu d'aimer et de chérir Miles Shaw et de l'entendre lui promettre la même chose. Cela, ainsi que le baiser qui scellait leur union en tant que mari et femme. Puis le baiser d'après, et celui qui avait suivi…

Les feuilles commençaient à tomber. Au loin, un fermier les brûlait et l'odeur de la fumée se mêlait à l'air vivifiant de l'automne. Ce soir-là, ils dégusteraient leur première soupe blanche de la saison, suivie de tous les plats savoureux de venaison, de brochet, de sucreries, sans oublier le *syllabub*[1] qu'elle avait prévu pour les invités qui devaient arriver. Lady Isabelle serait également présente, son nouveau valet de pied la conduisant en calèche sur la courte distance qui les séparait de la maison douairière et la ramenant de la même façon.

Dorothea se précipita vers la porte d'entrée dès qu'elle entendit la file de calèches arriver sur le chemin de gravier menant à leur maison près de Kington. Elle ouvrit avant que les domestiques ne pussent s'approcher et se tint là, agitant la main en souriant. Lorsque les attelages s'arrêtèrent devant la maison, elle descendit en courant les marches de pierre et se tint prête pendant que le valet de pied ouvrait la portière de la voiture qui transportait sa famille, tandis que d'autres serviteurs allaient retirer les malles de la seconde voiture.

Lady Poole sortit la première, et Dorothea s'approcha pour prendre le bras de sa mère, se rapprochant pour l'étreindre. C'était un phénomène relativement nouveau dans leur relation, et elle avait pris l'initiative de ce geste d'affection sur les encouragements de son mari. Sa mère semblait apprécier les étreintes, ce qui donnait à Dorothea l'envie de continuer.

— C'est une belle maison, dit sa mère en levant les yeux vers le toit, puis en se retournant pour admirer les jardins qui l'entouraient. Exactement comme tu l'avais dit.

— J'en suis tellement heureuse, maman ! Mais je suis encore plus heureuse que vous soyez là.

Dorothea se retourna pour saluer Joanna et Tilly, qui se tenaient maintenant devant la calèche. Elle les embrassa toutes les deux.

— Je suppose que je vais devoir attendre que nous soyons tous assis et que nous prenions le *thé* avant d'être autorisée à voir les écuries ou la jument baie dont tu t'es vantée, déclara Joanna d'un air exaspéré qui, connaissant sa sœur, était plus vrai qu'elle ne le laissait entendre.

— Vas-y, dit Dorothea avec un sourire. Je suis la maîtresse de maison ici, et si je dis que tu peux manquer le thé pour aller voir les chevaux, rien ne t'en empêche.

Miles passa le coin de la maison à ce moment-là et leva la main. Il était en manches de chemise, car il s'attendait à ce que les invités arrivent plus tard dans l'après-midi. Il mettrait une veste avant de les rejoindre dans le salon, mais Dorothea aimait le spectacle qu'il lui offrait, et lui adressa un sourire appréciateur.

— Les écuries se trouvent derrière le coin d'où Miles vient d'arriver, expliqua-t-elle à Joanna, qui s'élança, pas d'une manière incorrecte pour une lady, contrairement à ce que sa sœur avait craint.

Elle mûrissait.

— Tilly, dit-elle avec un regard affectueux adressé à sa plus jeune sœur. Il y a trois chambres, et j'ai dit à la gouvernante de te laisser choisir la première.

Devant le regard surpris de Tilly, elle ajouta :

— Comme tu es la plus jeune, tu n'as jamais le choix. Je me suis dit que tu aimerais que ce soit différent le temps que tu es ici.

La jeune fille redressa les épaules et sourit fièrement.

— Eh bien, oui, c'est le cas. Je crois que je vais aller voir les chambres maintenant. Après tout, nous allons rester un mois entier !

— C'est vrai, l'encouragea Dorothea.

Elle regarda Tilly prendre le coude de lady Poole et l'aider à monter les escaliers menant à la maison.

— Dorry, tu m'as manqué !

Dorothea se retourna ; Sophia la serra dans ses bras, et elle lui rendit son étreinte tout aussi chaleureusement. Elle n'avait jamais compris à quel point la douce présence de sa sœur l'avait stabilisée jusqu'à ce qu'elle fût forcée de maintenir leur relation par correspondance.

— Tu m'as manqué aussi, lui avoua-t-elle en la serrant fort. Et toi aussi.

Elle se tourna vers Camilla pour l'inclure dans leur câlin.

— Mon Dieu ! s'exclama-t-elle en s'écartant pour la regarder. Camilla, tu deviens une véritable beauté. Sophia, le vois-tu ?

— Bien sûr que oui, répondit la douce et fidèle Sophia. Les prétendants vont se battre pour elle devant notre porte la saison prochaine.

Camilla renifla.

— Comme si je m'en souciais !

Mais ses joues rosirent, et Dorothea fut convaincue que cela lui importait.

— Evo, bienvenue, le salua Miles qui s'approcha de lui pour lui serrer la main. Il me semble que tu as fêté ton anniversaire la semaine dernière. Quatorze ans ?

— Oui, répondit le jeune comte.

La voix d'Evo présentait le léger chevrotement de quelqu'un qui n'a pas encore décidé s'il était un garçon ou un homme.

— C'est bon de te voir, Dorry.

Il déposa un baiser sur la joue de sa sœur, qui fut surprise de ce geste. Elle lui adressa un sourire rayonnant.

— Entrez, entrez. Certes, nous pensions que vous arriveriez plus tard, mais je suis sûre que la cuisinière pourra préparer un thé dont je n'aurai pas à rougir. Car qu'avons-nous de mieux à faire que de manger, boire et nous amuser ?

Sa mère et ses sœurs étaient toutes entrées, à l'exception de Joanna, qui était sans doute en train de s'extasier devant la belle jument qu'ils venaient d'acquérir.

Evo prit Dorothea par le bras pour la conduire dans la maison et interpella Miles par-dessus son épaule :

— Je crois que c'est à toi qu'il faut imputer cette facette imprévue de ma sœur. Quand a-t-elle déjà utilisé des mots comme « s'amuser » ? Miles, que lui as-tu fait ?

Dorothea se mit à rire à ses côtés.

— Et elle rit ! poursuivit Evo, l'air dégoûté. Oh, *je vous en prie*, ne me dites pas que c'était un mariage d'amour ! Je n'aurais jamais donné ma bénédiction.

— Trop tard, dit Miles, serrant l'épaule d'Evo. Mais, n'aie crainte. Il te reste quatre sœurs à qui tu pourras éviter de commettre une erreur aussi grave que de se marier par amour. Nous compterons sur toi pour t'en assurer.

— Oh, que non ! répliqua Dorothea. Chacune d'entre elles aura droit à son mariage d'amour, sinon, c'est *moi* qui m'en mêlerai, et j'y veillerai. Elles ne peuvent pas se contenter de moins.

— Non ! protestèrent aussitôt Evo et Miles.

Dorothea les regarda, étonnée par la véhémence de leur réponse. Elle posa les mains sur les hanches, tentant d'afficher un air indigné. Miles et Evo la regardèrent et se mirent tous deux à rire, et, après une tentative infructueuse pour garder sa dignité, elle se joignit à eux.

— J'ai choisi ma chambre !

Tilly descendit les escaliers en courant et les dépassa, allant tout droit dans le salon. Par la porte ouverte, les voix familières de sa mère et de ses sœurs résonnaient tandis qu'elles examinaient les tableaux, les décorations et le magnifique bouquet de fleurs fraîches que Miles avait placé pour elle sur la grande table ronde à l'une des extrémités. Il avait demandé aux jardiniers de planter des freesias, sachant qu'elle les aimait, et ils se trouvaient actuellement dans un vase avec de grandes roses rouges et blanches.

Une fois l'hilarité retombée, Miles passa son bras autour de la taille de Dorothea.

— Il n'y a qu'une seule relation amoureuse dont je souhaite que tu t'occupes, et c'est la nôtre.

Il l'embrassa fougueusement sur les lèvres.

— Oh, c'est insupportable ! gémit Evo en levant les mains tandis qu'il entrait dans le salon.

— Et qu'en est-il de toi, demanda Miles à Dorothea, enfouissant son nez contre ce point sensible de son cou. Penses-tu pouvoir le supporter ?

— *Hmm*, répondit Dorothea, comme si elle réfléchissait. Je suppose que je peux. Mais seulement pour les soixante prochaines années.

— Rien que ça ?

Elle entendit son sourire pendant qu'il continuait de couvrir son cou de petits baisers.

— Pas un jour de plus, confirma-t-elle, s'éloignant juste assez pour lui jeter un regard faussement sévère. Tout le monde a ses limites.

NOTES

CHAPITRE 1

1. *Note de la traductrice (NDLT)* : Ébéniste anglais et créateur de meubles dont le nom est associé, en Angleterre, au style néoclassique.
2. *NDLT :* les patronnesses d'Almack étaient les arbitres de la respectabilité de Londres, elles gouvernaient les salles de réunion d'Almack (établissements et clubs sociaux à Londres du 18e au 20e siècle.)

CHAPITRE 11

1. *NDLT* : montant équivalent à cinq cents livres, en référence aux anciens billets de cinq cents roupies indiennes. L'expression date du retour des colonies.

CHAPITRE 18

1. *NDLT* : terme de mépris pour désigner toute femme qui s'intéresse aux choses intellectuelles

CHAPITRE 21

1. *NDLT* : Un palefrenier en livrée, généralement petit et jeune. Il s'asseyait entre les ressorts du véhicule conduit par son propriétaire. Avoir le plus petit tigre possible était signe d'un bon statut social.

ÉPILOGUE

1. *NDLT* : Le syllabub est un dessert aromatisé et sucré à base de crème caillée au jus de fruits, au cidre ou au vin doux.

À PROPOS DE L'AUTEUR

Jennie Goutet est une anglophile d'origine américaine qui vit avec son mari français et leurs trois enfants dans une petite ville en banlieue parisienne. Elle puise son inspiration dans l'époque de la Régence anglaise, où se déroulent ses romances historiques Régence les plus vendues. Vous pouvez en apprendre davantage à propos de Jennie et de ses livres sur la page en français de son site d'auteur, jenniegoutet.com. Si vous le souhaitez, vous y trouverez un lien pour vous inscrire à sa newsletter française. Elle n'envoie des emails qu'à l'occasion d'une nouvelle sortie de livre ou d'un prix réduit sur un de ses livres en français.

* *Photo par Caroline Aoustin*

Printed by Amazon Italia Logistica S.r.l.
Torrazza Piemonte (TO), Italy

59323736R00156